U0933280

廿载繁华梦

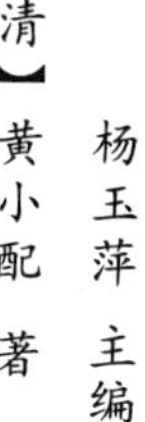

杨玉萍 主编

【清】黄小配 著

华文出版社
中国出版集团公司

图书在版编目（CIP）数据

廿载繁华梦 / (清) 黄小配著. -- 北京 : 华文出版社, 2019.1

（中国古典小说丛书 / 杨玉萍主编）

ISBN 978-7-5075-4935-5

Ⅰ.①廿… Ⅱ.①黄… Ⅲ.①章回小说—中国—清代 Ⅳ.①I242.4

中国版本图书馆CIP数据核字(2018)第127110号

廿载繁华梦

著　　者：（清）黄小配
责任编辑：刘超平
特约编辑：余　庆
装帧设计：格林文化
出版发行：华文出版社
社　　址：北京市西城区广外大街305号8区2号楼
邮政编码：100055
网　　址：http：//www.hwcbs.com.cn
投稿信箱：hwcbs@126.com
电　　话：总编室 010-58336239　责任编辑 010-58336222
　　　　　发行部 010-58336270　010-56249152
经　　销：新华书店
印　　刷：天津一宸印刷有限公司
开　　本：710mm × 1000mm　1/16
印　　张：16.5
字　　数：214千字
版　　次：2019年1月第1版
印　　次：2019年1月第1次印刷
标准书号：ISBN 978-7-5075-4935-5
定　　价：38.00 元

“中国古典小说丛书”出版说明

所谓“古典小说”云者，其义有二焉：一曰，但凡古代之小说，皆可谓之“古典小说”；一曰，但凡技法未受泰西影响之小说，亦可谓之“古典小说”。然此特就今人之观念言之耳。

揆诸坟典，“小说”一词，出自《庄子·外物篇》，其言曰：“饰小说以干县令，其于大达亦远矣。”由此观之，庄子所谓“小说”，不过琐屑之言，以其无关道术，故以小说名之耳。

炎汉成、哀之世，刘向、刘歆父子典校秘书，检讨百家学说，取桓谭《新论》“小说家合丛残小语，近取譬论，以作短书，治身治家，有可观之辞”之意，把《伊尹说》《鬻子说》诸书，归为“小说家”之书，而《汉书·艺文志》（以下简称《汉志》）继之。夷考其说，“小说家者流，盖出于稗官，街谈巷语，道听途说者之所造也”（语出《汉志》），此亦非后世之小说也。

唐修《隋书》，其《经籍志》立论本诸《汉志》，以小说为“街谈巷语之说”（《隋书·经籍志》语）。当此之时，小说之名虽同，而其类目稍广，举凡《燕丹子》《世说》《迩说》之属，皆可入诸小说名下。

后晋修《唐书》，其《经籍志》立论与《隋志》无异，以《博物志》隶小说，此为“神异志怪之书”入小说之始。

天水一朝，欧阳文忠公撰《新唐书·艺文志》（以下简称《新唐志》），以《列异传》《甄异传》《续齐谐记》《感应传》《旌异记》等“史部·杂传类”之书移于“小说类”。至是，小说之部类日棼。

及元脱脱修《宋史》，《艺文志·小说类》承《新唐志》之旧而增广之。

明胡应麟以小说繁夥，派别滋多，于是综核大凡，分小说为六类：一曰“志怪”，一曰“传奇”，一曰“杂录”，一曰“丛谈”，一曰“辩订”，一曰“箴规”。至此，小说一类已蔚为大观，脱《汉志》“街谈巷语”之成规。

清修“四库”，《总目提要》(以下简称《提要》)别小说为三派，“其一叙述杂事……其一记录异闻……其一缀辑琐语”，而又损益之。考诸《提要》，则损益可知：一曰，进“丛谈”“辩订”“箴规”为“杂家”；一曰，隶《山海经》《穆天子传》诸书于小说。小说范围，至是乃稍整洁矣。其分目虽殊，而论述则袭诸旧志。

曩者宋元明清之史志，难觅“平话”“演义”之书，此特士夫习气，鄙其为末流所使然也。史家成见，一至于斯。今人刻书，自当脱古人窠臼。

说部诸书，以文体分，有“白话”“文言”之别；以体裁分，有“话本”“传奇”“演义”之别；以内容分，有“佳话”“世情”“侠义”“家将”“神魔”之别。细玩其文，既有劝世之良言，亦有“诲淫诲盗”之糟粕，而抉择去取，转成读说部书之第一要务。以此之故，我社特于说部诸书择其精者，辑之而为“中国古典小说丛书”，凡百余种。

然说部之书浩如烟海，其精者又何限于区区百十之数？此次出版，难免遗珠之憾。然能俾读者因之而省择取之劳，进而得窥说部精要，示人以津梁，则尚不违出版“中国古典小说丛书”之初心。

说部之书，多出自书坊，脱误错乱，在所难免，故于“取其精华，去其糟粕”外，尚需广施校雠，始得成其为可读之书。以此之故，我社多方搜罗以定底本，精排其版以美其观，躬自校雠以正讹误，然后付诸枣梨，装订成书，以飨读者。

限于编者学力有限，书中疏漏之处，在所难免，尚祈广大方家、读者诸君不吝批评斧正。凡能指出书中一二谬误者，皆为吾师，吾人不胜感激之至。

华文出版社编辑部

2017年10月26日

目　录

序　一

沧桑大陆，依稀留劫外之棋；混沌众生，仿佛入邯郸之道。香迷蝴蝶，痴梦难醒；悟到木犀，灵魂已散。看几许英雄儿女，滚滚风尘；都付与衰草夕阳，茫茫今古。此金圣叹所谓“大地梦国，古今梦影，荣乐梦事，众生梦魂”者也。然沉醉仙乡，陈希夷千年睡足；迷离枯冢，丁令威今日归来。人间为短命之花，桃开千岁；天上是长生之树，昙现刹那。从未有衣冠王谢，转瞬都非；宫阙邮亭，当场即幻。就令平波往复，天道自有循环；无如世路崎岖，人心日形叵测。虽水莲泡影，达观久付虚空；然飞絮沾濡，识者能无感喟？此《廿载繁华梦》之所由作也。

黄君小配，挟子胥吹箫之技，具太冲作赋之才。每拔剑以唾壶，因人抱忿；或废书而陨涕，为古担忧。自昔墨客词人，慷慨每征于歌咏；忧时志士，感愤即寄于文章。况往事未陈，情焉能已？伊人宛在，末如之何。对三秋萧瑟之悲，纪廿载繁华之梦。盖以宋艳班香，赏雅而弗能赏俗；南华东野，信耳而未必信心。于是拾一代之蜗闻，作千秋之龟鉴。或写庸夫俗子，弹指而佩玉带金鱼；或叙约素横波，转眼而作囚奴灶婢。长乐院之珠帘画栋，回首何堪？未央宫之绿鬓朱颜，伤心莫问。乌衣旧巷，燕去堂空；白鹭荒洲，鱼潜水静。今日重经故垒，能不感慨系之乎？更有根骈兰艾，薰莸之气味虽殊；谊属葭莩，瓜蔓之灾殃亦到。休计冤衔于圉马，已连祸及乎池鱼。可怜宦海风潮，鲸鲵未息；试看官场攫噬，鹰虎弗如。

嗟乎嗟乎！廿年幻梦，如此收场；万里故乡，罔知所适。若论祸福，塞翁之马难知；语到死生，庄子之龟未卜。叹浮生其若梦，为欢几何？抚结局以如斯，前尘已矣。二十载繁华往事，付与茶余酒后之谈；数千言锦绣文章，都是水月镜花之影。丁未重阳后十日华亭过客学吕谨序。

序　二

吾粤溯殷富者，道、咸间，曰卢，曰潘，曰叶。其豪奢煊赫勿具论，但论潘氏有《海山仙馆丛书》及所摹刻古帖，识者宝之。叶氏《风满楼帖》，亦为士林所珍贵。卢氏于搜罗文献，寂无所闻，顾尝刻《鉴史提纲》，便于初学，文锦亲为作序，则卢氏殆亦知尊儒重学者。虽皆不免于猎名乎，其文采风流，亦足尚矣。越近时有所谓南海周氏者，以海关库书起其家。初寓粤城东横街，门户乍恢宏，意气骄侈。而周实不通翰墨，通人亦不乐与之相接近。彼所居固去万寿宫弗远也，周以此意示某，嘱为撰门联。某乃愚弄之，其词曰："宫阙近螭头。"是以周之室比诸王宫也。且句法实不可解，而周遽烂然雕刻，悬诸门首。越数日，某友晓之曰："此联岂惟欠通，且欲控君僭拟宫阙，而勒索多金也。"周乃怵然惧，命家人立斫之以为薪，然人多寓目矣。以周比潘、卢、叶，则潘、卢、叶近文，而周鄙野也。

东横街家屋被烬后，迁寓西关宝华正中约。该屋本郭氏物。而顺德黎氏拆数屋以成一大屋。黎以宦闽也，售诸周氏，周又稍扩充之。虽阔八间过，然平板无曲折，入其门，一览可尽。且深不逾十二丈，以视潘、卢、叶，又何如也？河南安海，所谓伍榜三大屋者，即卢氏故址。近年来虽拆为通衢，顾改建二三间过之屋，弥望皆是，则其地之恢广殆可知。潘氏除宅子不计，海山仙馆宽逾数亩，老圃犹能道及。叶氏宅与祠连，有叶家祠之称。第十甫而外，自十六甫以至旋源桥下，皆叶氏故址也，是以房屋一端而论，又潘、卢、叶广而周隘矣。

呜呼！周之繁华，岂吾粤之巨擘哉？但以官论，则周差胜。盖潘得简运司，以为殊荣，而卢、叶则不过部郎而已，未若周之由四品京堂而三品京堂也。虽然，其为南柯一梦，则彼此皆同。潘以欠饷被查抄，卢、叶亦日就零落，甚至弃其木主于社坛，放而不祀。迄今故老道其遗事，有不欷歔感喟，叹人生若梦，为欢几何者乎？彼周氏者，旋放钦差大臣，旋被参籍没，引富人覆没之历史，又有不以潘、卢、叶为比例者乎？顾潘、卢所享，约计各有五十年，潘、卢则及身而败，与周相同；叶则及其子孙，繁华乃消歇，与周小异。而计享用之久暂，则周甚暂，而潘、卢、叶差久，盖彰然明矣。此所以适成其为二十载繁华梦，而作书者于以有词也。曩有伍氏者，亦以富称，然持以与周较，则文采宫室，皆视周为胜，享用亦稍久。至今衰零者虽过半，而园囿尚有存者。惟伍氏官爵不逾布政司衔，逊于周之京卿。顾今尚可以此傲庸人也，则胜于周之参革矣。

嗟夫！地球一梦境耳，人类胥傀儡耳，何有于中国？何有于中国广东之潘、卢、伍、叶及周氏？然梦中说梦，亦人所乐闻，其有于酒后，或作英雄梦，或作儿女梦，或作人间必无是事之梦，而梦境才醒之际，执此卷向昏灯读之，当有悲喜交集而歌哭无端者。光绪丁未中秋节曼殊庵主叙。

诗曰：

世途多幻境，因果话前缘。
别梦三千里，繁华二十年。
人间原地狱，沧海又桑田。
最怜罗绮地，回首已荒烟。

第一回

就关书负担访姻亲　买职吏匿金欺舅父

喂！近来的世界，可不是富贵的世界吗？你来看那富贵的人家，住不尽的高堂大厦，爱不尽的美妾娇妻，享不尽的膏粱文绣，快乐的笙歌达旦，趋附的车马盈门。自世俗眼儿里看来，倒是一宗快事。只俗语说得好，道是："富无三代享。"这个是怎么原故呢？自古道："世族之家，鲜克由礼。"那纨绔子弟，骄奢淫佚，享得几时？甚的欺瞒盗骗，暴发家财，尽有个悖出的时候。不转眼间，华屋山丘，势败运衰，便如山倒，回头一梦。百年来闻的见的，却是不少了。

而今单说一位姓周的，唤做庸祐，别号栋臣。这个人说来倒是广东一段佳话。若问这个人生在何时何代，说书的人倒忘却了，犹记得这人本贯是浙江人氏，生平不甚念书，问起爱国安民的事业，他却分毫不懂。惟是弄功名、取富贵，他还是有些手段。常说道："富贵利达，是人生紧要的去处，怎可不竭力经营？”以故他数十年来，都从这里造工夫的。他当祖父在时，本有些家当，到广东贸易多年，就寄籍南海那一县。奈自从父母没后，正是一朝权在手，财产由他挥霍，因此上不多时，就把家财弄得八九了。还亏他父兄在时，交游的还自不少，多半又是富贵中人，都有些照应。就中一人唤做傅成，排行第二，与那姓周的本有个甥舅的情分，向在广东关部衙门里当一个职分，唤做库书。论起这个库书的名色，本来不甚光荣，惟是得任这个席位，年中进项却很过得去。因海关从前是一个著名的优缺，年中措办金叶进京，不下数万两，所以库书就凭这一件事经手，串抬金价，随手开销，或暗移公款，发放收利。其余种种瞒漏，哪有不自饱私囊的道理？故傅成就从这里起家，年积一年，差不多已有数十万的家当。那一日，猛听得姐丈没了，单留下外甥周庸祐，赌荡花销，终没有个了期。看着他的父亲面上，倒是周旋他一二，才不愧一场姻戚的情分。况且库书里横竖要用人的，倒不如栽培自己亲朋较好。想罢，便修书一封，着周庸祐到省来，可寻一个席位。

这时，周庸祐接了舅父的一封书，暗忖在家里料然没甚么好处，今有舅父这一条路，好歹借一帆风，再见个花天锦地的世界，也未可定。便拿定了主意，把家产变些银子傍身，草草打叠些细软。往日欠过亲友长短的，都不敢声张，只暗地里起程，一路上登山涉水，望省城进发。还喜他的村乡唤做大坑，离城不远，不消一日，早到了羊城，但见负山含海，比屋连云，果然好一座城池，熙来攘往，商场辐辏，端的名不虚传！周庸祐便离舟登岸，雇了一名挑夫，肩着行李，由新基码头转过南关，直望傅成的府上来。到时，只见一间大宅子，横过三面，头门外大书“傅寓”两个字。周庸祐便向守门的通个姓名，称是大坑村来的周某，敢烦通传去。那守门的听罢，把周庸祐上下估量一番，料他携行李到来，不是东主的亲朋，定是戚友，便上前答应着，一面着挑夫卸下行李，然后通传到里面。

当下傅成闻报，知道是外甥到了，忙即先到厅上坐定，随令守门的引他进来。周庸祐便随着先进头门，过了一度屏风，由台阶直登正厅上，早见着傅成，连忙打躬请一个安，立在一旁。傅成便让他坐下，寒暄过几句，又把他的家事与乡关风景问了一会，周庸祐都糊混答过了。傅成随带他进后堂里，和他的妗娘及中表兄弟姐妹一一相见已毕，然后安置他到书房里面。看他行李不甚齐备，又代他添置多少衣物。一连两天，都是张筵把盏，姻谊相逢，好不热闹。

过了数天，傅成便带他到关部衙里，把自己经手的事件，一一交托过他，当他是个管家一样。自己却在外面照应，就把一个席丰履厚的库书，竟像他一人做起来了。只是关部的库书里，所有办事的人员，都见周庸祐是居停的亲眷，哪个不来巴结巴结？这时只识得一个周庸祐，哪里还知得有个傅成？那周庸祐偏又有一种手段，却善于笼络，因此库书里的人员，同心协谋，年中进项，反较傅成当事时加多一倍。

光阴似箭，不觉数年。自古道："盛极必衰。"库书不过一个书吏，若不是靠着侵吞鱼蚀，试问年中如许进项，从哪里得来？不提防来了一位姓张的总督，本是顺天直隶的人氏，由翰林院出身，为人却工于心计，筹款的手段，好生了得。早听得关部里百般舞弊，叵耐从前金价很平，关部入息甚丰，是以得任广东关部的，都是皇亲国戚，势力大得很，若要查究，毕竟无从下手，不如舍重就轻，因此立心要把一个库书查办起来。

当下傅成听得这个风声，一惊非小，自念从前的蓄积，半供挥霍去了，所余的都置了产业，急切间变动却也不易。又见查办拿人的风声，一天紧似一天，计不如走为上着。便把名下的产业，都糊混写过别人，换了名字，好歹规避一时。间或欠人款项的，就拨些产业作抵，好清首尾。果然一二天之内，已打点得停停当当。其余家事，自然寻个平日的心腹交托去了。正待行时，猛然醒起：关部里一个库书，自委任周庸祐以来，每年的进项，不下二十万金，这一个邓氏铜山，倒要打点打点。虽有外甥在里面照应将来，但防人心不如其面。况且自己去后，一双眼儿看不到那里，这般天大的财路，好容易靠得住，这样是断不能托他的了。只左思右想，总没一个计儿想出来。那日挨到夜分，便着人邀周庸祐到府里商酌。

周庸祐听得傅成相请，料然为着张总督要查办库书的事情了，肚子里暗忖道：此时傅成断留不得广东，难道带得一个库书回去不成？他若去时，乘这个机会，或有些好处。若是不然，哪里看得甥舅的情面？倒要想条计儿，弄到自己的手上才是。想罢，便穿过衣履，离了关部衙门，直望傅成的宅子去。

这时，傅成的家眷早已迁避他处，只留十数使唤的人在内。周庸祐是常常来往的，已不用通传，直进府门到密室那里，见着傅成，先自请了一个安，然后坐下。随说道："愚甥正在关部库书里，听得舅父相招，不知有什么事情指示？"傅成见问，不觉叹一口气道："甥儿，难道舅父今儿的事情，你还不知道么？"周庸祐道："是了，想就是为着张大人要查办的事。只还有愚甥在这里，料然不妨。"傅成道："正为这一件事，某断留不得在这里。只各事都发付停妥，单为这一个库书，是愚舅父身家性命所关系，虽有贤甥关照数目，只怕张大人怒责下来，怕只怕有些变动，究竟怎生发付才好？"

周庸祐听罢，料傅成有把这个库书转卖的意思。暗忖张总督这番举动，不过是敲诈富户，帮助军糈。若是傅成去了，他碍着关部大臣的情面，恐有牵涉，料然不敢动弹。且自己到了数年，已积余数万家资，若把来转过别人，实在可惜。倘若是自己与他承受，一来难以开言，二来又没有许多资本。不如催他早离省城，哪怕一个库书不到我的手里？就是日后张督已去，他复回来，我这时所得的，料已不少。想罢，便故作说道："此时若待发付，恐是不及了。实在说，愚甥今天到总督衙里打听事情，听得明天便要发差拿人的了，似此如何是好？”傅成听到这里，心里更自惊慌，随答道：“既是如此，也没得可说，某明早便要出城，搭轮船往香港去。此后库书的事务，就烦贤甥关照关照罢了。”说罢，周庸祐都一一领诺，仍复假意安慰了一会。是夜就不回关里去，糊混在这宅子里，陪傅成睡了一夜。一宿无话。

越早起来，还未梳洗，便催傅成起程，立令家人准备了一顶轿子，预把帘子垂下，随拥傅成到轿里。自己随后唤一顶轿子，跟着傅成，直送出城外而去。那汽船的办房，是傅成向来认得的，就托他找一间房子，匿在那里。再和周庸祐谈了一会子，把一切事务再复叮咛一番，然后洒泪而别。慢表周庸祐回城里去。

且说傅成到了船上，忽听得钟鸣八句，汽筒响动，不多时船已离岸，鼓浪扬轮，直望香港进发。将近夕阳西下，已是到了。这时香港已属英人管辖，两国所定的条约，凡捉人拿犯，却不似今日的容易。所以傅成到了这个所在，倒觉安心，便寻着亲朋好住些时，只念着一个库书，年中有许多进项，虽然是逃走出来，还不知何日才回得广东城里去，心上委放不下。况且自己随行的银子却是不多，便立意将这个库书，要寻人承受。

偏是事有凑巧，那一日正在酒楼上独自酌酒，忽迎面来了一个汉子，生得气象堂堂，衣裳楚楚，大声唤道：“傅二哥，几时来的？”傅成举头一望，见不是别人，正是商人李德观。急急的上前相见，寒暄几句。李德观便问傅成到香港什么缘故。傅成见是多年朋友，便把上项事情，一五一十的对李德观说来。德观道：“老兄既不幸有了这宗事故，这个张总督见钱不眨眼的，若放下这个库书，倚靠别人，恐不易得力。老兄试且想来。”傅成道：“现小弟交托外甥周庸祐在内里打点。只行程忙速，设法已是不及了。据老兄看来，怎么样才好？”李德观道：“足下虽然逃出，名字还在库书里，首尾算不得清楚。古人说：‘一不做，二不休。’不如把个库书让过别人，得回银子，另图别业，较为上策。未审尊意若何？”傅成道：“是便是了，只眼前没承受之人，也是枉言。”德观道：“足下既有此意，但不知要多少银子？小弟这里，准可将就。”傅成道：“彼此不须多说，若是老兄要的，就请赏回十二万两便是。”德观道：“这没打紧。但小弟是外行的，必须贵外甥蝉联那里，靠他熟手，小弟方敢领受。”傅成道：“这样容易，小弟的外甥，更望足下栽培。待弟修书转致便是。”德观听了，不胜之喜。两人又说了些闲话，然后握手而别。

不想傅成回到寓里，一连修了两封书，总不见周庸祐有半句回覆，倒见得奇异。暗忖甥舅情分，哪有不妥？且又再留他在那里当事，更自没有不从。难道两封书总失落了不成？一连又候了两天，都是杳无消息。李德观又来催了几次，觉得没言可答，没奈何，只得暗地再跑回省城里，冒死见周庸祐一面，看他怎么缘故。

谁想周庸祐见了傅成，心里反吃一惊，暗忖他如何有这般胆子，敢再进城里来？便起迎让傅成坐下，反问他回省作甚。傅成愕然道：“某自从到了香港，整整修了几封书，贤甥这里却没一个字回覆，因此回来问问。”周庸祐道：“这又奇了，愚甥这里却连书信的影儿也不见一个，不知书里还说甚事？可不是泄漏了不成？”

傅成见他如此说，便把上项事情说了一遍。周庸祐道：“这样愚甥便当告退。”傅成听罢大惊道：“贤甥因何说这话？想贤甥到这里来，年中所得不少，却不辱没了你。今某在患难之际，正靠着这一副本钱逃走，若没有经手人留在这里，他人是断不承办的了。”周庸祐道：“实在说，愚甥若不看舅父面上，早往别处去，恐年中进项，较这里还多呢。”傅成听到这语，像一盘冷水从头顶浇下来，便负气说道：“某亦知贤甥有许大本领，只可惜屈在这里来。今儿但求赏脸，看甥舅的面上就是了。”周庸祐道：“既是这样，横竖把个库书让人，不如让过外甥也好。”傅成道：“也好，贤甥既有这个念头，倒是易事，只总求照数交回十二万两银子才好。”周庸祐道：“愚甥这里哪能筹得许多，只不过六万金上下可以办得来。依舅父说，放着甥舅的情分，顺些儿罢。”

傅成听罢，见他如此，料然说多也不得，只得说了一回好话，才添至七万金。说妥，傅成便问他兑付银子。周庸祐道：“时限太速，筹措却是不易，现在仅有银子四万两上下，舅父若要用时，只管拿去，就从今日换名立券。余外三万两，准两天内汇到香港去便是。愚甥不是有意留难的，只银两比不得石子，好容易筹得，统求原谅原谅，愚甥就感激的了。”当下傅成低头一想，见他这样手段，后来的三万两，还恐靠他不住。只是目前正自紧急，若待不允，又不知从哪里筹得款项回去，实在没法可施，勉强又说些好话。奈周庸祐说称目前难以措办。没奈何傅成只得应允，并嘱道：“彼此甥舅，哪有方便不得。只目下不比前时，手上紧得很，此外三万两，休再缓了时日才好。”周庸祐听罢，自然允诺，便把四万两银子，给了汇票，就将库书的名字，改作周耀熊，立过一张合同。各事都已停妥，傅成便回香港去。正是：

资财一入奸雄手，姻娅都藏鬼蜮心。

要知后事如何，且听下回分解。

第二回

领年庚演说书吏　论妆奁义谏豪商

话说周庸祐交妥四万两银子，请傅成立了一张书券，换过周耀熊的名字，其余三万两银子，就应允一二天汇到香港那里。傅成到了此时，见手头紧得很，恨不得银子早到手上，没奈何只得允了，立刻跑回香港，把上项情节，对李德观说了一遍。德观道："既是这个库书把来卖过别人，贵外甥不肯留在那里，这也难怪。只老兄这会短收了五万两，实差得远。俗语说得好：'肥水不过别人田。'彼此甥舅情分，将来老兄案情妥了，再回广东，还有个好处，也未可定。"傅成道："足下休说这话。他若是看甥舅的情面，依我说，再留在库书里，把来让过足下，小弟还多五万两呢。他偏要弄到自己手上。目前受小弟栽培，尚且如此，后来还哪里靠得住？"说罢，叹息了一番，然后辞回寓里。

不提防过了三天，那三万两银子总不见汇到，傅成着了急，只得修书催问几次，还不见有消息。又过了两天，才接得周庸祐一封书到来，傅成心上犹望里面夹着一张汇票，急急的拆开一看，却是空空如也，仅有一张八行信笺，写了几行字，倒是说些糊里糊涂的话。傅成仔细一看，写道：

舅父大人尊前愚外甥周庸祐顿首：曩蒙不弃，力为栽培，不胜铭感。及舅父不幸遭变，复蒙舅父赏脸，看姻谊情分，情愿减收五万两，将库书让过愚甥，仰怀高厚，惭感莫名。所欠三万两，本该如期奉上。奈张制帅稽察甚严，刻难移动。且声言如购拿舅父不得，必将移罪库书里当事之人，似此则愚甥前途得失，尚在可危可惧也。香港非宜久居之地，望舅父速返申江，该款容后筹寄。忝在姻谊，又荷殊恩，断不食言，以负大德。因恐舅父过稽时日，致误前程，特贡片言，伏惟荃鉴。并颂旅安。

傅成看罢，气得目定口呆，摇首叹一口气，随说道："他图赖这三万银子，倒还罢了，还拿这些话来吓我，如何忍得他过？只眼前却不能和他合气，权忍些时，好歹多两岁年纪，看他后来怎地结果。"正恨着，只见李德观进来，忙让他坐下。德观便问省城有怎么信息，傅成一句话没说，即把那一封书教德观一看。德观看了，亦为之不平，不免代为叹息，随安慰道："这样人在此候他，也是没用，枉从前不识好歹，误抬举了他。不如及早离了香港，再行打算罢。且此人有这样心肝，老兄若是回省和他理论，反恐不便。"说罢，傅成点头答一声"是"，李德观便自辞出。傅成立刻挥了一函，把周庸祐骂了一顿，然后打叠行程，离了寓所，别过李德观，附轮望上海而去。按下慢表。

且说周庸祐自从计算傅成之后，好一个关里库书，就自己做起来。果然张总督查得傅成已自逃走，恐真个查办出来，碍着海关大臣的情面，若有牵涉，觉得不好看，就把这事寝息不提。周庸祐这时好生安稳，已非一日，手头上越加充足了。因思少年落拓，还未娶有妻室，却要托媒择配才是。暗忖在乡时一贫似洗，受尽邻里的多少揶揄，这回局面不同，不如回乡择聘，多花几块钱，好夸耀村愚，显得自己的气象。想罢，便修书一封，寄回族中兄弟唤做周有成的，托他办这一件事。

自那一点消息传出，那些做媒的就纷纷到来，说某家的女儿好容貌，某家的好贤德，来来往往，不能胜数。就中单表一个惯做媒的唤做刘婆，为人口角春风，便是《水浒传》中那个王婆还恐比他不上。那日找着周有成，说称："附近乐安墟的一条村落，有所姓邓的人家。这女子生得才貌双全，他的老子排行第三，家道小康，在佛山开一间店子，做纸料数部的生理。那个招牌，改作口盛字号，他在店子里司事，为人忠厚至诚，却是一个市廛班首。因此教女有方，养成一个如珠似玉的女儿，不特好才貌，还缠得一双小足儿，现年十七岁，待字深闺。周老爷这般门户，配他却是不错。"周有成听得答道："这姓邓的，我也认得他，他的女儿，也听说很好。就烦妈妈寻一纸年庚过来，待到庙堂里上一炷香，祈一道灵签，凭神作主。至于门户，自然登对，倒不消说了。"

刘婆听了，欢喜不尽的辞去，忙跑到姓邓的家里来。见着邓家娘子，说一声："三娘有礼。"那邓家三娘子认得是做媒的刘婆，便问他来意。刘婆道："无事不登三宝殿，有句话要对三娘说。"三娘早已省得，碍着女儿在旁，不便说话，便带他到厅上来。分坐后，刘婆道："因有一头好亲事，特来对娘子说一声。这个人家，纵横黄鼎、神安两司，再不能寻得第二个。贵府上的千金姐姐，若不配这等人家，还配谁人？"三娘道："休要夸奖，妈妈说得究是哪一家，还请明白说。"刘婆道："恐娘子梦想不到这个人家要来求亲，你试且猜来，猜着时，老身不姓刘了。"三娘道："可不是大沥姓钟的绅户不成？"刘婆道："不是。"三娘道："若不然，恐是佛山王、梁、李、蔡的富户。"刘婆道："令爱千金贵体，自不劳远嫁，娘子猜差了。"三娘道："难道是松柏的姓黄，敦厚的姓陈吗？"刘婆笑道："唉！三娘越差了，那两处有什么人家，老身怎敢妄地赞他一句？"三娘道："果然是真个猜不着了。"刘婆道："此人来往的是绝大官绅，同事的是当朝二品，万岁爷爷的库房都由他手上管去。说来只怕吓坏娘子，娘子且壮着胆儿听听，就是大坑村姓周唤做庸祐的便是。"

邓家三娘听得，登时皱起蛾眉，睁开凤眼，骂一声道：“哎哟！妈妈哪里说？这周庸祐我听得是个少年无赖，你如何瞒我？”刘婆道：“三娘又错了，俗语说：‘宁欺白须公，莫欺少年穷。’他自从舅父抬举他到库书里办事，因张制台要拿他舅父查办，他舅父逃去，就把一个库书让过他，转眼二三年，已自不同。娘子却把一篇书读到老来，岂不可笑？”三娘道：“原来这样。但不知这个库书有怎么好处？”刘婆道：“老身听人说，海关里有两个册房，填注出进的款项，一个是造真册的，一个是造假册的。真册的，自然是海关大臣和库书知见；假册的，就拿来虚报皇上。看来一个天字第一号优缺的海关，都要凭着库书舞弄。年中进项，准由库书经手，就是一二百万，任他拿来拿去，不是放人生息，即挪移经商买卖，海关大员，却不敢多管。还有一宗紧要的，每年海关兑金进京，那库书就预早高抬金价，或串同几家大大的金铺子，瞒却价钱，加高一两换不等。因这一点缘故，那库书年中进项，不下二十万两银子了。再上几年，怕王公还赛他不住。三娘试想，这个门户，可不是一头好亲事吗？”

邓家三娘听罢，究竟妇人家带着几分势利，已有些愿意，还不免有一点狐疑，遂又说道：“这样果然不错，只怕男家的有了几岁年纪，岂不辱没了我的女儿？”刘婆道：“娘子忒呆了！现在库书爷爷，不过二十来岁，俗语说：‘男人三十一枝花。’如何便说他上了年纪？难道娘子疯了不成？”邓家三娘听到这里，经过刘婆一番唇舌，更没有思疑，当即允了，拿过一纸年庚，给刘婆领去。

那周有成自没有不妥，一面报知周庸祐，说明门户怎么清白，女子怎么才德，已经说合的话。周庸祐好不欢喜，立即令人回乡，先建一所大宅子，然后迎亲。先择日定了年庚，跟手又行过文定。不两月间，那所宅子又早已落成，登即回乡行进伙礼。当下亲朋致贺，纷纷不绝。有送台椅的，有送灯色的，有送喜联帐轴的，不能胜数。乡人哪不叹羡，都说他时来运到，转眼不同。过了这个时候，就商量娶亲的事。先向邓家借过女子的真时日，随后择定送了日子。

那乡人见着这般豪富的人家，哪个不来讨殷勤、帮办事？不多时，都办得停停妥妥。统计所办女子的头面，如金镯子、钗环、簪珥、珍珠、钢石、玉器等等，不下三四千两银子。那日行大聘礼，扛抬礼物的，何止二三百人。到了完娶的时候，省、佛亲朋往贺的，横楼花舫，填塞村边河道。周庸祐先派知客十来名招待，雇定堂倌二三十人往来奔走，就用周有成作纪纲，办理一切事宜。先定下佛山五福、吉祥两家的头号仪仗，文马二十顶、飘色十余座、鼓乐马务大小十余副，其余牌伞执事，自不消说了，预日俟候妆奁进来。

不想邓家虽然家道小康，却是清俭不过的，与姓周的穷奢极侈，却有天渊之别。那妆奁到时，周有成打开闺仪录一看，不过是香案高照、台椅半副、马胡两张、八仙桌子一面、火箩大柜、五七个杠箱。其余的就是进房台椅，统通是寻常奁具而已。周家看了，好生不悦。那阿谀奉承的，更说大大门户，如何配这个清俭人家？这话刺到周庸祐耳朵里，更自不安，就怨周有成办事不妥，以为失了面子。周有成看得情景，便说道："某说的是门户清白，女子很好，哪有说到妆奁？你也如何怨我？"周庸祐听了，也没话可答。只那些护送妆奁的男男女女，少不免把姓周的议论妆奁之处，回去对邓家一五一十的说来。邓家这时好生愤怒，暗忖他手上有了几块钱，就说这些豪气话，其实一个衙门役吏，还敢来欺负人。心上本十分不满，只横竖结了姻家，怎好多说话，只得由他罢了。

且说周家到了是日，分头打点起轿。第一度是金锣十三响，震动远近，堂倌骑马，拿着拜帖，拥着执事牌伞先行。跟手一匹飞报马，一副大乐，随后就是仪仗。每两座彩亭子，隔两座飘色，硬彩软彩各两度，每隔两匹文马。第二度安排倒是一样，中间迎亲器具，如龙香三星钱狮子，都不消说。其余马务鼓乐，排匀队伍，都有十数名堂倌随着。最后八名人夫，扛着一顶彩红大轿，炮响喧天，锣鸣震地。做媒的乘了轿子，宅子里人声喧做一团，无非是说奉承吉祥的话。起程后，在村边四面行一个圆场，浩浩荡荡，直望邓家进发。且喜路途相隔不远，不多时，早已到了。这时哄动附近村乡，扶老携幼，到来观看，哪个不齐声赞羡？一连两三天，自然是把盏延宾，好不热闹。

那夜邓家打发女儿上了轿子，送到周家那里，自然交拜天地，然后送入洞房。那周庸祐一团盛气，只道自己这般豪富，哪怕新娘子不喜欢？正要卖些架子，好待新娘子奉承。谁想那新娘子是一个幽闲贞静的女流，素性不喜奢华的。昨儿听得姓周的人把他妆奁谈长说短，早知他是个聚富忘贫的行货子，正要拿些话来拨醒他。便待周庸祐向他下礼时，乘机说道："怎敢劳官人多礼？自以穷措大的女儿，攀不上富户，好愧煞人！"周庸祐道："这是天缘注定，娘子如何说这话？"邓新娘子道："妆奁不备，落得旁人说笑，哪能不识羞耻？只是满而必溢，势尽则倾，古来多少豪门，转眼田园易主，阀阅非人。你来看富如石崇，贵若严嵩，到头来少不免沿途乞丐，岂不可叹？今官人藉姻亲关照，手头上有了钱，自应保泰持盈，廉俭持家，慈祥种福，即子子孙孙，或能久享。若是不然，是大失奴家的所望了。"周庸祐听了这一席话，好似一盘冷水从头顶浇下来，呆了半晌，说不出一句话。暗忖他的说话，本是正经道理，只自己方要摆个架子，拿来让他看看，谁想他反要教导自己，如何不气？正是：

良缘未订闺房乐，苦口先陈药石言。

要知后事如何，且听下回分解。

第三回

返京城榷使殒中途　闹闺房邓娘归地府

却说周庸祐洞房那一夜，志在拿些奢华的架子，在邓娘跟前闹腔，谁想邓氏不瞅不睬，反把那些大道理责他一番。周庸祐虽然心中不快，只觉得哑口无言，胡混过了。

那一宿无话，巴不等到天明，就起来梳洗，心中自去埋怨周有成。惟奈着许多宾朋在座，外面却不敢弄得不好看。一面打点庙见，款待宾朋，整整闹了三五天。一月之后，就把邓氏迁往省城居住。早在东横街买定一所一连五面过的大宅子，装饰过门户，添上十来名梳佣丫环，又是一番气象。争奈与邓氏琴瑟不和，这不是邓氏有些意见，只那周庸祐被邓氏抢白几句，不免怀恨在心里。自到省城住后，不到两月，就凭媒买得河南姓伍的大户一口婢女，作个偏房，差不多拿他作正室一般看待，反把邓氏撇在脑背后了。

不觉光阴似箭，又是一年。这时正任粤海关监督正是晋祥，与恭王殿下本有些瓜葛，恭王正在独揽朝纲，因此那晋祥在京里倒有些势力。周庸祐本是个眼光四射的人，不免就要巴结巴结，好从这里讨一个好处。那晋祥又是个没头脑的人，见周庸祐这般奉承，好不欢喜，所以就看上了他，拿他当一个心腹人员看待了。及到了满任之期，便对周庸祐说道："本部院自到任以来，只见得兄弟很好，奈目下满任，要回京里去，说起交情两个字，还舍不得兄弟。想兄弟在这库书里，手头上虽过得去，不如图个出身，还可封妻荫子，光宗耀祖。就请纳资捐个官儿，随本部院回京，在王爷府里讨个人情，好歹谋得一官半职，也不辱没一世，未审兄弟意下如何？"

周庸祐听罢，暗忖这番说话，是很有道理。凑巧自己和他有这般交情，他回京又有这般势力，出身原是不难。人生机会，不可多得，这时节怎好错过？想罢，便答道："大人这话，是有意抬举小人，哪有不喜欢的道理。只怕小人一介愚夫，懂不得为官作宦，也是枉然。"晋祥听得，不觉笑道："兄弟忒呆了！试想做官有甚么种子？有甚么法门？但求幕里请得两位好手的老夫子帮着办事，便算是一个能员。你来看本部院初到这时，懂得关里甚事？只凭着兄弟们指点指点，就能够做了两任，现在却有点好处，这样看来，兄弟何必过虑？"周庸祐听到这里，不觉大喜，随答道："既是这样，小人就跟随大人回去便是。统望大人抬举，小人就感激的了。"

晋祥听得，自然允诺，便打点回京，一面令真假两册房，做定数目册子，好待交卸。从来关里做册，都有个例数的，容易填注停妥。晋祥又拜会新任监督，说明这会进京，恐没人情孝敬各王公大臣，要在公款里挪移数十万。这都是上传下例，新任的自然没有不允。一面又令周庸祐办金，在各大金子店分头购办，所有实价若干换，花开若干换，统通由周庸祐经手。其余进贡皇宫花粉的费项，及一切预备孝敬王大臣的礼物，都办得停停妥妥。周庸祐随把这个库书的席位，交托心腹人代管，凡经手事件，都明白说过，自由新任监督，择定某日某时接印，送到过来。那日晋祥就把皇命旗牌及册子数目，并一个关防交卸了，随打叠行李，带齐家眷，偕同周庸祐先出了衙门，在公馆再住一两月，然后附搭汽船，沿香港过上海，由水道直望北京进发。

原来前任监督晋祥，自从做了两任粤海关监督，盈余的却三十万有余。从前衙里二三百万公款，都由库书管理，这时三十来万，自然要托周庸祐代管。不想晋祥素有一宗毛病，是个痰喘的症候，春夏本不甚觉得，惟到隆冬时候，就要发作起来。往常在衙里，当周庸祐是个心腹人看待，所有延医合药，都托周庸祐办去。若是贴身服侍的，自有一个随任的侍妾，唤做香屏，是从京里带来的，却有个沉鱼落雁之容，虽然上了三十上下的年纪，那姿首还过得去。且又性情风骚，口角伶俐，晋祥就当他如珠如玉，爱不释手。只是那周庸祐既和晋祥有这般交谊，自上房里至后堂内面，也是穿插熟了，来来往往，已非一次，因此周庸祐却认得香屏。

自古道："十个女流，九个杨花水性。"香屏什等人出身？嫁了一个二品大员，自世人眼底看来，原属十分体面。惟见晋祥上了两岁年纪，又有这个病长过命的痰喘症候，却不免日久生嫌，是个自然的道理。那日自省城起程，仅行了两天，晋祥因在船上中了感冒，身体不大舒服，那痰喘的症候，就乘势复发起来。周庸祐和香屏，倒知他平日惯了，初还不甚介意。惟是一来两病夹杂，二来在船上延医合药，比不得在衙时的方便，香屏早自慌了。只望捱到上海，然后登岸，寻问旅店，便好调医。不提防一刻紧要一刻，病势愈加沉重。俗语说："阎王注定三更死，断不留人到五更。"差不多还有一天水程才到上海，已一命呜呼，竟是殁了。

香屏见了，更自手足无措。这时随从人等，不过五七人，急和周庸祐商议怎么处置才好。周庸祐道："现在船上，自不宜声张，须在船主那里花多少，说过妥当，待到上海时，运尸登岸，才好打点发丧。只有一件难处，煞费商量。"香屏便问有什么难处，周庸祐想了一想，才说道："历来监督回京，在王公跟前，费许多孝敬。这回晋大人虽有十来万银子回京，大夫人是一个寡妇，到京时，左一个，右一个，哪里能够供应？恐还说夫人有了歹心，晋大人死得不明不白，膝下又没有儿子知见，夫人这时节，从哪里办得来？"香屏听罢一想，便答道："大人生时，曾说过有三十来万带回京去，如何你也又说十来万，却是什么缘故？"周庸祐听得，暗忖他早已知道，料瞒不得数目，便转一计道："夫人又呆了。三十来万原是不错，只有一半由西号汇到京里，挽王爷处代收的。怕到京时王爷不认，故这银子差不多落空。夫人试想：哪有偌大宗的银子把来交还一个寡妇的道理？故随带的连预办的礼物，统通算来，不过二十万上下。历来京中王大臣，当一个关督进京，像个老天掷下来的财路一般，所以这些银子，就不够供张的了。"香屏道："你说很是。只若不进京，这些办金的差使及皇宫花粉一项，怎地消缴才好？"周庸祐道："这却容易。到上海时，到地方官里报丧，先把金子和花粉两项，托转致地方大员代奏消缴，说称开丧吊孝，恐碍解京的时刻，地方大员，断没有不从。然后过了三两月，夫人一发回广东去，寻一间大宅子居住，买个儿子承继，也不辱没夫人，反胜过回京受那些王公闹个不了。"香屏听到这一席话，不由得心上不信，就依着办理。一头在船主那里打点妥当，传语下人，秘密风声不提。

过了一天，已是上海地面，周庸祐先发人登岸，寻定旅馆，然后运尸进去。一切行李，都搬进旅馆来。把措办金子和花粉金两项，在地方官里报明，恳请转呈奏缴。随即打点开丧成殓。出殡之后，在上海勾留两月，正是孤男寡女，同在一处，干柴热火，未免生烟。那周庸祐又有一种灵敏手段，因此香屏就和他同上一路去了。所有随带三十来万的银子，与珍珠、钢石、玩器，及一切载回预备进京孝敬王大臣的礼物，统通不下四十来万，都归到周庸祐的手上。其余随从返京的下人，各分赏五七千银子不等，嘱他慎勿声张，分遣回籍去。那些下人横竖见大人殁了，各人又骤然得这些银子，哪里还管许多，只得向香屏夫人前夫人后的谢了几声，各自回去。

这时周庸祐见各人都发付妥了，自当神不知，鬼不觉，安然得了这副家资，又添上一个美貌姨太太，好不安乐，便要搬齐家具，离了上海，速回广东去。所有相随回来的，都是自己的心腹，到了粤城之后，即一发回到大屋里。那家人婢仆等，还不管他三七二十一，只有邓氏自接得周庸祐由上海发回家信，早知道关监督晋大人在中途殁了，看丈夫这次回来，增了无数金银财物，又添了一个旗装美妾。

这时正是十二月天气，寒风逼人，那香屏自从嫁了周庸祐，早卸了孝服，换得浑身如花似锦：头上一个抹额，那颗美珠，光亮照人；双耳金环，嵌着钻石，刺着邓娘眼里；梳着双凤朝阳宝髻，髻旁插着两朵海棠；钗饰镯子，是数不尽的了。身穿一件箭袖京酱宁绸金貂短袄，外罩一件荷兰缎子银鼠大褂，下穿一条顾绣八褶裙，足登一双藕灰缎花旗装鞋。生得眉如偃月，眼似流星，朱唇皓齿，脸儿粉白似的，微露嫣红，仿佛只有二十上下年纪。两个丫头伴随左右，直到厅上，先向邓娘一揖。周庸祐随令家人炷香点烛，拜过先人，随拥进左间正房里。

邓氏看得分晓，自忖这般人物，平常人家，无此仪容；花柳场中，又无此举止。素听得晋大人有一个姨太太，从京里带来，生得有闭月羞花之貌，难道就是此人？想了一会，觉有八九。那一日，乘间对周庸祐说道："晋大人中途殁了，老爷在上海转回，不知晋大人的家眷，还安置在哪里？"周庸祐听得这话，便疑随从人等泄漏，故邓氏知了风声，便作气答道："丈夫干的事，休要来管，管时我却不依！"邓氏听他说，已知自己所料，没有分毫差错了，便说道："妾有多大本领，敢来多管？只晋大人生时，待老爷何等恩厚，试且想来。"周庸祐道："关里的事，谋两块银子，我靠他，他还靠我，算什么厚恩？"邓氏道："携带回京去寻个出身之路，这却如何？"周庸祐此时实没得可答，便愤然道："你休要多说话！不过肚子里怀着妒忌，便拿这些话来胡混。哦！难道丈夫干的事，你敢来生气不成？"邓氏作色道："当初你买伍婢作妾，奴没一句话阻挡，妒在哪里？特以受晋大人厚恩，本该患难相扶，若利其死而夺其资、据其妾，天理安在？"这话周庸祐不听犹自可，听了不觉满面通红，随骂道："古人说的好：'宁教我负天下人，莫教天下人负我。'你看得过，只管在这里啖饭；看不过时，由得你做去！"说罢，悻悻然转出来。把邓氏气得七窍生烟，觉得脑中一涌，喉里作动，旋吐出鲜血来。可巧丫环宝蝉端茶来到房子里，看得这个模样，急跑出来，到香屏房里，对周庸祐说知。周庸祐道："这样人死了也休来对我说！"宝蝉没奈何，跑过二姨太太房里，说称邓奶奶如此如此。二姨太太听得一惊非小，忙跑过来看看。

不一时，多少丫环，齐到邓氏房里，看见鲜血满地，邓氏脸上七青八黄，都手忙脚乱。奈周庸祐置之不理，二姨太太急急的命丫环瑞香寻个医士到来诊脉，一面扶邓氏到厅里来，躺在炕上。已见瑞香进来回道："那医士是姓李的，唤做子良，少时就到了。"二姨太太急命丫环伺候。半晌，只见李子良带着玳瑁眼镜，身穿半新不旧的花绉长夹袍，差不多有七分烟气，摇摇摆摆到厅上。先看过邓氏的神色，随问过病源，知道是吐血的了，先诊了左手，又诊右手，一双近视眼子，认定尺关寸，诊了一会，又令吐出舌头看过，随说道："这病不打紧，妇人本是血旺的，不过是一时妄行，一服药管全愈了。"二姨太太听了，颇觉心安。惟那医士说他妄行，显又不对症了，这样反狐疑不定。李子良随开了方子，都是丹皮、香附、归身、炙芪之类，不伦不类。二姨太太打了谢步，送医士去后，急令丫环合药，随扶邓氏回房。少时煎药端到，教邓氏服了，扶他睡下。

那夜二姨太太和宝蝉、瑞香，都在邓氏房里陪睡。捱到半夜光景，不想那药没些功效，又复呕吐起来，这会更自利害。二姨太太即令宝蝉换转漱盂进来，又令瑞香打水漱口。两人到厨下，瑞香悄悄说道："奶奶这病，究竟什么缘故呢？"宝蝉道："我也不知，大约见了新姨太太回来，吃着醋头，也未可定。"瑞香啐一口道："小丫头有多大年纪，懂什么吃醋不吃醋！"宝蝉登时红了脸儿。只听唤声甚紧，急同跑回来，见邓氏又复吐个不住。二姨太太手脚慌了，夜深又没处设法，只得唤几声“救苦救难慈悲大士”，随问奶奶有什么嘱咐。邓氏道：“没儿没女，嘱咐甚事？只望妹妹休学愚姐的性子，忍耐忍耐，还易多长两岁年纪。早晚愚姐的外家使人来，烦转致愚姐父母，说声不孝也罢了。”说罢，眼儿翻白，喉里一响，已没点气息了。正是：

恼煞顽夫行不义，顿教贤妇丧残生。

要知后事如何，且看下回分解。

第四回

续琴弦马氏嫁豪商　谋差使联元宴书吏

话说邓奶奶因愤恨周庸祐埋没了晋祥家资，又占了他的侍妾，因此染了个咯血的症候，延医无效，竟是殁了。当下伍姨太太和丫环等，早哭得死去活来。周庸祐在香屏房里，听得一阵哀声，料然是邓氏有些不妙，因想起邓氏生平没有失德，心上也不觉感伤起来。正独自寻思，只见伍姨太太的丫环巧桃过来说道："老爷不好了！奶奶敢是仙去了！"周庸祐还未答言，香屏接着说道："是个什么病，死得这样容易？"巧桃道："是咯血呢，也请医士瞧过的，奈没有功效。伍姨太太和瑞香姐姐们，整整忙了一夜，喊多少大士菩萨，也是救不及的了。"周庸祐才向香屏道："这样怎么才好？"香屏道："俗语说：'已死不能复生。'伤感作甚？打点丧事罢。"

周庸祐便转过来，只见伍姨太太和丫环几人，守着只是哭。周庸祐把邓氏一看，觉得已没点气，还睁着眼儿，看了心上好过不去。即转出厅前，唤管家的黄润生说道："奶奶今是死了，他虽是个少年丧，只看他死得这样，倒要厚些葬他才是。就多花几块钱，也没打紧。"黄管家道："这个自然是本该的，小人知道了。"说过，忙即退下，即唤齐家人，把邓氏尸身迁出正厅上。一面寻个祈福道士喃经开道，在堂前供着牌位。可巧半年前，周庸祐在新海防例捐了一个知府职衔，那牌位写的是“诰封恭人邓氏之灵位”。还惜邓氏生前，没有一男半女，就用瑞香守着灵前。伍姨太太和香屏倒出来穿孝，其余丫环就不消说了。次日，就由管家寻得一副吉祥板，是柳州来的，价银八百元。周庸祐一看，确是底面坚厚，色泽光莹，端的是罕有的长生木。庸祐一面着人找个谈星命的择个好日元，准于明日辰时含殓，午时出殡。所有仪仗人夫一切丧具，都办得停妥。

到了次日，亲朋戚友，及关里一切人员，哪个不来送殡？果然初交午时，即打点发引。那时家人一齐举哀，号哭之声，震动邻里。金锣执事仪仗，一概先行。次由周庸祐亲自护灵而出，随后送殡的大小轿子，何止数百顶，都送到庄子上寄顿停妥而散。是晚即准备斋筵，管待送殡的，自不消说了。回后，伍姨太太暗忖邓奶奶死得好冤枉，便欲延请僧尼道三坛，给邓奶奶打斋超度，要建七七四十九天罗天大醮，随把这个意思，对周庸祐说知。周庸祐道：“这个是本该要的，奈现在是岁暮了，横竖奶奶还未下葬，待等到明春，过了七旬，再行办这件事的便是。”伍姨太太听得，便不再说。

果然不多时，过了残冬，又是新春时候。这时周府里因放着丧事，只怕旁人议论，度岁时却不甚张皇，倒是随便过了。已非一日，周庸祐暗忖邓氏殁了，已没有正妻，伍姨太太和邓氏生前本十分亲爱，心上早不喜欢；若要抬起香屏，又怕刺人耳目，倒要寻个继室，才是个正当的人家。那日正到关里查看各事，就把这件心头事说起来。就中一人是关里的门上，唤作佘道生的，说道：“关里一个同事姓马的，唤做子良，号竹宾，现当关里巡河值日，查察走私。他的父母早经亡过，留下一个妹子，芳名唤做秀兰，年已二九，生得明眸皓齿，玉貌娉婷，若要订婚，这样人实是不错。”周庸祐听得，暗忖自己心里，本欲与个高门华胄订亲，又怕这等人家，不和书吏做亲串；且这等女儿，又未必愿做继室，因此踌躇未答。佘道生是个乖巧的人，早知周庸祐的意思，又说道："老哥想是疑他门户不对了，只是求娶的是这个女子，要他门户作甚？"周庸祐觉得这话有理，便答道："他的妹子端的好么？足下可有说谎？"佘道生道："怎敢相欺？老哥若不信时，他家只在清水濠那一条街，可假作同小弟往探马竹宾的，乘势看看他的妹子怎样，然后定夺未迟。"周庸祐道："这样很好，就今前往便是。"

二人便一齐出了关衙，到清水濠马竹宾的宅子来。周庸祐看看马竹宾的宅子，不甚宽广，又没有守门的。二人志在看他妹子，更不用通传，到时直进里面。可巧马秀兰正在堂前坐地，佘道生问一声："子良兄可在家么？"周庸祐一双眼睛，早抓住马秀兰。原来马秀兰生得秀骨珊珊，因此行动更觉娇娆，样子虽是平常，惟面色却是粉儿似的洁白。且裙下双钩，纤不盈握，大抵清秀的人，裹足儿更易瘦小，也不足为怪。当下马秀兰见有两人到来，就一溜烟转进房里去了。周庸祐还看不清楚，只见得秀兰头上梳着一条光亮亮的辫子，身上穿的是泥金缎花夹袄儿，元青捆缎花绉裤子，出落得别样风流，早令周庸祐当他是天上人了。

少时马竹宾转出，迎周、佘二人到小厅上坐定。茶罢，马竹宾见周庸祐忽然到来，实在奇异，便道："什么好东南风，送两位到这里？"周庸祐道："没什么事，特来探足下一遭。"不免寒暄几句。佘道生是个晓事的，就扯马竹宾到僻静处，把如此如此，这般这般，一一说知。马竹宾好生欢喜，正要巴结周庸祐，巴不得早些成了亲事，自然没有不允。复转进厅上来。佘道生道："周老哥，方才我们说的，竹宾兄早是允了。"马竹宾又道："这件事很好，只怕小弟这个门户，攀不上老哥，却又怎好？"周庸祐道："这话不用多说，只求令妹子心允才是。"佘道生道："周老兄忒呆了！如此富贵人家，哪个不愿匹配？"周庸祐道："虽是这样，倒要向令妹问问也好。"

马竹宾无奈，就转出来一会子，复转进说道："也曾问过舍妹，他却是半羞半笑的没话说，想是心许了。”其实马子良并未曾向妹子问过。只周庸祐听得如此，好不欢喜。登时三人说合，就是佘道生为媒，听候择日过聘。周庸祐又道：“小弟下月要进京去，娶亲之期，当是不久了。只是妻丧未久，遽行续娶，小弟忝属缙绅，似有不合，故这会亲事，小弟不欲张扬，两位以为然否？”马竹宾听得，暗忖妹子嫁得周庸祐，实望他娶时多花几块钱，增些体面，只他如此说，原属有理，若要坚执时，恐事情中变，反为不妙。想罢，便说道：“这没大紧，全仗老哥就是。”周庸祐大喜，便说了一会，即同佘道生辞出来。回到宅子，对香屏及伍姨太太说知。伍姨太太还没什么话，只香屏颇有不悦之色，周庸祐只得百般开解而罢。

果然过了十来天，就密地令人打点亲事，娶时致贺的，都是二三知己，并没有张扬，早娶了马氏过门。原来那一个马氏，骄奢挥霍，还胜周庸祐几倍。生性又是刻薄，与邓氏大不相同。拿香屏和伍姨太太总看不在眼里，待丫环等，更不消说了。他更有种手段，连丈夫倒要看他脸面，因此各人无可奈何。惟诟谇之声，时所不免。没奈何，周庸祐只得把香屏另放在一处居住，留伍姨太太和马氏同居。因当时伍姨太太已有了身孕，将近两月，妇人家的意见，恐动了胎神，就不愿搬迁，搬时恐有些不便。所以马氏心里就怀忌起来，恐伍姨太太若生了一个男儿，便是长子，自己实在不安：第一是望他堕了胎气，第二只望他产个女儿，才不至添上眼前钉刺。自怀着这个念头，每在伍姨太太跟前，借事生气，无端辱骂的，不止一次。

那日正在口角，周庸祐方要排解，忽报大舅郎马竹宾到来拜谒，周庸祐即转出来，迎至厅上坐下。马竹宾道：“听说老哥日内便要进京，未知哪日起程，究竟为着什么事呢？”周庸祐道：“这事本不合对人说，只是郎舅间没有说不得的。因现任这个监督大人，好生利害，拿个钱字又看得真，小弟总不甚得意。今将近一年，恐他再复留任，故小弟要进京里寻个知己，代他干营，好来任这海关监督，这时同声同气，才好做事。这是小弟进京的缘故，万勿泄漏。”马竹宾道：“老哥好多心，亲戚间哪有泄漏的道理？在老哥高见不差，只小弟还有句话对老哥说：因弟从前认得一位京官，就是先父的居停，唤作联元，曾署过科布多参赞大臣。此人和平纯厚，若谋此人到来任监督，准合尊意，未审意下如何？”周庸祐道：“如此甚好，就请舅兄介绍一书，弟到京时，自有主意。”马竹宾不胜之喜，暗忖若得联元到来，大家都有好处。就在案上挥了一函，交过周庸祐，然后辞出。及过了数天，周庸祐把府上事情安顿停妥，便带了二三随从的不等，起程而去。

有话便长，无话便短。一路水陆不停，不过十天上下，就到了京城。先到南海馆住下，次日即着人带了马竹宾的书信，送到联元那里，满望待联元有了回音，然后前往拜会。谁想联元看过这封书，即着门上问过带书人，那姓周的住在哪里，就记在心头。因书里写的是说周庸祐怎么豪富，来京有什么意见。若要谋个差使，好向周某商量商量这等话。那联元从前任的不过是个瘦缺，回时没有钱干弄，因此并没有差使。正是久旱望甘霖，今得这一条路，好不得意，便不待周庸祐到来拜会，竟托称问候马子良的消息，直往南海馆来找周庸祐。

当下周庸祐接进里面，先把联元估量一番，果然是仪注纯熟，自然是做官的款子。各自通过姓名，先说些闲话。联元欲待周庸祐先说，只周庸祐看联元来得这般容易，不免又要待他先说，因此几个时辰，总不能说得入港。联元便心生一计，料非茶前酒后花费多少，断成不得事。倘迁延时日，若被他人入马，岂不是失了这个机会？遂说道：“小弟今夜谨备薄酌，请足下屈尊，同往逛逛也好。”周庸祐道：“小弟这是初次到京，很外行的，正要靠老哥指点。今晚的东道主，就让小弟做了罢。”联元道：“怎么说？正为足下初次来京，小弟该作东道。若在别时，断不相强。”周庸祐只得领诺。

两人便一同乘着车子，转过石头胡同，到一所像姑地方，一同进去。原来这所地方，就是有名的像姑名唤小朵的寓处，那小朵与联元本是向有交情，这会见联大人到来，自然不敢怠慢。联元道："几天不见面，今广东富绅周老爷到了，特地到来谈天。"说罢，即嘱小朵准备几局酒伺候。这时周庸祐看见几个像姑，都是朱颜绿鬓，举止雍容，浑身润滑无比，脸似粉团一般，较南方妓女，觉得别有天地，心神早把不住了。还亏联元解其意，就着小朵在院里荐个有名的好陪候周老爷。小朵一声得命，就唤一个唤做文馨的进来，周庸祐见了，觉与小朵还差不多，早合了意。那两个像姑听得周某是粤省富绅，又格外加一种周旋手段，因此周庸祐更是神情飞越的了。

谈了好一会子，已把酒菜端上来。联元便肃周庸祐入席。酒至半酣，联元乘间说道："周老哥如此豪侠，小弟是久仰了。恨天南地北，不能久居广东，同在一处聚会，实在可惜！"周庸祐听了，乘醉低声说道："老哥若还赏脸，小弟还有个好机会，现时广东海关监督，乃是个优缺，老哥谋这一个差使，实是不错。"联元故作咋舌道："怎么说？谋这一个差使，非同小可，非花三十万金上下，断不能到手。老哥试想，小弟从前任的瘦缺，哪有许多盈余干这个差使？休要取笑吧。"周庸祐道："老哥又来了，做官如做商，不如向人借转三五十万，干弄干弄，待到任时，再作商议，岂不甚妙？"联元到了此时，知周庸祐是有意的，便着实说道："此计大妙，就请老哥代谋此款，管教这个差使弄到手里，这时任由老哥怎么办法就是。"这几句话，正中了周庸祐之意。正是：

官场当比商场弄，利路都从仕路谋。

要知后事如何，且听下回分解。

第五回

三水馆权作会阳台　十二绅同结谈瀛社

话说联元说起谋差使的事情，把筹款的为难处说了出来，听周庸祐的话，已有允愿借款的意思，便索性向他筹划。周庸祐道：“粤海关是个优缺，若不是多费些钱财，断不易打点。小弟实在说筹款是不难的，只要大人赏脸，使小弟过得去才是。”联元道：“这是不劳说得，联某是懂事的，若到任时，官是联某做，但年中进项，就算是联某和老哥两人的事，任由老哥怎么主意，或是平分，就是老哥占优些，有何不得？”周庸祐道：“怎么说？小弟如何敢占光？大人既准两人平分，自是好事。若是不能，但使小弟代谋这副本钱，不致亏缺，余外就由大人分拨，小弟断没有计较的。”

联元听了大喜，再复痛饮一会。正是茶前酒后，哪有说不合的道理？那小朵儿又忖道：联元若因运动差使，谋得这副本钱，自己也有好处，因此又在一旁打和事鼓，不由得周庸祐不妥，当下就应允代联元筹划二三十万元，好去打点打点。联元道：“老哥如此慷慨，小弟断不辱命。方今执政的敦郡藩王，是小弟往日拜他门下的，今就这条路下手，不消五七天，准有好消息回报。”周庸祐道：“小弟听说这位敦王爷不是要钱的，怕不易弄到手里。”联元道：“老哥又来了，从来放一个关差，京中王大臣哪个不求些好处？若是不然，就百般的阻碍来了。不过由这位王爷手上打点，尽可便宜些的便是。”周庸祐方才无话，只点头答几声“是”。

这时已饮到四鼓时分，周庸祐已带九分醉意，联元便说一声“简慢”，即命撤席。又和两个像姑说笑一回，差不多已天色渐明，遂各自辞别而去。自此周庸祐就和联元天天在像姑寓里，花天酒地，倒不消说。联元凡有所用，都找周庸祐商酌，无不应手。果然不过十天上下，军机里的消息传出来，也有放联元任粤海关监督的事，只待谕旨颁发而已。自这点风声泄出，京里大官倒知得联元巴结上一个南方富商姓周的，哪个不歆羡？有亲来找周庸祐相见的，有托联元作介绍的，车马盈门。周庸祐纵然花去多少，也觉得一场荣耀。

闲话休说。且说当时有一位大理正卿徐兆祥，正值大比之年，要谋一个差使。叵耐京官进项不多，打点却不容易，幸亏由联元手里结识得周庸祐，正要从这一点下手，只是好客主人多，人人倒和他结识，不是有些关切，借款两字，觉得难以启齿。那一日，徐兆祥正在周庸祐寓里谈天，乘间说道：“老哥这会来京，几时才回广东去？究竟有带家眷同来的没有？”周庸祐道：“归期实在未定。小弟来京时，起程忙速些，却不曾带得家眷。”徐兆祥道：“旅馆是很寂寥的，还亏老哥耐得。”周庸祐道：“连天和联大人盘桓，借酒解闷，也过得去。”徐兆祥道：“究竟左右没人伏侍，小僮也不周到，实不方便。小弟有一小婢，是从苏州本籍带来的，姿首也使得，只怕老哥不喜欢。倘若不然，尽可送给老哥，若得侍巾栉，此婢的福泽不浅。未悉老哥有意否？”周庸祐道：“哪有不喜欢的道理？只是大人如此盛意，小弟哪里敢当？”徐兆祥道：“不是这样说，彼此交好，何必这般客气？请择过好日子，小弟自当送来。”周庸祐听了，见徐兆祥如此巴结，心上好不欢喜，谦让一回，只得领诺。徐兆祥自回去准备。

周庸祐此时，先把这事对联元说知，一面就要找个地方迎娶。只念没有什么好地方，欲在联元那里，又防太过张扬，觉得不好看。正自寻思，只见同乡的陈庆韶到来拜会。那陈庆韶是由举人年前报捐员外郎的，这时正在工部里当差。周庸祐接进里面，谈次间，就说起娶妾的事，正愁没有地方借用。陈庆韶道："现时三水会馆从新修饰，在寓的人数不多，地方又自宽广，想借那里一用，断没有不可的。"周庸祐道："如此甚好，只小弟和他馆里管事的人不曾认识，就烦老哥代说一声，是感激的了。"陈庆韶道："这也使得，小弟即去便来。"说罢，即行辞出。不多时，竟回来报道："此事妥了，他的管事说，彼此都是同乡，尽可遵命。因此小弟也回来报知。"周庸祐感激不已，便立刻迁过三水馆来居住。即派人分头打点各事，联元也派人帮着打点。不数日间，台椅器具及房里床帐等事，都已停当。是时正是春尽夏来的时候，天气又自和暖。到了迎娶那一日，周庸祐本待多花费一些撑个架子，才得满意。只因徐兆祥是个京里三品大员，与书吏结这头姻好，自觉得不甚体面，就托称恐碍人议论，嘱咐周庸祐不必太过张扬。周庸祐觉得此话有理，便备一辆车子，用三五个人随着，迎了徐兆祥的婢子过门。周庸祐一看，果然如花似月，苏州美女，端的名不虚传，就列他入第四房姬妾，取名叫做锦霞。他本姓王的，就令下人叫他做王氏四姨太太。

是日宾朋满座，都借三水馆摆下筵席，请亲朋赴宴。夜里仍借馆里房子做洞房，房里的陈设，自然色色华丽，簇簇生香。锦霞看了这张床子，香气扑着鼻里，还不知是什么木料制成，雕刻却十分精致，便问周庸祐这张是什么床子。周庸祐道："你在徐大人府里，难道不曾见过？这张就是紫檀床，近来价值还高些，是六百块银子买来的了，你如何不知？"锦霞道："徐大人是个京官，惯是清俭，哪见过这般华美的床子。"周庸祐笑了一声，其余枕褥被帐的华贵，自不消说了。过了洞房那一夜，越日，周庸祐即往徐兆祥那里道谢，徐兆祥又往来回拜，因此交情颇密。后来和周庸祐借了万把银子，打点放差，此是后话不提。

且说联元自从得了周庸祐资本，自古道“财可通神”，就由王大臣列保，竟然谕旨一下，联元已得任粤海关监督，正遂了心头之愿。自然同僚的纷纷到来道贺，联元便要打点赴任。那日见着周庸祐，即商议到粤上任去，先说道：“这会仗老哥的力，得任这个好缺，小弟感激了。只是起程赴任，还要多花一二万金，才得了事。倒求老哥一概打算，到时自当重报。”周庸祐道：“这不消说，小弟是准备了。”联元又道：“日间小弟就要上折谢恩，又过五七天，然后请训，必须听候召见一二遭，然后出京，统计起程之时，须在一月以后。弟意欲请老哥先期回去，若是同行，就怕不好看了。”周庸祐听得有理，一一允从。送联元回去后，过了些时，即向各亲友辞行，然后和锦霞带同随人，起程回粤。虽经过上海的繁华地面，因恐误联元到粤时接应，都不敢勾留，一直扬帆而下，不过十天上下，已回到广东。

原来家人接得他由香港发回的电报，因知得周某回来，已准备几顶轿子迎接，一行回到宅子里。家人见又添上一位四姨太太，都上前请安，锦霞又请马氏出堂拜见，次第请伍姨太太和香屏姨太太一同见礼。各人都见锦霞生得十分颜色，又是性情态度颇觉温柔，也很亲爱。只有马氏一人心上很不自在，外面虽没说什么话，因念入门未久，不宜闹个不好看，只得权时忍耐忍耐，好留得后来摆布而已。因此锦霞暂时也觉安心。香屏姨太太自回自己的宅子里去，锦霞就和马氏、伍姨太太一块儿居住。

过了一月有余，早听得联元将近到省的消息，周庸祐这时已换了一位管家，唤做骆念伯，即着他到香港远地迎接联元，并对联元说道：“这回大人到省，周老爷也不敢到码头迎接，因恐碍人议论，请到公馆时相见罢。”联元早已会意，即着骆念伯回报，代他找一间公馆，俾得未进衙时居住。骆念伯得令，自回来照办。那联元果然第二天就到了粤城，自然有多少官员接着，即先到公馆里住下，次日就要出来拜客。

你道那联元先往拜见的果是何人？他不见将军，不见督抚，又不见三司，竟令跟人拿着帖，乘着大轿子，直出大南门入东横街，拜见本衙门的书吏周庸祐，次后才陆续往拜大小官员。此事实周庸祐想不到，旁人更不免见得奇异。有知道内里情节的，自然摇着首一笑；若是不知内里情节的，倒要歆羡周庸祐了。及至联元接印而后，衙里什么事都由周庸祐出主意，联元只拥着一个监督的虚名，差不多这官儿是周庸祐做的一样，因此周庸祐的声势越加大起来了，当时官绅哪个不来巴结？

周庸祐因忖有这般势力，不如乘此时机，联结几个心腹的亲朋，尽可把持省里的大事，无论办什么捐，承什么饷，断不落到他人手上，且又好互成羽翼。想罢，觉得好计，即把本意通知各人，各人哪有不赞成的？就结了官绅中十一个好友，连自己共十二人，名唤十二友，同作拜把的兄弟：第一位是姓潘的，唤做祖宏，是个举人出身，报捐道员，他的兄长都是翰林院，是个有名的豪绅，浑称潘飞虎。第二位是姓苏的，名唤如绪，他的祖父曾任过督抚，是个办捐务的能手。第三位许英祥，他的老子曾任三司，伯父又是当朝一品。这三位是省内久闻素仰的大绅了。第四位李子仪，是个总兵。第五位李文桂，是个都司，曾在赌场上赚得几块钱，也是一个富户。第六位李著，即李庆年，是个洋务局委员。第七位杨积臣，虽是外教中人，却是个副将衔的统兵官。第八位李信，是个候补道员。第九位裴鼎毓，本贯安徽人氏，由进士出身，当时正任番禺知县，这一位能巴结上司，是个酷吏中的班首。第十位邓子良，他虽是一个都司衔，实任千总，只是钻营上也有些手段。第十一位周乃慈，别字少西，是周庸祐的同宗，本没甚势力，只是结得那周庸祐，好拍马屁，故此认作兄弟。以上十一人，连周庸祐共成十二友。

这十二友的名字，个个有权有势，周庸祐好不欢喜！那日便对周乃慈说道："少西老弟，我们结得这班朋友，是有声势的，还有肝胆的，那时节不患没个帮手。只须找个地方常常聚谈，才见得亲密，你道哪一处才好？"周乃慈道："各位兄弟多在城外往来，今谷埠一带，是个繁华地面，哥哥许多产业在那里，不如拨一间铺子出来，作兄弟们的聚会处，岂不甚好？"周庸祐猛然醒道："有了，现有一间铺子，在龙母庙的附近，离谷埠不远，襟江带海，是个好所在。里面还很宽广，楼上更自清雅，有厅子数座，就把来整饰整饰，总要装潢些。有时请官宴、闹娼筵，尽可方便。其余商量密事，自不消说。"周乃慈听得大喜，一面通知十位兄弟，看他们意见如何。只见各人都已愿意，便商议这一座近水楼台，改个好名色。周庸祐即请潘祖宏、许英祥、裴鼎毓三人酌议，因这三位是科甲中人，自然有文墨。果然那三人斟酌停妥，旋改作"谈瀛社"三个字。众人都赞道："改得好！"周庸祐便大兴土木，修饰这座楼台，好备各兄弟来往。正是：

结得金兰皆富贵，兴来土木斗奢华。

要知后事如何，且听下回分解。

第六回

贺姜酌周府庆宜男　建斋坛马娘哭主妇

话说周庸祐自从联元到任粤海关监督，未曾拜见督抚司道及三堂学使，却先来拜见他，这时好不声势，因此城内的官绅，哪个不来巴结？故十二位官绅，一同作了拜把兄弟，正是互通声气，羽翼越加长大的了。自古道：“运到时来，铁树花开。”那年正值大比之年，朝廷举行乡试。当时张总督正起了一个捐项，唤做海防截缉经费，就是世俗叫做闱姓赌具的便是。论起这个赌法，初时也甚公平，是每条票子，买了怎么姓氏，待至放榜时候，看什么人中式，就论中了姓氏多少，以定输赢。怎晓得官场里的混账，又加以广东官绅钻营，就要从中作弊，名叫买关节。先和主试官讲妥账目，求他取中某名某姓，使闱姓得了头彩，或中式每名送回主试官银子若干，或在闱姓彩银上和他均分，都是省内的有名绅士，才敢作弄。

这时，一位在籍的绅士刘鹗纯，是惯做文科关节揽主顾的，他与周庸祐是个莫逆交。那时正是他经手包办海防截缉经费，所以舞弄舞弄，更自不难。那一日正来拜见周庸祐，谈次说起闱姓的事情，周庸祐答道：“本年又是乡科，老哥的进项，尽有百万上下，是可预贺的了。”刘鹗纯道：“也未尝不撇光儿，只哪里能够拿得定的。”周庸祐道："岂不闻童谣说道：'文有刘鹗纯，武有李文桂。若要中闱姓，殊是第二世。'这样看来，两位在科场上的手段，哪个不曾领教的？"刘鹗纯听了，忙扯周庸祐至僻处，暗暗说道："栋公，这话他人合说，你也不该说。实在不瞒你，本年主试官，正的是钱阁学，副的是周太史，弟在京师，与他两人认识，因此先着舍弟老八刘鹗原先到上海，待两主试到沪时，和他说这个。现接得老八回信，已有了眉目，说定关节六名，每名一万金，看来闱姓准有把握。栋公便是占些股时，却亦不错。"周庸祐道："老哥既是不弃，就让小弟占些光也好。"刘鹗纯道："哪有不得，只目前要抬怎么姓氏，却不能对老哥说。彼此既同志气，说什么占光？现小弟现凑本十万元，就让老哥占三二万金就罢了。"

周庸祐不胜之喜，一面回至关里，见了联元，仍带着几分喜色。联元道："周老哥有怎么好事，却如此欢喜？可惜本官还正在这里纳闷得慌。"周庸祐道："请问大人，怎地又要纳闷起来？"联元道："难道老哥不知，本官自蒙老哥慷慨仗义，助这副资本，才得到任。奈命里带不着福气，到任以来，金价日高，若至满任时，屈指不过数月，恐这时办金进京，还不知吃亏多少。放着老哥这一笔账，又不知怎地归款了。"周庸祐道："既然如此，大人还有怎么计较？"联元道："昨儿拜会张制帅，托他代奏，好歹说个人情。因从前海关定例，办金照十八换算，近来时价也至卅六七换，好生了得，故此小弟欲照时价折算进京。奈张制帅虽然代奏，只朝上说是成例如此，不得变更，因此不准，看来是没有指望的了。"周庸祐道："此事我也知得，自前任的挪去二三十万，自然归下任填抵。借小弟的三十来万，又须偿还，偏又撞着千古未有的金价，也算是个不幸。只小弟现在有个机会，本不合对大人说，但既然是个知己，如何说不得？"

联元听了，急问有怎么机会。周庸祐便附耳把和刘鹗纯谋的事，细细说了一遍。联元道："原来科场有这般弊端，怪得广东主试官是个优差了。”周庸祐道：“年年都是如此。可笑赌闱姓的人，却来把钱奉献。”联元道：“既有这个机会，本官身上，究有什么好处？”周庸祐道：“小弟准可在刘某那里占多万把本钱，就让些过大人便是。”联元听得，喜得笑逐颜开，即拱手谢道：“如此始终成全本官的，本官铭感的了。”两人说罢，周庸祐即转出来，次日即到刘鹗纯那里回拜，就在买关抬闱姓项下，占了资本三万银子，暗中却与联元各占一万五千。把银子交付过后，因那刘鹗纯是个弄科场的老手，这场机会，都拿得九成妥当。

不觉光阴似箭，已是八月中旬，士子进闱的，三场已满，不多时，凡赌闱姓的都已止截，只听候放榜消息。那一日，刘鹗纯正到周庸祐的宅子来，庸祐接进里面，即问闱里有怎么好音。刘鹗纯道：“不消多说，到时便见分晓。这会弄妥关节之外，另请几位好手进场捉刀。因恐所代弄关节的人，不懂文理，故多花几块钱，聘上几位好手，管教篇篇锦绣，字字珠玑，哪有不入彀的道理？”正说得兴高采烈，周庸祐道：“放榜的日期，是定了九月十二，还隔有五天，到这时，就在谈瀛社设一酌，大家同候好音，你道何如？”刘鹗纯答一声“是”而去。

果然到了是日，周庸祐就作个东道，嘱咐厨子在谈瀛社准备酒席。除了三五做官的，是日因科场有事不便出来，余外同社各位绅士，都到谈瀛社赴席去了。少顷，刘鹗纯亦到，当下宾朋满座，水陆杂陈。正自酣饮，这时恰是闱里填榜的时候，凡是中式的人，倒已先后奔报，整整八十八名举人之内，刘鹗纯见所弄关节的人，从不曾失落一个，好不欢喜，即向周庸祐拍着胸脯说道：“栋翁，这会又增多百十万的家当了。”周庸祐一听，自然喜得手舞足蹈。同座听得的，都呼兄唤弟的赞羡，有的说是周老哥好福气，有的说是刘老哥不把这条好路通知。你一言，我一语，正在喧做一团，忽见守门的上来回道：“周老爷府上差人到了。”

周庸祐还不知有甚事故，即令唤他上来，问个原故。那人承命上前，拱手说道："周老爷好了，方才二姨太太分娩，产下一个男子，骆管家特着小的到来报知。"周庸祐听到这话，正不知喜从何来。方才科场发榜，已添上百十万家资，这会又报到产子，自世俗眼底看来，人生两宗第一快事，同时落在自己身上。又见各友都一齐举杯道贺，不觉开怀喝了几盅，就说一声"欠陪"，即令轿班掌轿，登时跑回宅子去。只见家人都集在大堂上，锦霞四姨太太，已帮着打点各事，香屏三姨太太也是到来了，其余仆妇丫环，都往来奔走。

各人见周庸祐回来，都欢天喜地，老爷前老爷后的贺喜，单不见马氏。那锦霞四姨太接着说道："将近分娩的时节，即对马太太说知，谁想马太太说恰是身子不大舒服，没有出来。妾是不懂事，只得着人催了那稳婆到来，还幸托赖得大小平安。不久三姨太太又到了，妾这时才有些胆子，今是没事了。"香屏道："妾闻报时即飞也似的过来，到时已是产下来了。"一头说，一头着丫环点长明灯，掌香烛拜神。又准备明天到各庙里许个保安愿，又要打点着人分头往各亲串那里报生。周庸祐一一听得，随到二姨太太房里一望，见那稳婆和丫环巧桃、小柳，在那里侍候着。稳婆早抱着小孩子起来，让周庸祐一看，周庸祐看得确是一个男子，心上欢喜说道："二姨太这会身子可好？"各人答应个"是"。周庸祐又吩咐小心侍候，别教受了风才好。说罢，随即转身出来，叫骆管家先支出五百两银子。作红封，又嘱明儿寻好好的乳娘，并说道："凡是家里有了喜事，就是多花些银子，也没紧要。"骆管家答应过了，然后退下。

到了次日，自然亲朋戚友，纷纷到来道贺。一连几天，车马盈门。所有拜把兄弟，共十一位官绅，和关里受职事的人，与一切亲友，有送金器的，有送袍料的，都来逢迎巴结，只有马子良未到，周庸祐也觉得奇异。原来马氏也是怀了六甲，满望二姨太太生女，自己生男，还是个长子。今见二姨太太先生了一个男子，将来家当反被他主持了，所以心怀不满，故并未报知马子良。那马子良又因家道中落，常看妹子的脸面，因此不敢违妹子的意思。周庸祐还不省得，次日在马氏房里，见马氏托着腮，皱着眉，周庸祐正问他怎地缘故，马氏即答道：“天生妾薄命，是该受人欺负的。往常二房常瞧我不在眼内，这会又添上个儿子，还不知将来更呕多少气！”周庸祐道：“常言道：‘侍妾生子，为妻的有福。’你是个继室，便算是个正妻，哪个来小觑你？你也休再淘气罢了。”马氏道：“老爷常出外去，哪里知得那三房四房虽瞧我不起，还不敢装模作样。那二房常对人说：他是先到这里，亲见我进来的，故凡事都不由我作主意。又说我外家是个破落户，纸虎儿吓不得人，杉木牌儿作不得主，这样就该受人欺负了。我外家哪里敢作人情送礼物来，高扳他人？须知我是拳头上立得人，臂膊上走得马，叮叮当当的女儿，又不是个丫头出身，如何受得这口气？”周庸祐道：“料二房未必有这等说话，你休要听人说。”马氏见周庸祐不信，还是撒娇撒痴，呜呜咽咽的说了一会，周庸祐只得安慰一番而罢。随转过来二姨太太房里，自不提起马氏的说话，只着管家择个日子，好办弥月姜酒，骆管家领命去了。一会子随来回道：“十月十一日，是个黄道吉日，准合用着。”周庸祐答个“是”，就令人分头备办去。

不料那马氏听得十月十一日是弥月，正要寻些凶事，要来冲犯他，好歹他的儿子不长进，才遂却心头之愿。那一夜，就枕边对周庸祐说道：“妾日来心绪不安，常梦见邓氏奶奶对着妾只是哭。妾已省得，他自从没了，并没有打斋超度他，怪不得他怀恨。老爷试想，这笔钱是省不得的。不如煞性做了这场功德，待他在泉下安心，庇护庇护，使家门兴旺，儿女成就，便是好了。”周庸祐道：“我险些忘却了，这是本该的。但儿子将近弥月，不宜见这些凶事。”马氏道：“横竖家里事，有什么忌讳？况且本月是重阳节，阴间像清明开鬼门关，正合做功德。老爷若嫌凶喜交集，可在府里办姜酌，却另往寺门打斋也使得。若待至十月，怕妾早晚要分娩，十一月又是老爷和三房的岳降，十二月又近岁暮，都不合用的。”周庸祐听得，觉得此言有理，便即应允而行。果然到了次日，就着人择定九月廿五日起，建十来天清醮，府里上上下下，都到长寿寺做好事。各人听得，也见得奇异，都来对二姨太太说知。二姨太太道："他的心术，你们难道不知？自古道：'吉人自有天相。'任他怎么做去，我只是不管。”此时马氏这里，一面使人到寺里告知住持，打扫房舍伺候，都不必细说。

单表到了二十五日早膳之后，东横街周府门前，百十顶轿子，纷纷簇簇，听候起程。香屏是另在素波巷居住的，这时也到来，锦霞也是同往。其余亲串到的，例说不尽。那些丫环仆妇，都想邓氏生前慈祥和厚，哪个不愿追荐他？又因镇日困在屋里，自然想前往十天八天的了。于是马氏的丫环宝蝉、瑞香，第三房的丫环巧桃、小柳，第四房的丫环碧云、红玉，就是第二房的丫环丽娟、彩凤，都由二姨太太使他同行。二姨太太身边，只留一二个粗笨的婢子侍候。骆管家或在宅子里，或到寺门打点，及仆妇一切家人，倒是来来往往，周宅里几乎去个空。各人上了轿子，有的说漏了包儿，使人回去取；有的说漏了篮子，使人回去拿。哄哄嚷嚷，塞满街巷。或叫坐稳轿子，或叫扯上轿帘，说说笑笑。骆管家即走来说道："这是在街上，比不得宅子里，也要守些规矩。若太过嘈闹，是不好看了。”各人方才略止了声。

少时陆续起程，宝蝉、瑞香伴着马氏先行，余都挨次而去。路上看的，都站在两边。及至寺前，早有住持执香迎接。周宅人等，一一下了轿子，马氏见头门是土地及两位泥塑天将，过了又是四大金刚，马氏率领三四房侍妾及丫环，一层一层的，瞻拜观玩。骆管家立在台基上，逐一点过，各人都已到齐，即对住持道："我们家人来得多，要准备五七间相连的房子安置，才易照应。”并嘱不准闲人进去。住持答应着，预备去了。住持又对骆管家说道："贵府人多，虽有丫环仆妇，只是人生路不熟，倒茶打水，究竟不便。奈是太太姨太太皆已到了，小沙弥出进不便，可有嫌忌？还请示下来。”骆管家即回明马氏，马氏道：“有什么嫌忌？除了小沙弥伏侍，才不准别的进来罢。”骆管家就对住持说知，住持即派小沙弥几人，听候使用。

忽马氏着人请住持进来，嘱咐准备斋坛。住持急进来，先向马氏见个礼，马氏就问几时能够开坛。住持回道：“酉时就是最吉的了。”马氏道：“各事倒要齐全，也不必计较银子。”住持道：“小僧也省得，像太太的人家，本该体面些。”马氏道：“不要过奖，我只愿多花几块钱，齐齐备备，望邓奶奶早日升天。”住持道：“不是过奖，东横街周，高第街许，一富一贵，哪个不知？自太太进了门，姓周的越加兴旺，城内外统通知道了。”马氏听了，外面虽然谦让，内里见有这番奖赞他，已着实欢喜。

住持又谈一会，然后退出，打点下去。到了酉刻，即请马氏一群人到大雄宝殿上，但见正中供着邓氏奶奶牌位，殿上挂着长旛飘动，左边写道是“西方极乐世界”，右边写道是“南无阿弥陀佛”。坛里十二张桌子，都供着佛像，派十二位僧人敲木鱼，诵《法华经》。另有方丈披袈裟执锡杖，敲玉磬念佛。坛外长杆竖起，系着纸鹤儿，名叫跨鹤上西天。所有丫环，都在坛里烧往生钱。又有小沙弥四名，剪烛花、看香火，四名倒茶打水，往来奔走。各僧每日念佛三次，马氏和众人即到坛哭三次。一连十数天，都是如此。还有宝蝉、瑞香，向日是邓氏奶奶丫环，想起邓氏往日的仁慈，马氏今日的刻薄，触景生情，越哭得凄楚。这时念佛和哭泣的声音，震动内外；香烛和宝帛的烟，东西迷漫。弄得坛外观的人山人海。忽听得坛外台阶上一声喧闹起来，各人都吓了一跳。正是：

殿前佛法称无量，阶外人声闹不休。

要知人声怎么喧闹起来，且看下回分解。

第七回

偷龙转凤巧计难成　打鸭惊鸳姻缘错配

话说周府人等正在寺里荐做好事，各僧方啰啰唣唣的，在大雄宝殿上念经，忽听殿外台阶上，一派喧闹之声。那时管家骆子棠别字念伯的，正自打点诸事，听了急急的飞步跑出来观看。原来一个十五六岁的丫环，在一处与一个小沙弥说笑，被人看着了，因此哗嚷起来，那小沙弥早一溜烟的跑了。骆子棠把那丫环仔细一望，却是马氏随嫁的丫环，叫做小菱。那小菱见了骆子棠，已转身闪过下处。骆子棠即把这事，对住持说知，就唤三五僧人，先要赶散那些无赖子弟，免再嘈闹。只是一班无赖子弟，见着这个情景，正说得十分得意，见那班僧人出来驱赶，哪里肯依，反把几个僧人骂个不亦乐乎。有说他是没羞耻的，有说他是吃狗肉，不是吃斋的。你一言，我一语，反闹个不休。

这时马氏和几位姨太太却不敢作声，都由大雄宝殿上跑出来回转下处。那些僧人羞愤不过，初时犹只是口角，后来越聚越众，都说道那些和尚不是正派的，巴不得抛砖掷石，要在寺里生事。还亏这时寺里，也有十把名练勇驻扎，登时把闲人驱散去了，方才没事。只有那马氏见小菱是自己的丫环，却干出这等勾当，如何忍得？若不把他切实警戒，恐后来更弄个不好看的，反落得侍妾们说口。便立刻着人寻着小菱过来，吓得那十五六岁的小妮子魂不附体，心里早自发抖。来到马氏跟前，双膝跪下，垂泪的唤了一声太太。马氏登时脸上发了黑，骂道：“没廉耻货！方才干得好事，你且说来。”小菱道：“没有干什么事。方才太太着婢子寻帕子，我方自往外去，不想撞着那和尚，向婢子说东说西，不三不四。婢子正缠得苦，还亏人声喧嚷起来，婢子方才脱了手。望太太查察查察也就罢了。”马氏道：“我要割了你的舌头，好教你说不得谎！”小菱道：“婢子哪里敢在太太跟前说谎？外面的人，尽有看得亲切的，太太不信，可着人来问。”马氏更怒道：“人尽散了，还问谁来？”就拿起一根藤条子，把小菱打了一会。骆子棠道：“这样是寺里没些规矩了，打他也是没用的。只怕传了出来，反说我们府里是没教训的了。”马氏方才住了手。

只见几个僧人转进来，向马氏道歉，赔个不是，骆子棠即把僧人责备几句而罢。单是马氏面上，还尚带有几分怒气，正是怒火归心，忽然“哎哟”一声，双手掩住小腹上，叫起痛来。骆子棠大惊，因马氏有了八九个月的身孕，早晚怕要分娩，这会忽然腹疼，若然是在寺里产将下来，如何是好？便立刻叫轿班扛了轿子进来，并着两名丫头扶了马氏，乘着轿子，先送回府上去。又忖方才闹出小菱这一点事，妇人家断不宜留在寺里，都一发打发回府。把这场功德，先发付了账目，余外四十九天斋醮，只嘱咐僧人循例做过，不在话下。

且说马氏回到府里，暗忖这会比不得寻常腹痛，料然早晚就要临盆，满想乘着二姨太太有了喜事，才把这场凶事舞弄起来，好冲犯着他。不想天不从人愿，偏是自己反要作动临盆，岂不可恨！幸而早些回来，若是在寺里产下了，不免要净过佛前，又要发回赏封，反弄个不了，这时更不好看了。想罢，又忖道：这会若然生产，不知是男是女？男的犹自可，倘是女儿，眼见得二房有了儿子，如何气得过？想到这里，猛然想起一件事来：因前儿府上一个缝衣妇人区氏，他丈夫是姓陈的，因亦有了身孕，故不在府里雇工。犹忆起他说有孕时，差不多与自己同个时候。他丈夫是个穷汉，不如叫他到来，与他酌议，若是自己生男，或大家都生女，自不必说；自己若是生女，他若生男，就与五七百银子，和他暗换了。这个法门，唤做偷龙转凤，神不知，鬼不觉，只道自己生了儿子，好瞒得丈夫，日后好承家当，岂不甚妙！想了觉得委实好计，就唤一个心腹梳佣唤做六姐的，悄悄请了区氏到来，商酌此事，并说道："若是两家都是生男，还赏你一二百银子，务求不可泄漏才是。"区氏听得，自忖若能赏得千把银子，还胜过添了一个穷儿。遂订明八百银子，应允此事。区氏又道："只怕太太先我生产，这事就怕行不得了。太太目前就要安胎，幸我昨儿已自作动，想不过此一二天之内，就见分晓。请太太吩咐六姐，每天要到茅舍里打探打探，若有消息，就通报过来便是。"马氏应诺，区氏即自辞去。

果然事有凑巧，过了一天，区氏竟然生了一个男子，心中自然欢喜。可巧六姐到来，得了这宗喜信，就即回报马氏。马氏就吩咐左右伏侍的人，秘密风声，但逢自己生产下来，无论是男是女，倒要报称是生了男子。又把些财帛贿嘱了侍候的稳婆。又致嘱六姐，自己若至临盆，即先暗藏区氏的儿子，带到自己的房里。安排既定，专候行事。

且说区氏的丈夫，名唤陈文，也曾念过几年书，因时运不济，就往干小贩营生去。故虽是个穷汉子，只偏怀着耿直的性儿。当区氏在周府上雇工时，陈文也曾到周府一次，因周府里的使唤人，也曾奚落过他，他自念本身虽贫，还是个正当人家，哪里忍得他人小觑自己。看这使唤人尚且如此，周庸祐和马氏，自不消说了。因此上也怀着一肚子气。恰可那日回家，听区氏说起与马氏商量这一件事，陈文不觉大怒道："丈夫目下虽贫，也未必后来没一点发达。就是丈夫不中用，未必儿子第二代还是不中用的。儿子是我的根苗，怎能卖过别人？无论千把银子，便是三万五万十万，我都不要。父子夫妇，是个人伦，就令乞食也同一块儿走。贤妻这事，我却不依。”区氏道："丈夫这话，原属有理。只是我已应允他了，怎好反悔下来？”陈文道："任是怎么说，统通是行不得。若背地把儿子送将去，我就到周家里抢回，看你们有什么面目见人！”说罢，也出门去了。

此时区氏见丈夫不从，就不敢多说，只要打算早些回覆马太太才是。正自左思右想，忽然见六姐走过来，欢喜的向区氏说道："我们太太，目下定是生产，特地过来，暗抱哥儿过府去。”区氏叹道："这事干不来了。”六姐急问何故，区氏即把丈夫的说话，一五一十的对六姐说来。六姐惊道："娘子当初是亲口应允得来，今临时反覆，怎好回太太？想娘子的丈夫，料不过要多勒索些金钱，也未可定。这样，待我对太太说知，倒是容易的。这会子不必多言，就立刻先送哥儿去罢。”区氏道："六姐哪里得知，奴的丈夫还说，若然背地送了去，他还要到周府里抢回。奴丈夫脾性是不好惹的，他说得来，干得去，这时怕嘈闹起来，惊动了街坊邻里，面子不知怎好见人了。”六姐听罢，仍复苦苦哀求。不料陈文正回家里来，撞着六姐，早认得他是周府里的人，料然为着将女易男的一件事，即喝了一声道："到这里干什么？”六姐还自支吾对答，陈文大怒，手拿了一根竹竿，正要望六姐头顶打下来，还亏六姐眼快，急闪出门外，一溜烟的跑去了。陈文自去责骂妻子不提。

单说六姐跑回周府，一路上又羞又愤，志在快些回去，把这事中变的情节，要对马太太说知。及到了门首，只见一条红绳子，束着柏叶生姜及红纸不等，早挂在门楣下。料然马太太已分娩下来了，心中犹指望生的是男儿，便好好了事。即急忙进了头门，只听上上下下人等都说道："马太太已产下儿子了。”六姐未知是真是假，再复赶起几步，跑到马太太房中。那马氏和稳婆以及房里的心腹人，倒见六姐赤手回来，一惊非小。马氏脸上，登时就青一回，红一回。六姐急移身挨近马氏跟前，附耳说道：“这事已变更了！”马氏急问其故，六姐即把区氏的说话，及陈文逐他的情景，述了一遍。把一个马氏，气得目定口呆。暗忖换不得儿子，也没打紧，只是自己生了一个女儿，假说生男，是不过要偷龙转凤的意见。今此计既用不着，难道又要说过实在生女不成？想到此情，更是万分气恼，登时不觉昏倒在床上。左右急的来灌救。外面听得马太太昏了，犹只道他产后中了风，也不疑他另有别情。

灌救了一会，马氏已渐渐醒转来，即急令丫环退出，却单留六姐和稳婆在房子里，要商议此事如何设法。六姐道：“方才虽报说生了男子，可说是丫环说错了，只把实在生女的话，再说出来，也就罢了。”马氏道：“这样说别人听来，也觉得很奇怪了。”六姐道：“这点缘故，别人本是不知的，当是丫环说错，就委屈骂了丫环一顿，也没打紧。天祐太太，别时再有身孕，便再行这个计儿，眼前是断谋不及的。若再寻别个孩子顶替，怕等了多时，泄漏了，将来更不好看了。”马氏听了，不觉叹了一声。没奈何，就照样做去，说称实在生女。当下几位姨太太听了，为何方说生男，忽又改说生女，着实见得奇异。只有三五丫头知得原委的，自不免笑个不住。

闲话休说。且说周庸祐那日正在谈瀛社和那些拜把兄弟闲坐，忽听得马氏又添上一个儿子，好不欢喜，忙即跑回家里。忽到家时，又说是只生了一个女儿，心上自然是有些不高兴。便到马氏房子里一望，还幸大小平安，倒还不甚介意。到了廿余天，就计算备办姜酌。前两天是二房的儿子弥月，后两天就是马氏的女儿弥月，正是喜事重来，哪个不歆羡？只是舅兄马子良心想，当二房产子时，也没有送过礼物，这会若送一不送二，又觉不好看，倒一齐备办过来。这时一连几天，肆筵设席，请客延宾，周府里又有一番热闹了。

过了几天，只见关里册房潘子庆进来拜候，周庸祐接进坐下，即问道：“前几天小儿小女弥月，老哥因何不到？”潘子庆道：“因往香港有点事情，所以未到，故特来道歉。”周庸祐道：“原来如此，小弟却是不知。若不然，小弟也要同往走走。”潘子庆道：“老哥若要去时，迟几天，小弟也要再往。因是英女皇的太子到埠，小弟也要看会景，就同走走便是。”周庸祐道：“这样甚好。”潘子庆便约过起程的日期，辞别而去。

果然到了那一日，周、潘两人，都带了跟随人等，同往香港而来。那周、潘两人，也不过是闲逛地方，哪里专心来看会景，镇日里都是花天酒地。那些青楼妓女，又见他两人都是个富翁，手头上这般阔绰，哪个不来巴结？单表一妓，名唤桂妹，向在锦绣堂妓院里，有名的校书，周庸祐就叫他侑酒。那桂妹年纪约十七八上下，色艺很过得去。只偏有一种奇性，所有人客，都取风流俊俏的人物，故周庸祐虽是个富户，只是俗语说：“牛头不对马嘴。”他却不甚欢喜。那一夜，周庸祐正在锦绣堂厅上请客，直至入席，还不见桂妹上厅来。周庸祐心上大怒，又不知怎地缘故，只骂桂妹瞧他不起。在中就有同院的姊妹，和桂妹有些嫌隙的，一来妒桂妹结交了一个富商，不免谮他的短处；二来又好在周庸祐跟前献个殷勤，便说道：“周老爷你休要怪他，他自从接了一位姓张的，是做苏杭的生意，又是个美少年，因此许多客人，统通撇在脑背后了。现正在房子里热薰薰的，由得老爷动气，他们只是不管。”

周庸祐听了，正如无明业火高千丈，怒冲冲的说道：“他干小小的营生，有多少钱财，却敢和老爷作对？”说罢，便着人唤了桂妹的干娘，唤做五嫂的上来，说道：“令千金桂妹，我要带他回去，要多少银子，你只管说。”五嫂暗忖，桂妹正恋着那姓张的客人，天天到来赊账，倒还罢了；还怕他们相约逃去，岂不是一株钱树，白地折了不成？今姓周的要来买他，算是一个机会。想罢，便答道：“老爷说的话可是真的？”周庸祐道：“哪有不真？难道瞧周某买他不起？”五嫂道：“老爷休怪，既是真的，任由老爷喜欢，一万银子也不多，六七千银子也不少。”周庸祐道：“哪里值得许多，实些儿说罢。”五嫂道：“唉！老爷又来了。小女吗，一夜叫局的，十局八局不等；还有过时过节，客人打赏的，年中尽有千把二千。看来一二年间，就够这般身价了。老爷不是外行的，试想想，老身可有说谎的没有？”

周庸祐听到这话，觉得有理，便还了六千银子说合，登时交了五百块银子作定钱，待择日带他回去。并说道：“我这会不是喜欢桂妹才来带他，却要为自己争回一口气，看姓张的还能否和我作对。这会桂妹是姓周的人了，五嫂快下楼去，叫姓张的快些爬走！若是不然，我却是不依。”五嫂听了，方知他赎桂妹却是这个缘故，即喏喏连声的应了。方欲下去，忽听得一阵哭声，娇滴滴的且哭且骂，直登厅上来。众人大惊，急举头一望，见不是别人，却是桂妹。正是：

赤绳方系姻缘谱，红粉先闻苦咽声。

毕竟桂妹因何哭泣起来，且看下回分解。

第八回

活填房李庆年迎妾　挡子班王春桂从良

话说周庸祐那夜在锦绣堂厅上，因妓女桂妹在房子里，和别客姓张的一个美少年，正在热薰薰的，几乎没个空到厅上，因此动气，要把六千银子赎桂妹回去。那桂妹听得，放声大哭，跑到厅上来，在座的倒吓了一跳。方欲问他怎地缘故，那桂妹且哭且说，向五嫂骂道：“我自归到娘的手上，也没有亏负娘的，每夜里捱更抵夜，侍酒准有十局八局，年中算来，赚过娘使用的，却也不少。至今二三年来，该有个母女情分。说起从良两字，是儿的终身事，该对女儿说一声，如何暗地里干去？”说罢，越加大哭。五嫂道：“你难道疯了不成？须知娘不是把来当娼的，像周老爷这般豪富的人家，也不辱没儿。你今有这头好门路，好像戏本上说的废铁生光，他人作梦也梦不到，还有何说？”桂妹道：“儿在这里，什么富家儿也见的不少，儿统通是不喜欢的，但求安乐就罢了。由得娘干去，儿只是不从！”五嫂听了，暗忖姓周的只是一时之气，倘桂妹不从，翻悔起来，则是六千银子落个空，便睁着眼骂道：“你的身原是娘的，即由娘作主。娘干这宗营生，不是做功德干善事，要倒赔嫁妆，送与穷汉！若有交还六千银子的，任由儿去便是。”说罢，还千泼辣货万泼辣货骂个不绝。一头骂，一头下楼去了。桂妹还在一旁顿足只是哭。便有同院的姊妹，上前劝他一会子，扯他下了楼来。

当下一干朋友倒见得奇异。周庸祐自忖自己这般家富，他还不愿意，心上更自不乐。只见席上一位唤做周云微的说道："这却怪不得，宗兄这会方才叫他，从前没有定过情，他自然心上不感激。待他回到府里五七天，自然没事了。"正说着，只见五嫂再复上来，周庸祐即说道："定银已是交了，人是定要带他回去的。你且问他，怎样才得愿意？"五嫂道："十老爷你只管放心，老身准有主意。"说了再复下楼，把周庸祐的话，对着桂妹，问他怎样才得愿意。

桂妹听了，自想满望要跟随那姓张的，可恨养娘贪这六千银子，不遂自己心头之愿。那姓周的有许多姬妾，料然回去没甚好处。若到华民政务司那里告他，断不能勉强自己。奈姓张的是雇工之人，倘闹了出来，反累他的前程，就枉费从前的相爱了。横竖身已属人，不如乘机寻些好意，发付姓张的便是。想罢，即答道："既是如此，儿有话说。"五嫂道："有话只管说，娘自然为你出力。"桂妹道："随他回去，却是不难，只有三件事，要依从儿的。"五嫂便问哪三件？桂妹道："第一件，除身价外，另要置些头面，还要五千银子，把过儿作私己用，明天就要交来。第二件，随他回去，只在香港居住，也不回府上去。第三件，儿今心里不大舒服，过两天方能去得。这三件若能应允。儿没有不从。若是不然，儿就要到华民政务司里，和娘你算账。"五嫂听罢，只得来回周庸祐。那周庸祐觉得三件都不是难事，当即允了。便开怀饮了一会，席终而散。

果然到了次日，即将五千银子交给桂妹，随把身价银除交五百元之外，尚有五千五百银子，一并交妥了。另有头面约值四千银子上下，都送了过来。五嫂就与桂妹脱褐，念经礼斗，又将院里挂生花、结横彩，门外挂着绉纱长红，不下十余丈。连天鼓乐，彻夜笙歌，好不热闹！同院姊妹，纷纷送饼礼来，与桂妹贺喜。桂妹一概推辞。或问其故，桂妹道："姊妹们厚情，为妹的算是领了。这会回去，若得平安，也是托赖洪福。倘不然，为妹吗，怕要削去三千烦恼青丝，念阿弥去。姊妹们若是不信，且放长眼儿看来。"各人听了，都为感动。只有五嫂得了六千银子，却不管三七廿一。

到了次夜，桂妹即密地邀姓张的到来，与他作别。姓张的只皱着眉，没话可说。桂妹劝道："妾这场苦心，君该原谅。俗语说：'穷不与富敌。'君当自顾前程，是要紧的。妾是败柳残花，没什么好处，也不须留恋。"说罢，随拿出三千银子，再说道："拿这些回去，好好营生，此后青楼不宜多到。就是知己如妾，今日也不过如此而已。"说时不觉泪下，姓张的亦为感泣。正是生离死别，好不伤心！整整谈了几个更次，姓张的心里带着愤恨，本不欲拿那三千银子，只不忍拂桂妹的美意，没奈何，只得拿着，趁人静时，分别而去。别时的景况，自不消说了。

到了第三天，周庸祐即准备轿子迎桂妹回去。宅子什物，都是预先准备的，也不必说。自从赎了桂妹之后，周庸祐因此在港逗留多时。

那一日，正接得羊城一函，是拜把兄弟李庆年因前妻没了，要续娶继室，故请周庸祐回省去。周庸祐听得，当即别了香港，要返羊城。先回到东横街府上，也没有说在香港携妓的事，即叫管家骆子棠（号念伯）上前，问李兄弟续娶继室，可有措办礼物，前往道贺的没有。骆念伯道："礼物倒也容易，只是喜联上的上款怎么题法，却不懂得。"周庸祐道："这又奇事，续娶是常有的，如何你还不懂？"骆念伯道："他本来不算得续娶，那李老爷自前妻陈氏在时，每欲抬起第二房爱妾，作个平妻，奈陈氏不从，因此夫妻反目。今陈氏已殁了，他就把第二房作了继室。这都是常有的事，也不见得奇异。偏是那第二房爱妾，有一种奇性，因被陈氏从前骂过，又没有坐过花红轿子，却怀恨于心。今因李老爷抬举他为继室，他竟要先离开宅子里，另税别宅居住，然后择过良辰，使李老爷再行摆酒延宾，用仪仗鼓乐，花红大轿子，由宅子里起行，前往现税的别宅接他，作为迎娶。待回至宅子，又再行拜堂合卺礼。他说道：‘这样方才算真正继室，才算洗清从前作侍妾的名目，且伸了从前陈氏骂他的这口气。’这样看来，怎么贺法，还要老爷示下。”

周庸祐听得，答道：“这样果然是一件奇事，还不知同社的各位拜把兄弟，究有贺他没有？”骆念伯道：“苏家的说道：‘李老爷本是官场里的人，若太过张扬，怕这些事反弄个不好看。’许家的又说道：‘他横竖已对人说，他自然当是一件喜事，断没有不贺的道理。’两家意见，各自不同。只小弟听说，除了官宦之外，如潘家、刘家的早已备办去了。”周庸祐道：“是呀！凡事尽主人之欢，况且近年关部里兼管进口的鸦片，正要靠着洋务局的人员，怎好不做个人情？就依真正娶继室的贺他也罢了。”便办了宁绸喜帐一轴、海味八式、金猪一头、金华腿二对、绍酒四坛、花罗杭绉各二匹，随具礼金一千元，及金器等件，送往李府去。

到了那日，周庸祐即具袍帽过府道贺。果然宾朋满座，男女亲串，都已到了。头锣执事仪仗，色色俱备，活是个迎亲的样子。及至新妇到门，李庆年依然具衣顶，在门首迎轿子，新妇自然是凤冠霞帔，拜堂谒祖，花烛洞房，与及金猪回门的，自不消说。次日即请齐友谊亲串，同赴梅酌。宴罢之后，并留亲朋听戏。原来李府上因有了喜事，也在府里唱堂戏。所唱的却是有名的挡子班，那班名叫做双福。内中都是声色俱备的女伶，如小旦春桂、红净金凤、老生润莲唱老喉，都是驰名的角色了，各亲朋哪个不愿听听。约摸初更时分开唱，李庆年先自肃客就座，男客是在左，女客是在右。看场上光亮灯儿，娇滴滴的女儿，锦标绣帐，簇簇生新，未唱时，早齐口喝一声采。未几就拿剧本来，让客点剧。有点的，有不点的。许英祥点的是

《打洞》，用红净金凤；潘飞虎点的是《一夜九更天》，用老生润莲。次到周庸祐，方拿起笔儿，时周少西正坐在一旁，插口说道："这班有一小旦，叫做春桂，是擅唱《红娘递柬》的，点来听听也好。"周庸祐答个"是"，就依着点了。这时在座听戏的人，个个都是有体面的，都准备赏封，好来打赏，不在话下。

不多时，只听场上笙管悠扬，就是开唱。第一出便是《打洞》，只见红净金凤，开面扮赵匡胤，真是文武神情毕肖。唱罢，齐声喝采，纷纷把赏封掷到场上去。惟周庸祐听不出什么好处，只随便打赏去了。跟手又唱第二出，便是《一夜九更天》，用老生挂白须，扮老人家，唱过岭时，全用高字，真是响遏行云。唱罢，各人又齐声喝采，又纷纷把赏封掷到场上去。周庸祐见各人这般赞赏，料然他们赏的不错，也自打赏去了。及到第三出就是《红娘递柬》，周庸祐见这本是自己亲手点的，自然留神听听。果然见春桂扮了一个红娘，在厢房会张生时，眼角传情处，脚踭儿把心事传，差不多是红娘再生的样子。周庸祐正看得出神，周少西在旁说道："这样可算是神情活现了。"周庸祐一双耳朵，两只眼儿，全神早注在春桂，魂儿差不多被他摄了一半。本来不觉得周少西说什么话，只随口乱答几个"是"。少顷，又听得春桂唱时，但觉莺喉跌荡，端的不错。故这一出未唱完，周庸祐已不觉乱声喝采，随举手扣着周少西的肩膊说道："老弟果然赏识的不差了，是该赏的。"便先把大大的赏封，掷到场上。各人见了，也觉得好笑。过了些时，才把这一出唱罢。

李庆年即令停唱一会，命家人安排夜宴。饮次间，自然班里的角色，下场与宾客把盏。有赞某伶好关目，某好做手，某好唱喉，纷纷其说。单表小旦春桂把盏到周庸祐跟前，向姓周的老爷前老爷后，唤个不住，眉头眼角，格外传神。各人心里，只道周栋臣有这般艳福，哪里知得周庸祐把过春桂的赏封，整整有二千银子，妇人家哪有不喜欢？那周庸祐又见得春桂如此殷勤，也不免着实赞奖他一番。又复温存温存，让他一旁坐下，随问他姓什么的。春桂答道："是姓王。"周庸祐道："到这班里几时了？是从哪里来的？"春桂答道："已经两载，从京里来的。"周庸祐道："惜周某缘薄，见面的少。现在青春几何？现住哪里？"春桂道："十九岁了。现同班的，都税寓潮音街。往常也听得老爷大名，今儿才幸相见。"

周庸祐见春桂说话玲珑，声又娇细，自然赏识。回顾周少西附耳说道："他的容貌很好，还赛过桂妹呢。"周少西道："老哥既是欢喜他，就赎他回去也不错。"周庸祐道："哪有不懂得。只有两件事：一来是怕他不喜欢；二来马奶奶，你可知得他的性儿，是最不喜欢侍妾的。便是在香港花去六千银子，赎了桂妹，我还不敢对他说。"周少西道："老哥忒呆了！看春桂这般殷勤，是断没有不喜欢的。若马奶奶那里，自不必对他说。像老哥如此豪富，准可另谋金屋的，岂不是两全其美？"周庸祐道："这话很是，就烦老弟问问春桂，看他愿意不愿意，我却不便亲自说来。"

周少西便手招春桂，移坐过来，把周庸祐要娶他回去的话，说了一遍。春桂一听，也不知得周庸祐已有许多房姬妾，自然满口应承。便带周少西转过厢厅里，并招班主人到来面说。当下说妥身价五千银子，准于明天兑付。周少西即回过周庸祐，庸祐好不欢喜！先向李庆年及各位宾朋说明这个缘故，是晚就不再令春桂登场唱戏了。各友都知得锦上添花，不是赞春桂好良缘，就是赞周栋臣好艳福，倒不能胜记。

及至四更时分，唱戏的已是完场，席终宾散，各自回去。到了次日，即把春桂身价交付过了，就迎春桂到增沙一间大宅子居住。那宅子直通海旁，却十分宏敞，风景又是不俗，再添上几个丫环仆从，这个别第，又有一番景象。正是堂上一呼，堂下百诺，春桂住在其间，倒自觉得意。那一日，正在厅前打坐，忽听门外人声喧闹，一群妇女，蜂拥的跑上楼来，把春桂吓得一跳。正是：

方幸姻缘扳阀阅，又闻诟谇起家庭。

要知他门外人声怎地喧闹起来，且听下文分解。

第九回

闹别宅马娘丧气　破红尘桂妹修斋

话说第六房姨太太王春桂，正在楼上坐地，忽听一群妇女的声音，喧喧嚷嚷，跑上楼来，早把春桂吓得一跳。时丫环海棠、牡丹，侍坐一旁，春桂正要着他打听，谁想那些妇女，早登在楼上。春桂一看，只见三几名丫环，随后又两个梳佣跟定，拥着一位二十来岁的妇人，面色带着三红七黑，生得身材瘦削，缠着双脚儿。春桂看他面色不像，忙即上前与他见礼。那妇人也不回答，即靠着一张酸枝斗方椅子坐下，徐开言骂道："你们背地干得好事！好欺负人！怪得冤家经宿不回府里去。"

春桂此时听了，才知他是马氏太太，不觉面上登时红涨了。自念他究是主妇，就要循些规矩，即令丫环倒茶来，忙又让马氏到炕上，春桂亲自递过那折盅茶，马氏也不接受。春桂此时怒从心起，还亏随来的丫环宝蝉解事，即代马氏接了，放在几子上。马氏道："平日不参神，急时抱佛脚。茶是不喝了，却哪敢生受？须知俗语说：'家有千口，主事一人。'就是瞧我不起，本该赏个脸儿，到府里和我们相见，今儿不敢劳你贵步，倒是我们先来拜见你了。"春桂道："自从老爷带妾回到这里，便是府上向东向西，妾也不懂得。老爷不教妾去，谁敢自去？太太须知妾也是有头有主，不是白地闯进来的。太太纵不相容，也该为老爷留个脸面，待老爷回来，请和太太评评这个道理。”马氏听得春桂牙尖嘴利，越加愤怒，用手指着春桂骂道：“你会说！恃着宠，却拿老爷来吓我！我胆子是吓大的了，今儿便和你算账！”说罢，拿了那折盅茶，正要往春桂打过来，早有丫环宝蝉拦住。那瑞香、小菱和梳佣银姐，又上前相劝，马氏才把这折盅茶复放下。

春桂这时十分难耐，本欲发作，只看着周庸祐的面上，权且忍他，不宜太过不好看，只得罢手。当下马氏气恼不过，又见春桂没一毫相让，欲要与他闹起来，怕自己裹着脚儿，斗他不过；况且他向在挡子班里，怕手脚来得利害，如何是好？欲使丫环们代出这口气，又怕他们看老爷面上，未必动手；若要回去时，岂不是白地失了脸面，反被他小觑自己了。想到这里，又羞又愤，随厉声唤丫环道：“他在这里好自在，你们休管三七二十一，所有什物，与我搬回府上去。”丫环仍不敢动手，只来相劝。只马氏哪里肯依，忙拿起一根旱烟管，向自己的丫环瑞香，没头没脑的打下来。众丫环无奈，只得一齐动手。只见春桂睁着眼儿，骂道：“这里什物，是老爷把过妾使用的，老爷不在，谁敢拿去？若要动手时，妾就顾不得情面了。”

马氏的丫环听了，早有几分害怕，奈迫于马氏之命，哪里敢违抗？争奈厅上摆的什物，只是围屏台几椅桌，统通是粗笨的东西，不知搬得哪一样。有把炕几移动的，有把台椅打掉的，五七手脚，干东不成西，究搬得哪里去。春桂看了，还自好笑。那梳佣银姐站在台面上，再加一张椅子，方待把墙上挂的花旗自鸣钟拿下，不提防误失了手，叮当的一声，钟儿跌下，打作粉碎。银姐翻身扑下来，两脚朝天，滑溜溜的髻儿，早蓬乱去了。海棠与牡丹看了，都掩口笑个不住。马氏见了，又把千臭丫头万臭丫头的，骂个不住。这时马氏已加倍的怒气，忙叫丫环道：“所有粗笨难移动的东西，都打翻了罢！余外易拿的，都搬回府上去。”那些丫环听得，越加作势，正闹得天翻地覆。银姐自从一跌，更不免积羞成怒，跑到春桂房子里，要把那洋式大镜子，尽力扳下来。春桂一看，此时已忍耐不住，即跟到房子里，将银姐的髻儿揪住，一手扯了他出来。马氏即叫自己的丫环上前相助。正在难解难分的时候，忽守门的上来报说道："周老爷回来了。"那些丫环听得，方才住了手。

原来那周庸祐正在东横街的宅子里，只见马氏一干人出了门，却没有说过往哪里去。少时又见家人说说笑笑，忽见管家骆念伯上来说道："马太太不知因甚事，闻说现到增沙的宅子，正闹得慌呢。"周庸祐听得这话，心上早已明白，怕他将春桂有什么为难，急命轿班掌轿，要跑去看看。一路上十分愤恨马氏，誓要把个利害给他看个样子，好警戒后来。及到了门前，已听得楼上人声汹涌，巴不得三步登到楼上，见春桂正把银姐打作一团，忙喝一声："休得动手！"方说得一句话，马氏即上前对着周庸祐骂道："没羞的行货！我自进门来，也没有带得三灾七煞，使你家门不兴旺，如何要养着一班妖精来欺负我？他们是要我死了，方才安心的。你好过得意？"说罢，呜呜咽咽的咒骂。

周庸祐此时，顿觉没话可说，只得迁怒丫环，打的骂的，好使马氏和春桂撒开手。随又说道："古人说：'大事化为小事，小事化为没事。'方是个兴旺之家。若没点事故，因些意气，就嚷闹起来，还成个什么体统？"说了，即令丫环们扶马氏回去。那马氏还自不肯去，复在周庸祐面前撒娇撒痴，言三语四，务欲周庸祐把春桂重重的责骂一顿，讨回脸面，方肯罢休。只周庸祐明知马氏有些不是，却不忍枉屈春桂，只得含含糊糊的说了一会。春桂已听得出火，便对马氏着实说道："去不去由得你，这会是初次到来搅扰，妾还饶让三分。须知妾在江湖上，见过多少事来，是从不畏惧他人的。若别时再复这样，管教你不好看！"周庸祐听了，还恐马氏再说，必然闹个不了，急的骂了春桂几句，马氏便不做声。因看真春桂的情景，不是好惹的，不如因周庸祐骂了几句，趁势回去，较好下场，便没精打采，引了一干随从婢仆，一头骂，一头出门回去了。

周庸祐便问春桂："因甚事喧闹起来？"春桂只是不答。又问丫环，那丫环才把这事从头至尾，一五一十的说来。此时周庸祐已低头不语，春桂便前来说道："妾当初不知老爷有许多房姬妾，及进门五七天，就听说东横街府里的太太好生利害，平时提起一个妾字，已带了七分怒气。老爷又见他如见虎的，就不该多蓄姬妾，要教人受气才是。"周庸祐听罢，仍是没言可答。春桂即负气回转房子里。

周庸祐一面叫家人打扫地方，将什物再行放好，又嘱咐家人，不得将此事泄将出去，免教人作笑话。家人自然唯唯领诺。周庸祐却转进春桂房里，千言万语的安慰他，春桂还是不瞅不睬。周庸祐道："你休怨我，大小间三言两语，也是常常有的。万事还有我作主呢。"春桂道："像老爷纸虎儿，哪里吓得人？老爷若还作得主，他哪敢到这里来说长说短？奈见了他，似蛇见硫磺，动也不敢动，他越加作势了。只若是畏惧他的，当初不合娶妾回来；就是娶了回来，也不该对他说。委曲了妾，也不打紧，只老爷还是个有体面的人家，若常常弄出笑话，如何是好？"周庸祐道："我是没有对他说的，或者少西老弟家里传出来，也未可定。只他究竟是个主妇，三言两语，该要饶让他，自然没有不安静的。"春桂道："你也说得好，他进来时，妾还倒茶伺候他，他没头没脑就嘈闹起来。妾到这里，坐还未暖，已是如此，后来还了得？"

周庸祐此时，自思马氏虽然回去，若常常到来嘈闹，究没有了期。想了一会，才说道："俗语说：'不贤妻，不孝子，没法可治。'四房在府里，倒被他拿作奴婢一般，便是二房先进来的，还不免受气。我是没法了，不如同你往香港去，和五房居住，意下如何？"春桂道："如此或得安静些，若还留在这里，妾便死也不甘心！"周庸祐便定了主意，要同春桂往香港。到了次日，即打点停妥，带齐梳佣侍婢，取齐细软，越日就望香港而来。东横街大屋里，上上下下，都没一个知觉。只有马氏使人打听，知道增沙屋里已去个干净，自去怨骂周庸祐不提。

且说周庸祐同春桂来到香港，先回到宅子里，桂妹见了周庸祐又带着一个如花似玉的女子进来，看他动静却不甚庄重，自然不是好人家女子的本色，不知又是哪里带回的。周庸祐先令春桂与五房姐姐见礼，桂妹也回过了，然后坐下。周庸祐就令人打扫房子，安顿春桂住下。

那一日，春桂正过桂妹的房子来，说起家里事，少不免互谈心曲，春桂就把向在挡子班里，如何跟了周庸祐，如何被马氏搅扰，如何来到香港，一五一十的说来，言下少不免有埋怨周庸祐畏惧马氏的意思。桂妹道："妹妹忒呆了！不是班主人强你的，你结识姓周的没有几时，他的家事不知，他的性儿不懂，本不该胡乱随他。愚姐因没恩义的干娘贪着五千银子，弄姐来到这里，今已悔之不及了。你来看，取了愚姐过来，不过数月，又取你妹来了。将来十年八年，还不知再多几房姬妾。我们便是死了，也不得他来看看。"说罢，不觉泪下。春桂亦为叹息而去。

桂妹独自寻思，暗忖自己在香港居住，望长望短，不得周庸祐到来一次；今又与第六房同住，正是会少离多。若回羊城大屋，又恐马太太不能相容。况且两三年间，已蓄五六房姬妾，将来还不知更有多少。细想人生如梦，繁华富贵，必有个尽头。留在这里，料然没有什么好处，倒不如早行打算。想到这里，又不免想到从前在青楼时那姓张的人了。忽又转念道：使不得，使不得。自己进他门以来，未有半点面红面绿，他不负我，我怎好负他？想了一会，觉得神思困倦，就匿在床子上睡去。只哪里睡得着，左思右想，猛然想起在青楼时，被相士说自己今生许多灾难，还恐寿元不永，除是出家，方能抵煞，不如就寻这一条路也好。在女儿家知识未开，自然迷信星相；况那桂妹又有这般感触，如何不信？当下就立定了主意，要削发为尼。只是往哪一处削发才好？忽然又想起未到香港以前，在珠江谷埠时，每年七月娼楼建醮，请来念经的，有一位师傅名叫阿光的，是个不长不短的身材，年纪约二十上下，白净嫣红的脸面，性情和婉，诵梵音悠扬清亮。自己因爱他一副好声喉，和他谈得很熟，他现在羊城囗囗庵里修斋，就往寻他，却是不错。但此事不可告人，只可托故而去罢了。便托称心事不大舒畅，要往戏园里观剧。香港戏园每天唱戏，只唱至五句钟为度。当是时，晚上汽船正在五点开行的时候，就乘机往附汽船，有何不可？

次日，先携了自己私蓄的银两，着丫环随着，乘了轿子，先到戏园，随发付轿子回去。巴不得等四句半钟时候，先遣开丫环，叫他回府催取轿子，丫环领命去了。桂妹就乘势出了戏园，另雇轿子，直到汽船上去。及丫环引轿子回到戏园，已不见了桂妹，只道他因唱戏的已经完场，独坐不雅，故先自回去。就立刻跑回府里，才知桂妹并未回来，早见得奇异。往返半句钟有余，汽船早已开行去了。又等了多时，都不见桂妹人影。

周庸祐暗忖桂妹在港多时，断没有失路的，究往哪里去？就着人分头寻觅，总不见一个影儿。整整闹了一夜，所有丫环婢仆家里人，上天钻地，都找遍了，都是空手回来，面面相觑。周庸祐情知有异，就疑他见春桂来了，含了醋意，要另奔别人去。此时便不免想到那姓张的去了，因那姓张的与桂妹是在青楼时的知己，若不是奔他，还奔何人？想罢，不觉大怒，就着人寻那姓张的理论。正是：

方破凡尘归佛界，又来平地起风波。

要知后事如何，且听下回分解。

第十回

闹谷埠李宗孔争钗　走香江周栋臣惧祸

话说周庸祐自桂妹逃后，却不知得他逃的因什么事故。细想在这里居高堂，衣文绣，吃膏粱，呼奴喝婢，还不能安居，一定是前情未断，要寻那姓张的无疑了，便着家人来找那姓张的理论。偏是事有凑巧，姓张的却因得了桂妹所赠的三千银子，已自告假回乡去了。周庸祐的家人听得，越想越真，只道他与桂妹一同去了，一发生气，并说道："他一个妇人，打什么紧要？还挟带多少家财，方才逃去。既是做商业的人，包庇店伴，干这般勾当，如何使得？"当下你一言，我一语，闹作一团。

那姓张的，本是个雇工的人，这时那东主听得，又不知是真是假，向来听说他与锦绣堂的桂妹是很知己的，此时也不免半信半疑。只得向周庸祐那家人，说几句好话而罢。过了数天，姓张的回到店子里，那东主自然把这事责他的不是。姓张的自问这事干不来，如何肯承认。争奈做商务的人家，第一是怕店伴行为不端，就有碍店里的声名，不管三七二十一，立即把姓张的开除去了。姓张的哪里分辩得来，心里只叫几声冤枉，拿回衣箱而去。周家听得姓张的开除去了，也不再来追究。

谁想过了数天，接得邮政局付到一封书，并一包物件，外面写着“交香港中环士丹利街某号门牌周宅收启”的十几个大字，还不知从哪里寄来的。急急的拆开一看，却是滑溜溜的一束女儿上头发。周庸祐看了，都不解何故，忙又拆那封书看个备细，才知道桂妹削发出家，这束头发，正是桂妹寄来，以表自己的贞白。周庸祐此时，方知姓张的是个好人，惭愧从前枉屈了他。欲把这事秘密，又恐外人纷传周宅一个姬妾私奔，大大不好看。倒不如把这事传讲出来，一面着人往姓张的店子，说个不是。从中就有那些好事之徒，劝姓张的到公庭，控姓周的赔丑。惟是做商业的人，本不好生事的，单是周家闻得这点消息，深恐真个闹出来，到了公堂，更失了体面，便暗中向姓张的赔些银子，作为了结。自此周庸祐心上觉得有些害羞，倒不大出门去，只得先回省城里，权住些时，然后来港。当回到东横街宅子时，对马氏却不说起桂妹出家的事，只说自己把桂妹赶逐出来而已。因马氏素性是最憎侍妾的，把这些话好来结他欢心。那马氏心里，巴不得把六房姬妾尽行驱去，拔了眼前钉刺，倒觉干净。

那一日，周庸祐正在厅上纳闷，忽报冯少伍到来拜候。原来那冯少伍是周庸祐的总角交，平时是个知己。自从周庸祐凭关库发达之后，那冯少伍更来得亲切。这会到来，周庸祐忙接进里面。茶罢，周庸祐道：“许久不见足下，究往哪里来？”冯少伍道：“因近日有个机会，正要对老哥说知。”周庸祐便问有什么机会，冯少伍道：“前署山东藩司山东泰武临道李宗岱，别字山农，他原是个翰林世家，本身只由副贡出身。自入仕途以来，官星好生了得，不多时就由道员兼署山东布政使。现在力请开缺，承办山东莒州矿务。他现与小弟结识，就是回籍集股的事宜，也与小弟商酌。试想矿产两字，是个无穷利路，老哥就从这里占些股儿，却也不错。”周庸祐道：“虽然是好，只小弟向未尝与那姓李的认识，今日附股的事小，将来获利的事大。官场里的难靠，足下可省得？”冯少伍道：“某看李山农这人，很慷慨的，料然不妨。既然足下过虑，待小弟今晚作个东道，并请老哥与山农两位赴席，看他如何，再行卓夺，你道如何？”周庸祐答个“是”，冯少伍便自辞出。

果然那夜，冯少伍就请齐李、周两人赴席。偏是合当有事，冯少伍设宴在谷埠绣谷艇的厅上，先是李山农到了，其次周庸祐也到了。宾朋先后到齐，各叫校书到来侑酒。原来李山农因办矿务的事，回籍集股，镇日倒在谷埠上花天酒地，所狎的校书，一是绣谷艇的凤婵，一是肥水艇的银仔，一就是胜艇的金娇。那三名校书，一来见李山农是个监司大员，二来又是个办矿的富商，倒来竭力奉承。那李山农又是个色界情魔，倒与他们很觉亲密。这时节，自然叫了那三名校书过来，好不高兴。谁想冤家有头，债各有主，那三名校书，又与周庸祐结交已非一日。当下周庸祐看见李山农与各校书如此款洽，心中自是不快，便问冯少伍道：“那姓李的与这几名校书，是什么时候相识的？”冯少伍道：“也不过一月上下。只那姓李的自从回粤之后，已在谷埠携了妓女三名。闻说这几天，又要和那数名校书脱籍了。”周庸祐心里听得，自是不快。暗忖那姓李的有多少身家，敢和自己作对。就是尽把三妓一齐带去，只不过花去一万八千，值什么钱钞？看姓李的有什么法儿。想罢，早打定了主意。

当下笙歌满座，有弄琴的，有唱曲儿的，热热闹闹，惟李山农却不知周庸祐的心里事，只和一班妓女说说笑笑。周庸祐越看不过眼，立即转过船来，与鸨母说妥，合用五千银子，准明天要携那三妓回府去。李山农还不知觉，饮罢之后，意欲回去凤婵的房子里打睡，鸨母哪里肯依。李山农好不动怒，忙问什么缘故，才知周庸祐已说妥身价，明天与他们脱籍了。李山农心上又气又恼，即向鸨母发作道：“如何这事还不对我说？难道李某就没有三五千银子，和凤婵脱籍不成？我实在说，自山东回来，不及两月，已携妓三名。就是佛山莲花地敝府太史第里，兄兄弟弟，老老幼幼，已携带妓女不下二十名了，哪有那姓周的来？”说了左思右想，要待把这几名妓女争回。叵耐周庸祐在关里的进款，自鸦片归洋关料理以来，年中不下二三十万。且从前积蓄，已有如许家当，讲起钱财两字，料然不能和他争气，惟有忍耐忍耐。没精打采的回转来，已有四更天气，心上想了又想，真是睡不着。

到了越日，着人打听，已知周庸祐把银子交妥，把那三名妓女，不动声色的带回增沙别宅，那别宅就是安顿挡班子春桂的住处。这会子，比不得从前在香港携带桂妹的喧闹，因恐马氏知道了，又要生出事来，因此秘密风声，不敢教人知觉。惟是李山农听得，心里愤火中烧，正要寻个计儿，待周庸祐识得自己的手段，好泄这口气。猛然想起现任的张总督，屡想查察海关库里的积弊。现时总督的幕府，一位姓徐的老夫子唤做赓扬，也曾任过南海知县，他敲诈富户的手段好生利害，年前查抄那沈韶笙的一宗案件，就是个榜样。况自己与那徐赓扬是个知己，不如与他商酌商酌，以泄此恨，岂不甚妙？想罢，觉得有理，忙即乘了轿子，望徐赓扬的公馆而来。

当下两人相见，寒暄数语，循例说几句办矿的公事，就说到周庸祐身上。先隐过争妓的情节不提，假说现在饷项支绌，须要寻些财路；又说称周庸祐怎么豪富，关里怎么弊端，说得落花流水。徐赓扬道："这事即张帅早有此意，奈未拿着他的痛脚儿；且关里的情形，还不甚熟悉。若要全盘翻起，恐碍着历任海关的面上，觉得不好看，是以未敢遽行发作。老哥此论，正中下怀，待有机会，就从这里下手便是。"李山农听了，忙称谢而出。心里又暗恨冯少伍请周庸祐赴席，致失自己的体面，口虽不言，只面色常有些不妥。冯少伍早已看得，即来对周庸祐说个备细。周庸祐道："足下好多心，难道除了李山农，足下就没有啖饭的所在不成？现在小弟事务纷纷，正要寻个帮手，请足下就来舍下，帮着小弟打点各事，未审尊意若何？"冯少伍听得，不胜之喜。自此就进周府里打点事务，外面家事，自由骆子棠料理，余外紧要事情，倒由冯少伍经手。有事则作为纪纲，没事时便如清客一般，不是到谈瀛社谈天，就是在厅子里言今说古。

那冯少伍本是个机警不过的人，因见马氏有这般权势，连周庸祐倒要看他脸面，因此上，在周庸祐面前，自一力趋承；在马氏面前，又有一番承顺，马氏自然是欢喜他的了。只是马氏身子，平素是最孱弱的，差不多十天之内，倒有八九天身子不大舒畅，稍吃些腻滞，就乘机发起病来。偏又不能节戒饮食，最爱吃的是金华腿，常说道，每膳不设金华腿，就不能下箸。故早晚二膳，必设金华腿两大碟子，一碟子是家内各人吃的，一碟子就独自受用，无论吃多吃少，这两大碟子金华腿是断不能缺的，若有残余，便给下人吃去。故周宅每月食品，单是金华腿一项，准要三百银子有余。

周庸祐见马氏身子羸弱，又不能戒节口腹，故常以为虑。冯少伍道："马太太身子不好，性又好怒，最要敛些肝火，莫如吸食洋膏子，较足养神益寿。像老哥富厚的人家，就月中多花一二百银子，也没紧要。但得太太平安，就是好了。"周庸祐听得，觉得此话有理，因自己自吸食洋膏以来，也减了许多微病，便劝马氏吸食洋膏。那马氏是个好舒展闹款子、不顾钱财的人物，听了自没有不从，即着人购置烟具。冯少伍就竭力找寻，好容易找得一副奇巧的，这烟盘子是酸枝地密镶最美的螺甸，光彩射人，盘子四角，都用金镶就。大盘里一个小盘子，却用纹银雕成细致花草，内铺一幅宫笔春意图，上用水晶罩住。这灯子是原身玻璃烧出无数花卉，灯胆另又一幅五色八仙图，好生精致。随购了三对洋烟管，一对是原枝橘红，外抹福州漆；一对是金身五彩玉石制成；一对是崖州竹外镶玳瑁。这三对洋烟管，都是金堂口，头尾金圈，管夹象牙。其余香娘、青草、谭元记等有名的烟斗，约共七八对。至于烟盘上贵重的玩器，也不能胜数。单是这一副烟具，统通费三千银子有余。

马氏自从吸食洋膏之后，精神好像好些，也不像从前许多毛病，只是身体越加消瘦了。那周庸祐除日间出谈瀛社闲逛，和朋友玩赌具，或是花天酒地之外，每天到增沙别宅一次，到素波巷香屏的别宅一次，或十天八天，到关里一次不等。所有余日，不是和清客谈天，就是和马氏对着弄洋膏子。人生快乐，也算独一无二的了。

不想安乐之中，常伏有惊心之事。那一日，正在厅子里打坐，只见冯少伍自门外回来，脚步来得甚速，面色也不同。踏到厅子上，向周庸祐附耳说了几句话，周庸祐登时脸上带些青黄，忙屏退左右，问冯少伍道：“这话是从哪里听得来的？”冯少伍道：“小弟今天有事，因进督衙里寻那文案老夫子会话，听说张大帅因中法在谅山的战事，自讲和之后，这赔款六百万由广东交出。此事虽隔数年，为因当日挪移这笔款，故今日广东的财政，十分支绌，专凭敲诈富户。听得关程许多中饱，所以把从前欲查办令舅父傅成的手段，再拿出来。小弟听得这个消息，故特跑回通报。”周庸祐道：“他若要查办，必干累监督联大人，那联大人是小弟与他弄这个官儿的，既有切肤之痛，料不忍坐视，此事或不须忧虑。”冯少伍道：“不是这样说。那张帅自奏参崇厚以来，圣眷甚深，哪事干不来？且他衙里有一位姓徐的刑名老夫子，好生利害。有老哥在，自然敲诈老哥。若联大人出头，他不免连联大人也要参一本了。”周庸祐道：“似此怎生才好？”冯少伍道：“前者傅成就是个榜样，为老哥计，这关里的库书，是个邓氏铜山，自不必转让他人，但本身倒要权时走往香港那里躲避。张帅见老哥不在，自然息了念头。他看敦郡王的情面，既拿老哥不着，未必和联大人作对。待三两年间，张帅调任，这时再回来，岂不甚妙？”周庸祐道：“此计亦可，但这里家事，放心不下，却又如何？”冯少伍道：“老哥忒呆了！府上不是忧柴忧米，何劳挂心？内事有马太太主持，外事自有小弟们效力，包管妥当的了。”周庸祐此时，心中已决，便转进里面，和马氏商议。正是：

营私徒拥薰天富，惧祸先为避地谋。

要知后事如何，且听下回分解。

第十一回

筑剧台大兴土木　交豪门共结金兰

话说周庸祐听得冯少伍回来报说，因督帅张公要查办关里的中饱，暗忖此事若然干出来，监督未必为自己出头。除非自己去了，或者督帅息了念头，免至牵涉。若是不然，怕他敲诈起来，非倾耗家财，就是没法了。计不如三十六着，走为上着，便进内与马氏商议此事。马氏道："此事自然是避之则吉，但不知关库里的事务，又靠何人打点？"周庸祐道："有冯少伍在，诸事不必挂意。细想在羊城里，终非安稳，又不如在香港置些产业，较为妥当。现关里的库款，未到监督满任以前，是存贮不动的。某不如再拿三五十万，先往香港去，天幸张督帅调任，自回来填还此款。纵认真查办，是横竖不能免罪的，不如多此三五十万较好。这时纵羊城的产业顾不住，还可作海外的富家儿了。"马氏道："此计很妙，但到香港时住在哪处，当给妾一个信息，妾亦可常常来往。"

周庸祐领诺而出，随向伍氏姨太太和锦霞姨太太及素波巷、增沙的别宅各姨太太，先后告诉过了。即跑到关里，寻着那代管账的，托称有点事，要移转三五十万银子。那管账人不过是代他管理的，自然不敢抗他。周庸祐便拿了四十万上下，先由银号汇到香港去了。然后回转宅子里，打叠细软。此行本不欲使人知觉，更不携带随伴，独自一人，携着行箧，竟乘夜附搭汽船，望香港而去。到后先函知马氏，说自己平安到埠。又飞函冯少伍，着他到增沙别宅，把第七房凤蝉、第八房银仔的两房姬妾送到港来，也不与春桂同住，就寻着一位好友，姓梁别字早田，开张口记船务办馆生理的，在他店子的楼上居住，不在话下。

单表马氏自周庸祐去后，往常家里事务，本全托管家人打点，奈思银两过付还多，因周庸祐不在，诚恐被人欺弄，不免事事倒要自己过目。家人尽知他素性最多疑忌，也不为怪。只是马氏身子很弱，精神不大好，加以留心各事，更耗心神，只凭弄些洋膏子消遣，暇时就要寻些乐事，好散闷儿。单是丫环宝蝉，生性最是伶俐，常讨得马氏的欢心，不时劝马氏唱演堂戏散闷；马氏又最爱听戏的，所以东横街周宅里，一月之内，差不多有二十天锣鼓喧天，笙歌盈耳。

那一日，正在唱戏时候，适冯少伍自香港回来。先见了马氏，素知马氏性妒，即隐过送周庸祐姬妾到港的事不提，只回说周庸祐已平安住港而已。马氏道："周老爷有怎么话嘱咐？"冯少伍道："他嘱某转致太太，万事放开心里，早晚寻些乐境，消遣消遣，若弄坏了身子，就不是顽的。"马氏道："我也省得。自老爷去后，天天到南关和乐戏院听戏，觉往来不方便，因此在府里改唱堂戏。你回来得凑巧，今正在开演，用过饭就来听戏罢。"冯少伍道："在船上吃过西餐，这会子不必弄饭了。"说了，就靠一旁坐下，随又说道："唱堂戏是很好，只常盖篷棚在府里，水火两字，很要小心。倒不如在府里建筑戏场，不过破费一万八千，就三五万花去了，究竟安稳。"马氏一听，正是一言惊醒梦中人，不觉欢喜答道："终是冯管家有阅历的人也，见得到。看后园许多地方，准可使得，明日就烦管家绘图建筑便是。"冯少伍听得，一声领诺，随转出来。

一宿无话。越日即到后花园里，相度过地形，先将园内增置花卉，或添置楼阁，与及戏台形式，都请人绘就图说，随对马氏说道："请问太太，建筑戏场的材料，是用上等的，还是用平常的？"马氏笑道："唉！冯管家真疯了！我府里干事，是从不计较省啬的，你在府里多时，难道不知？这会自然用上等的材料，何必多问？还有听戏的座位，总要好些。因我素性好睡，不耐久坐的，不如睡下才听戏，倒还自在呢。"冯少伍听罢，得了主意。因马太太近来好吸洋膏子，没半刻空闲时候，不如戏台对着那一边另筑一楼，比戏台还高些，好待他吸烟时看戏才好。想罢，便说一声"理会得"，然后转出。

择日兴工，与工匠说妥，中央自是戏台，两旁各筑一小阁，作男女听戏的座位。对着戏台，又建一楼，是预备马氏听戏的座处。楼上中央，以紫檀木做成烟炕，炕上及四周，都雕刻花草，并点缀金彩。戏台两边大柱，用原身樟木雕花的，余外全用坤甸格木，点缀辉煌。所有砖瓦灰石，都用上等的，是不消说得。总计连工包料，共八万银子。待择妥兴工的日辰，即回覆马氏。此时府里上下，都知增建戏台的事，只道此后常常听戏，好不欢喜。

次日，马氏即同四房锦霞跟着，扶了丫环瑞香，同进花园里看看地势。一路绕行花径，分花拂柳而来。到一株海棠树下，忽听得花下石蹬上，露出两个影儿，却不觉得马氏三人来到。马氏听得人声喁喁细语，就潜身花下一听，只听得一人说道："这会子建筑戏台，本不合兴工的。"那一人道："怎么说？难道老爷不在这里，马太太就做不得主不成？"这一人又道："不是这样说。你看马太太的身形，腹里比从前大得很，料然又是受了胎气的了，怕动工时冲犯着了，就不是顽的。"那一人又道："冲犯着便怎么样？"这一人又道："我听人说：凡受了胎的妇人，就有胎神在屋里。那胎神一天一天的坐处不同，有时移动一木一石，也会冲犯着的。到兴工时，哪里关照得许多，怕一点儿不谨慎，就要小产下来，可不是好笑的么？"那一人听罢，啐一口道："小小妮子懂怎么？说怎么大产小产，好不害羞！"说了，这一人满面通红，从花下跑出来，恰与马氏打一个照面。马氏一看，不是别人，跑出来的，正是四房的丫环丽娟，还坐在石蹬上的，却是自己的丫环宝蝉。丽娟料然方才说的话早被马氏听着了，登时脸上青黄不定。锦霞恐马氏把他来生气，先说道："偷着空儿，就躲到这里，还不回去，在这里干什么？"丽娟听了，像得了一个大机会的一般，就一溜烟的跑去了。马氏即转过来，要责骂宝蝉，谁想宝蝉已先自跑回去了。

马氏心上好不自在，随与二人回转来。先到自己的房子里，暗忖那丫环说的话，确实有理，他又没有一言犯着自己，本来怪他不得。只即传冯少伍进来，问他几时动工。冯少伍道："现在已和那起做的店子打定合同，只未择定兴工的日子。因这时三月天气，雨水正多，恐有防碍工程，准在下月罢。"马氏道："立了合同，料然中止不得。只是兴工的日元，准要细心，休要冲犯着家里人。你可拿我母女和老爷的年庚，交星士看，勿使相冲才好。"冯少伍答一声"理会得"，随退出来。暗忖马氏着自己勿选相冲的日子，自是合理，但偏不挂着各房姬妾，却又什么缘故？看来倒有些偏心。又想昨儿说起建筑戏台，他好生欢喜，今儿自花园里回来，却似有些狐疑不定，实在摸不着他的意。随即访问丫环，马太太在花园有怎么说话。才知他为听得丽娟的议论。因此就找着星士，说明这个缘故，仔细择个日元。到了动工时，每日必拿时宪书看过胎神，然后把物件移动，故马氏越赞冯少伍懂事。

话休烦絮。自此周府内大兴土木，增筑戏台楼阁，十分忙碌。偏是事有凑巧，自兴工那日，四房锦霞姨太太染了一病，初时不过头带微痛，渐渐竟头晕目眩，每天到下午，就发热起来。那马氏生平的性儿，提起一个妾字，就好像眼前钉刺，故锦霞一连病了几天，马氏倒不甚挂意，只由管家令丫环请医合药而已。奈病势总不见有起色，冯少伍就连忙修函，说与周庸祐知道。是时锦霞已日重一日，料知此病不能挽回，周庸祐又不在这里，马氏从不曾过来问候一声，只有二姨太太或香屏姨太太，每天到来问候，除此之外，只靠着两个丫环服侍。自想自己落在这等人家，也算不错，奈病得这般冷淡，想到此情，不免眼中吊泪。

那日正自愁叹，忽接得周庸祐由香港寄回一书，都是叫他留心调养的话。末后又写道：“今年建造戏台，实在不合，因时宪书说本年大利东方，不利南北，自己宅子实在不合向。”这等话看了，更加愁闷。果然这数天水米不能入口，马氏天天都是离家寻亲问戚，只有二姨太太替他打点，看得锦霞这般沉重，便问他有怎么嘱咐。锦霞叹一声道：“老爷不在这里，有什么嘱咐？死生有命，只可惜落在如此豪富的人家，结局得这个样子。”二姨太太道：“人生在世，是说不定的，妹妹休怨。还怕我们后来比妹还不及呢！”说了，又大家垂泪。是夜到了三更时候，锦霞竟然撑不住，就奄然没了。当下府里好不忙乱，马氏又不在府里，一切丧事，倒不能拿得主意。

原来马氏平日，与潘子庆和陈亮臣的两位娘子最为知己，那潘子庆是管理关里的册房，却与周庸祐同事的。那陈亮臣就是西横街内一个中上的富户。马氏平日，最好与那两家来往；那两家的娘子，又最能得马氏的欢心，因是一个大富人家，哪个不来巴结？无论马氏有什么事，或一点不自在，就过府来问前问后，就中两人都是。潘家娘子朱氏，周旋更密，其次就是陈家的娘子李氏了。自从周宅里兴工建筑戏台，已停止唱演堂戏，故马氏常到潘家的娘子那里谈天。这时，陈家的李氏因马氏到了，倒常常在潘宅里，终日是抹叶子为戏。那马氏本有一宗癖性，无论到了哪处人家，若是他的正妻相见，自然是礼数殷勤；若还提起一个妾字，纵王公府里的宠姬，马氏也却瞧也不瞧他的。潘、陈两家娘子，早识他意思，所以马氏到来，从不唤侍妾出来见礼，故马氏的眼儿，自觉干净。自到了潘家盘桓之后，锦霞到病重之时，马氏却不知得，家人又知他最怕听说个妾字，却不敢到来奔报。

正是人逢知己，好不得意。那一日，马氏对潘家朱氏说道：“我两人和陈家娘子，是个莫逆交，倒不如结为姊妹，较觉亲热，未审两人意见何如？”朱氏道：“此事甚好，只我们高扳不起，却又怎好？”马氏道：“说怎么高扳两字？彼此知心，休说闲话罢。”朱氏听了，就点头称善，徐又把这意对李氏说知，李氏自然没有不允。当下三人说合，共排起年庚，让朱氏为姊，马氏为次，李氏为妹，各自写了年庚及父名母姓，与丈夫何人，并子女若干人，一一都要写妥。谁想马氏写了多时，就躺在炕上吸洋膏子，只见朱、李两人翻来覆去，总未写得停妥。马氏暗忖：他两人是念书识字的，如何一个兰谱也写不出？觉得奇怪，只不便动问。

原来朱氏心里，自忖兰谱上本该把侍妾与及侍妾的儿女一并填注，奈马氏是最不要提个妾字，这样如何是好？想了一会，总没主意，就转问李氏怎样写法才好。不想李氏亦因这个意见，因此还未下笔。听得朱氏一问，两人面面相觑。没奈何，只得齐来问问马氏要怎么写法。马氏道：“难道两位姊妹连兰谱也不会写的？”说罢，忙把自己所写的，给他两人看。他两人看了，见马氏不特侍妾不提，就是侍妾的儿女，也并不写及。朱氏暗忖：自己的丈夫，比不得周庸祐，若然抹煞了侍妾们，怕潘子庆有些不悦。只得拚着胆子，向马氏说道：“愚姊的意思，见得妾子也一般认正妻为嫡母，故欲把庶出的两个儿子，一并写入，尊意以为可否？”马氏道：“他们的儿子，却不是我们的儿子，断断写不得的。”朱氏听得，本知此言实属无理，奈不忍拂马氏的性，只勉强答一声“是”，然后回去，立刻依样写了。

这时三人就把自己的年庚，放在桌子上，焚香当天祷告，永远结为异性姊妹，大家相爱相护，要像同父同母生下来的。拜罢天地，然后焚化宝帛，三人再复见过了一个礼，又斟了三杯酒。正在大家对饮，只见周府上四房的丫环彩凤和梳佣六姐，汗淋淋的跑到潘宅来，见了马氏，齐声说道："太太不好了！四姨太太却升仙去了！"正是：

堂前方结联盟谱，府上先传噩耗声。

要知后事如何，且听下回分解。

第十二回

狡和尚看相论银精　冶丫环调情闹花径

话说马氏太太和潘家的朱氏、陈家李氏三人结了姊妹，正在交杯共饮的时候，忽见四房的丫环彩凤和梳佣六姐到来，报告回房锦霞的丧事。马氏听了，好生不悦，因正在结义之时，说了许多吉祥的话儿，一旦闻报凶耗，那马氏又是个最多忌讳的人，听了登时骂道："这算什么事，却到来大惊小怪？自古道：'有子方为妾，无子便算婢。'由他死去，干我什么事？况这里不是锦霞丫头的外家，到来报什么丧事？快些爬去罢！"

当下彩凤和六姐听罢，好似一盘冷水从头顶浇下来。彩凤更慌做一团，没一句说话。还是六姐心中不服，便答道："可不是家有千口，主事一人。家内人没了，不告太太，还告谁去？"马氏道："府里还有管家，既然是没了，就买副吉祥板，把他殓葬了就是。他没有一男半女，又不是七老八大，自然不消张皇做好事，对我说什么？你们且回去，叫冯、骆两管家依着办去罢。"彩凤便与六姐一同跑回去，把马氏这些话，对骆子棠说知，只得着人草草办理。但府上一个姨太太没了，门前挂白，堂上供灵，这两件事，是断断少不得的。只怕马氏还不喜欢，究竟不敢作主。

家里上下人等，看见锦霞死得这般冷淡，枉嫁着如此人家。况且锦霞生前，与太太又没有过不去，尚且如此。各人想到此层，都为伤感。便是朱氏和李氏，听得马氏这番说话，都嫌他太过。还亏朱氏多长两岁年纪，看不过，就劝道："四房虽是个侍妾，仍是姊妹行。他平生没有十分失德，且如此门户，倒要体面体面，免落得外人说笑。"马氏心里，本甚不以此说为然；奈是新结义的姐姐，怎好拂他？只得勉强点头称是。便与丫环辞出潘宅，打轿子回来。骆管家再复向他请示，马氏便着循例开丧，命丫环们上孝，三七二十一天之内，造三次好事，买了一副百把银子的长生板，越日就殓他去了。各亲串朋友，倒见马氏素性不喜欢侍妾的，也不敢到来祭奠。各房姬妾与各房丫环，想起人死无仇，锦霞既没有十分失德，马氏纵然憎恶侍妾，但既然死了，也不该如此冷落，因此触景生怜，不免为之哀哭。那彩凤想锦霞是自己的主人，越哭得凄楚。马氏看了，心上自然不自在。

过了三旬，就是丧事完满，马氏想起现时建筑戏台的事，周老爷也说过，本年不合方向，果然兴工未久，就没了锦霞。纵然把自己夫妻母女的年庚，交星士算过，断然没有冲犯，只究竟心里疑惧。那日就对丫环宝蝉说起此事，言下似因起做不合方向，仍恐自己将来有些不妥的意思。宝蝉道："太太休多心，这会子四姨太没了，也不关什么冲犯，倒是他命里注定的了。"马氏道："胡说！你哪里得知？这话是人人会说的，休来瞒我。"宝蝉道："哪敢来瞒太太？实在说，前月奴婢与瑞香，随着四姨太到华林寺参拜罗汉，志在数罗汉卜儿女。遇了一个法师，唤做志存，是寺里一个知客，向他问各位罗汉的名字。说了几句话儿，就知他是个善看相的，就到他房子里看相。那志存和尚说他本年气色不佳，必有大大的灾险。四姨太登时慌了，就请他实在说。他还指着四姨太的鼻儿，说他准头暗晦，且额上黑气遮盖天庭，恐防三两月之内，不容易得吉星救护。除是诚心供事神佛，或者能免大祸。故四姨太就在寺里许下血盆经，又顺道往各庙堂作福。谁想灵神难救，竟是没了，可不是命里注定的吗？”马氏道：“原来如此，这和尚真是本领，能知过去未来，不如我请他到来看看也好。”宝蝉道：“那有什么不好？若是太太请他到来，奴婢也要顺便看看。”马氏道：“这可使得。”便着人到华林寺里，要请志存和尚到来看相。

这志存听得周府上马太太请他看相，自然没有不来。暗忖从前看他四姨太太，不过无意中说得凑巧；这会马氏他如何出身，如何情性，及夫婿何人，已统通知得的。纵然不能十分灵验，准有八九妥当。更加几句赞语，不由他不喜欢。便放着胆子到来。先由骆管家接待，即报知马氏说：“相士到了。”马氏就扶丫环宝蝉出来，到厢厅里坐定，随请相士进来。那志存身穿一件元青杭绸袈裟，足登一双乌缎子鞋，年纪三十上下。生得眉清目秀，举动温柔，看了自不动人憎厌。手摇纸扇，进到厢厅上，唤一声“太太”，随见一个礼。马氏回过了，就让他坐下。宝蝉代说道：“前儿大师与四姨太太看相，实在灵验，因此上太太也请大师到来看看。”

志存谦让一番，先索马氏右掌一看，志存先赞道：“掌软如绵，食禄万千，便不是寻常的。看掌纹深细，主为人聪明伶俐。中间明堂深聚，天地人三纹清楚，财帛丰盈，不消说了。休、生、伤、杜、景、死、惊、开八门即八卦，独惜乾、坎两宫，略为低陷，恐少年已克父母，即祖业根基，仍防中落。余外艮、震、巽、离、坤、兑各宫，丰满异常，更有佳者。看巽宫则配夫必巨富，看离位则诰命至夫人，实是万中无一。况指中宾主相对，贫僧阅人千万，未有这般好掌。”马氏笑说道：“大师休过奖，实些儿说罢。”志存道：“贫僧是不懂奉承的，太太休得思疑。”说了又看面部，更摇头伸舌，赞不绝口。即请马氏用金钗儿挑起鬓翼一看，随道：“少年十四载俱行耳运，是为采听官，惜两耳轮廓欠分，少运就差些了。自十五入额运，正是一路光明。且保寿宫眉分八彩，鼻如悬胆，可知大富由天定。眼中清亮藏神，自然福寿人也。且人中深长，子息无忧。惟先女后男，恐带虚花耳。至于地角圆满，双颧得佩，万人中好容易有如此相格。且发如润丝，颈项圆长，活是一个凤形。依相书说，问寿在神，求全在声。今太太精神清越，声音娇亮，贫僧拚断一句，此金形成局，直是银精，所到则富。所以周老爷自得太太回来，一年发一年，就是这个缘故。”马氏道：“既是所到则富，怎么未出阁时，父母早过去了？”志存道：“女生外向，故不能旺父母，只能旺夫家。”马氏道：“是了。只依大师说，问寿在神，怎么我常常见精神困倦，近来多吸了洋膏子，还没有十分功效，究竟寿元怎地？”志存道：“此是后天过劳所致，毕竟元神藏在里面。寿元吗，尽在花甲以外，是断然的。”马氏又问道：“虽是这样，只现在精神困得慌，却又怎好？”志存答道：“这样尽可培补，既是太太要吸洋膏子，若用人参熬煎洋膏，然后吸下，自没有不能复元的了。”

马氏听得这一席话，心上好不欢喜。可惜周老爷不在这里，若还在时，给他听听，岂不甚妙？忽又转念道：不如叫那大师依样把全相批出来，寄到周老爷那里一看，自己定然加倍体面。想了，就唤志存批相。志存早会此意，便应允下日批妥送来。马氏道：“大师若是回去，然后批妥送来，怕方才这番说话就忘却了。”志存说道：“哪里话？大凡大贵大贱的相，自然一望而知。像太太的相格，是从不多见的，哪有忘却的道理？”马氏点头说声“是”，就令家人引志存到大厅上谈天，管待茶点。先备了二百两银子作赏封，送将出来。志存还作谦让一回，才肯收下。

少顷，志存辞了出来，越日即着人把相本送到。惟马氏自得志存说他是银精，心上就常挂着这两个字，又恐他批时漏了银精两个字，即把这相本唤冯少伍从头读过一遍，果然较看相时有加多赞词，没有减少奖语，就满心欢喜。正自得意，只见三房香屏姨太转过来，马氏即笑着说道：“三丫头来得迟了，那志存大师看相，好生了得！若是昨儿过来，顺便看看也好。”香屏道：“妾不看也罢了。这般薄命人，看时怕要失礼相士。”说罢，笑了一声，即转进二姨太房里去，忽见伍氏正睡在床上，香屏摇他说道："镇日睡昏昏，昨夜里往哪里来？竟夜没有睡过不成？"伍氏还未醒来，香屏即在他耳边轰的叫了一声，吓得伍氏一跳，即扭转身来一瞧，见是香屏，香屏就笑个不住，即啐一口道："镇日里睡什么？"伍氏道："我若还不睡，怕见了银精，就相形见绌的了。"香屏料知此话有些来历，就问伍氏怎地说这话。伍氏即把昨儿马氏看相，志存和尚怎么赞他，说个透亮。香屏即骂道："相士说他进门来旺夫益婿，难道我们进来，就累老爷丐食不成？"伍氏道："妹妹休多说，你若还看相时，恐相士又是一般赞赏，也未可定。"说了，大家都笑起来。

香屏道："休再睡了，现时已是晚膳的时候，筑戏台的工匠也放工去了，我们到花园里看看晚景，散散闷儿罢。"伍氏答个"是"，就唤梳佣容姐进来轻轻挽过髻儿，即携着丫环巧桃，直进花园里去。只见戏台四面墙壁，也筑得一半，各处楼阁，早已升梁。一路行来，棚上夜香，芳气扑鼻。转过一旁，就是一所荼薇架，香屏就顺手摘了一朵，插在髻上，即转过莲花池上的亭子坐下。丫环巧桃，把水烟角递上，即潜出亭子，往别处游玩去。

伍氏两人抽一回烟，就在亭畔对着鹦鹉，和他说笑。不觉失手，把一持金面象牙柄的扇子，坠在池上去。池水响了一声，把树上的雀儿惊得乱鸣。就听得那一旁花径，露些声息，似是人声细语。香屏也听得奇异，正向花径四围张望，只见巧桃额上流着一把汗，跑回亭子来。伍氏即接着，问他什么事，巧桃还不敢说，伍氏骂了一声，巧桃即说道："奴婢说出来没打紧，但求二姨太三姨太休泄出来是奴婢说的。"伍氏道："我自有主意，你只管说来。"巧桃道："方才二太太在这里，奴婢转进前面去，志在摘些茉莉回来。不料到花径这一旁……"巧桃说到这一句，往下又不说了。香屏又骂道："臭丫头！有话只管说，鬼鬼祟祟干什么？"巧桃才再说道："到花径那旁，只见瑞香姐姐赤着身儿，在花下和那玉哥儿相戏，奴婢就闪在一旁看。不提防水上有点声儿，那玉哥儿就一溜烟的跑了，现时瑞香姐还诈在那里摘花呢。"

伍氏听了，面上就飞红起来，即携香屏，令巧桃引路，直闯进花径来。到时，还见瑞香呆立花下，见了伍氏三人，脸上就像抹了胭脂的，已通红一片，口战战的唤了一声："二姨太，三姨太。"伍氏道："天时晚了，你在这里怎么？我方才见阿玉在这里，这会他又往哪里去？"瑞香听到这里，好似头上起了一个轰天雷的一般。原来那姓李的阿玉，是周庸祐的体己家童，年约二十上下，生得白净的脸儿，常在马氏房里穿房入室，与瑞香眉来眼去，已非一日。故窥着空儿，就约同到花径里，干这些无耻的事。当下瑞香听得伍氏一问，哪有不慌？料然方才的事，早被他们看破，只得勉强答道："姨太太说什么话？玉哥儿没有到这里来。"伍氏道："我是明明见的，故掷个石子到池上去，他就跑了。没廉耻的行货子！好好实在说，老爷家声是紧要的。若还不认，我就太太那里，问一声是什么规矩？"

瑞香听罢，料然此事瞒不去，不觉眼中掉泪，跪在伍氏和香屏跟前，哭着说道："两位姨太太与奴婢遮瞒遮瞒则个，奴婢此后是断不敢干的了。"说了又哭。伍氏暗忖道：就把此事扬出来，反于家声有碍。且料马氏必然不认，反致生气，不如隐过为妙。但恐丫环们更无忌惮，只得着实责他道："你若知悔，我就罢休。但此后你不得和玉哥说一句话，若是不然，我就要说出来，这时怕太太要打下你半截来，你也死了逃不去的，你可省得？"瑞香听了，像个囚犯遇大赦一般，千恩万谢的说道："奴婢知道了，奴婢的命，是姨太太挽回的，这点事此后死也不敢再干了。"伍氏即骂道："快滚下去！"瑞香就拭泪跑出来，伍氏三人，即同回转大堂上，并嘱香屏姨太和巧桃休要声张，竟把此事隐过不提。正是：

门庭苟长骄淫习，闺阁先闻秽德腥。

要知后事如何，且听下回分解。

第十三回

佘庆云被控押监房　周少西受委权书吏

话说二房伍氏姨太和香屏姨太在花园里，见马氏的丫环瑞香与玉哥儿在花下干这些无耻事，立即把瑞香骂了一顿，随转出来，嘱咐香屏与丫环巧桃休得声张。因恐马氏不是目中亲见的，必然袒庇丫环，这时反教丫环的胆子愈加大了。倘看不过时，又不便和马氏合气，便将此事隐过便了，只令冯、骆两管家谨慎防范丫环的举动而已。自此冯、骆两人，也随时在花园里梳巡，又顺便查看建造戏台的工程。果然三数月内，戏台也建筑好了，及增建的亭阁与看戏的坐处，倒先后竣工。即回明马氏，马氏就到场里审视一周，确是金碧辉煌，雕刻精致。正面的听戏座位，更自华丽，就躺在炕上，那一个戏场已在目前。

马氏看了，心中大悦，一发令人到香港报知周庸祐，并购了几个望远镜，好便看戏时所用。随与冯少伍商酌，正要贺新戏台落成，择日唱戏。冯少伍道："这是本该要的。但俗话说，大凡新戏台煞气很重，自然要请个正一道士，或是茅山法师，到来开坛奠土，祭白虎、舞狮子，辟除煞气，才好开演。这不是晚生多事，怕煞气冲将起来，就有些不妥。不如办妥那几件事，一并待周老爷回来，然后庆贺落成，摆筵唱戏，岂不甚妙？”马氏道：“此事我也忘却了，但凡事情该办的，就该办去，说什么多事？只不知老爷何日回来，可不是又费了时日么？”冯少伍道：“有点事正要对太太说，现张督帅不久就离粤东去了。”马氏喜道：“可是真的？这点消息究从哪里得来？”冯少伍道：“是昨儿督衙里接得京报，因朝上要由两湖至广东建筑一条火车运动行的铁路，内外大臣都说是工程浩大，建造也不容易。又有说，中国风气与外国不同，就不宜建设铁路的，故此朝廷不决。还亏张督帅上了一道本章主张建造的，所以朝上看他本章说得有理，就知他有点本领，因此把湖广的李督帅调来广东，却把张督帅调往湖广去，就是这个缘故。”马氏道：“既是如此，就是天公庇佑我们的。怪得我昨儿到城隍庙里参神，拿签筒儿求签，问问家宅，那签道是：‘逢凶化吉，遇险皆安。目前晦滞，久后祯祥。’看来却是不错的。”冯少伍道：“求签问卜，本没什么凭据，惟张督帅调省的事既是真的，那签却有如此凑巧。”马氏道：“咦！你又来了，自古道：‘人未知，神先知。’哪里说没凭据？你且下处打听打听罢。”冯少伍答了两个“是”，就辞出来。

果然到了第二天，辕门抄把红单发出，张督帅就确调任湖广去了。马氏听得，好不欢喜。因张督手段好生利害，且与周庸祐作对的只他一人，今一旦去了，如拔去眼前钉刺，如何不喜，立即飞函报到周庸祐那里。周庸祐即欢喜，说一声“好造化”，一面覆知马氏，着派人打听张督何日起程，自己就何日回省。过了半月上下，已回到省城里，见了家人妇子，自然互相问候。先将合府里事情，问过一遍，随又到花园里，把新筑的戏台及增建的楼阁看了一回。

因新戏台已开坛做过好事，正待庆贺落成，要唱新戏，不提防是夜马氏忽然作动分娩，到三更时分，依然产下一个女儿。本来马氏满望生个男子的，纵是男是女，倒是命里注定。但他见二房的儿子，已长成两三岁的年纪，若是自己膝下没有一个承当家事之人，恐后来就被二房占了便宜了。故此第一次分娩，就商量个换胎之法，只因这件事干不成，府里上上下下，倒知得这点风声，还怕露了马脚出来，故此这会就不敢再来舞弄。只天不从人，偏又再生了一个女子。马氏这时，真是气恼不过，就啐一口道："可不是送生的和妾前世有仇，别人产的，就是什么弄璋之喜；枉妾天天念佛，夜夜烧香，也不得神圣眼儿瞧瞧，偏生受这种赔钱货，要来做什么？"说了登时气倒。一来因产后身子羸弱，二来因过于气恼，就动了风，一时间眼睛反白，牙关紧闭，正在生死交关。丫环们急的叫几句"观音菩萨救苦救难"，那稳婆又令人拿姜汤灌救。家人正闹得慌，好半天才渐醒转来。

周庸祐听得，即奔到房子里，安慰一会子而罢。只是周府里因马氏生女的事，连天忌音乐，禁冷脚，把唱戏的事，又搁起不提。当时周庸祐在家里，不是和姬妾们说笑，就是和冯少伍谈天。因冯少伍是向来知己，虽然是管家，也不过是清客一般，与骆管家尽有些分别。若然出外，就是在谈瀛社耍赌具、叉麻雀。忽一日，猛然省起关里事务，自走往香港而后，从不曾过问，不知近日弄得怎么样，因此即往关里查问库书事务。

原来关书本有许多名目，周庸祐只是个管库的人员，那管库的见周庸祐到来查着，就把账目呈上。周庸祐查个底细，不提防被那同事的佘庆云号子谷的，早亏了五万有余。在周庸祐本是个视钱财如粪土的人，那五万银子本瞧不在眼内；奈因关里许多同事，若是人人效尤，岂不是误了自己？因此上心里就要筹个善法，又因目前不好发作，只得诈作不知，又不向佘庆云查问，忙跑回家里，先和冯少伍商酌商酌。冯少伍道："关里若大账目，自不宜托他。若是人人如此，关里许多同事，一人五万，十人五十万，一年多似一年，这还了得？倒要把些手段，给他们看看也好。"周庸祐道："哪有不知？争奈那姓佘的是不好惹的，他在关里许多时，当傅家管当库书时，他就在关里办事。实在说，周某在关里的进项，内中实在不能对人说的，只有佘庆云一人统通知得，故此周某还有许多痛脚儿，落在他的手内。这会若要发作他，怕他还要发作我，这又怎样好？”冯少伍道：“老哥说的，未尝不是。只老哥若然畏事，就不合当这个库书。恐今儿畏惧他，不敢发作，他必然加倍得势，只怕倾老哥银山，也不足供这等无餍之求了。”周庸祐道：“这话很是，但目下要怎么处置才好？”冯少伍道：“裴鼎毓是老哥的拜把兄弟，现在由番禺调任南海，那新任的李督帅，又说他是个能员，十分重用。不如就在裴公祖那里递一张状子，控他侵吞库款，这四个字好不利害，就拿佘庆云到衙治罪，实如反掌。像老哥的财雄势大，城中大小文武官员和许多绅士，哪个不来巴结老哥？谁肯替佘庆云争气，敢在太岁头上来动土呢？”

周庸祐听冯少伍说得如花似锦，不由得不信，连忙点头称是。随转马氏房子里，把库里的事，并与冯少伍商酌的话，对马氏说了一遍。马氏道：“那姓佘的恃拿着老爷的痛脚，因此欺负老爷。自古道：‘一不做，二不休。’若不依凭管家说，把手段给他看看，后来断然了不得的。事不宜迟，明天就照样做去，免被那姓佘的逃去才是。”周庸祐此时，外有冯少伍，内有马氏，打锣打鼓来催他，他越加拿定主意。次日，就着冯少伍写了一张状子，亲自到南海县衙，拜会裴县令，乘势把那张状子递上。裴知县从头至尾看了一会子，即对周庸祐说道：“侵吞库款一事，非同小可。佘庆云既如此不法，不劳老哥挂心，就在小弟身上，依禀办事的便是。”周庸祐道：“如此，小弟就感激的了，改日定有酬报。贵衙事务甚烦，小弟不便久扰。”说罢，即辞了出来，先回府上去。

且说佘庆云本顺德人氏，自从在关里当书差，不下三十年，当傅成手上各事倒是由他经手。及至周庸祐接办库书，因他是个熟手人员，自然留他蝉联关里。周庸祐所有种种图利的下手处，倒是由他指点。因周庸祐迁往香港的时候，只道张督帅一天不去，他自然一天不回，因此在库里弄了五万银子。暗忖自己引他得了二三百万的家财，就赏给自己十万八万，也不为过。他若不念前情，就到张督帅那里发作他的破绽，他还奈得怎么何？因挟着这般意见，就弄了五万银子。不料不多时，张督帅竟然去任。周庸祐回后，把关里查过，犹道他纵知自己弄这笔钱，他未必敢有什么动弹。那日正在关里办事，忽见两个衙役到来，说道："现奉裴大老爷示，要请到衙里有话说。"佘庆云听得，自忖与裴县令向无来往，一旦相请，断无好意。正欲辩问时，那两名差役早已动手，不由分说，直押到南海县衙里。

裴县令闻报，旋即开堂审讯。讯时问道："汝在关里多年，自然知库款的关系。今却觑周庸祐不在，擅自侵吞，汝该知罪。"佘庆云听了，方知已为周庸祐控告，好似十八个吊桶在心里，捋上捋下，不能对答。暗忖今周庸祐如此寡情，欲把他弊端和盘托出，奈裴县令是周庸祐的拜把兄弟，大小官员又是他的知己，供亦无用；欲待不认，奈账目上已有了凭据，料然抵赖不得。当下踌躇未定。裴令又一连喝问两三次，只得答道："这一笔钱，是周庸祐初接充库书时，应允赏他的，故取银时，已注明账目上，也算不得侵吞二字。"裴令又问道："那姓周的若是外行的人，料然不肯接充这个库书。他若靠库里旧人打点，何以不赏给别人，偏赏汝一个，却是何意？"佘道："因某在库里数十年，颇为熟手，故得厚赏。"裴又道："既是如此，当时何以不向姓周的讨取？却待他不在时，擅行支取，却又何意？"佘道："因偶然急用之故。"裴又道："若然是急用，究竟有通信先对姓周的说明没有？"佘庆云听到这里，究竟没话可答。裴令即拍案骂道："这样就饶你不得了。"随即令差役把他押下，再待定罪。那差役押了佘庆云之后，那裴令究竟初任南海，眼前却未敢过于酷厉。又忖这笔款必然有些来历，怎好把他重办？姑且徇周庸祐的情面，判他监禁四年，便行结案；一面查他有无产业，好查封作抵，不在话下。

且说周庸祐自从佘庆云亏去五万银子，细想自己这个库书，是个悖入的，还恐亦悖而出，一来恐被他人搀夺，二来又恐别人更像佘庆云的手段，把款项乱拿乱用去了，如何是好？因此心上转疑虑起来。那日正与冯少伍商量个善法，冯少伍道："除非内里留一个亲信的人员，不时查察犹自可。若是不然，怕别人还比佘庆云的手段更高些，拿了银子，就逃往外国去了。这时节，他靠着洋鬼子出头，我奈得怎么何？岂不是赔钱呕气？"周庸祐道："这话虑得是，只舍下各事，全靠老哥主持，除此之外，更有何人靠得？实在难得很。"

正说着，只见周乃慈进来，周、冯两人，立即起迎让坐。周乃慈见周庸祐面色不甚畅快，即问他："有什么事故？"周庸祐便把方才说的话，对他说来。周乃慈道："自古道：'交游满天下，知交有几人？'若不是钱银相交，妻子相托，哪里识得好歹？十哥纵然是关里进项减却多少，倒不如谨慎些罢。"周庸祐道："少西贤弟说得很是。但据老弟的意见，眼底究有何人？"周乃慈道："属在兄弟，倒不必客气。但不知似小弟的不才，可能胜任否？倘不嫌弃，愿作毛遂。"周庸祐道："如此甚好。但俗语说：'兄弟虽和勤算数。'但不知老弟年中经营，可有多少进项？若到关里，那进项自然较平时优些便是。"

周少西听罢，暗忖这句话十分紧要，说多就年中进项必多，说少就年中进项必少，倒不如说句谎为是。遂强颜答道："十哥休要取笑，小弟愚得很，年中本没什么出息，不过靠走衙门，弄官司，承饷项，种种经营，年中所得不过五六万银子上下，哪里像得十哥的手段？"说罢，周庸祐一听，吃了一惊。因向知周乃慈没甚家当，又是个游手好闲，常在自己门下出进，年中哪里获得五六万银子之多，明明是说谎了。奈目前不好抢白他，且自己又先说过，要到库里时，年中进项，尽较现时多些，怎能翻悔？不觉低头一想，倒没甚法儿，只得勉强说道："若老弟愿到库里，总之愚兄每年取回十万银子，余外就让老弟拿去罢。"周乃慈听了，好不欢喜，连忙拱谢一番，然后商量何日才好进去。正是：

已绝朋情囚狱所，又承兄命管关书。

要知后事如何，且听下回分解。

第十四回

赖债项府堂辞舅父　馈娇姿京邸拜王爷

话说周庸祐自因那姓佘的亏空关库里五万银子，闹出一场官司，因此把关库事务，要另托一个亲信人管理。当时除冯少伍因事务纷纭，不暇分身之外，就要想到周乃慈身上。因周乃慈一来是谈瀛社的拜把兄弟，二来又是个同宗，况周乃慈镇日在周庸祐跟前奔走，早拿作亲弟一般看待，故除了他一个，再没可以委托的人。这周乃慈又是无赖的贫户出身，一旦得了这个机会，好像流丐掘得金窖，好不欢喜，故并不推辞，就来对周庸祐说道：“小弟像鼠子尾的长疮，有多少脓血儿？怕没有多大本领，能担这个重任。只是既蒙老哥抬举，当尽力求对得老哥住。但内里怎么办法，任老哥说来，小弟没有不遵的。”周庸祐道：“俗语说：‘兄弟虽和勤算数。’总要明明白白。统计每年关库里，愚兄的进项，不下二十来万银子。今实在说，把个库书让过贤弟做去，也不用贤弟拿银子来承顶。总之，每年愚兄要得回银子十万两，余外就归贤弟领了，可不是两全其美？”周乃慈听了，就慌忙谢道：“如此，小弟就感激不尽的了。请老哥放心，小弟自今以后，每年拿十万两银子，送到尊府上的便是。”周庸祐大喜，就时立券，冯少伍在场见证，登时收付清楚。周庸祐即回明监督大人，周乃慈即进关库里办事，不在话下。

且说周庸祐自退出这个库书席位，镇日清闲，或在府里对马氏抽洋烟，或在各房姬妾处说笑，有时亦到香屏姨奶奶那里，此外就到谈瀛社，款朋会友，酒地花天，不能消说。那日正在厅子里坐地，忽门上来回道："外面有一个乘着轿子的，来会老爷，年纪约五十上下，他说是姓傅的，单名一个成字。请问老爷，要请的还是挡的，恳请示下。"周庸祐一听，心上早吃一惊，还是沉吟未答。时冯少伍在旁，即问道："那姓傅的到来，究有什么事？老哥因怎么大惊小怪起来？"周庸祐道："你哪里得知，因这个傅成是小弟的母舅，便是前任的关里库书。那库书向由他干来，小弟凭他艰难之际，弄个小小计儿，就承受做了去。今因张督去了，他却密地回来广东，必有所谋。想小弟从前尚欠他三万银子，或者到来讨这一笔账，也未可定。"冯少伍道："些小三二万银子，着什么紧？老哥何必介意？"周庸祐道："三万银子没打紧，只怕因库书事轇轕未清，今见小弟一旦让过舍弟少西，恐他要来算账，却又怎好？"冯少伍道："老哥好多心，他既然是把库书卖断，老哥自有权将库书把过别人，他到来好好将就犹自可。近来世界，看钱份上，有什么亲戚？他若有一个不字，难道老哥就惧他不成？"周庸祐点头道"是"，即唤门上传出一个请字。

少时，见傅成轿进来，周庸祐与冯少伍一齐起迎。让坐后，茶罢，少不免寒暄几句，傅成就说及别后的苦况。周庸祐道："此事愚甥也知得，奈自舅父别后，愚甥手头上一向不大松，故未有将这笔银汇到舅父处，很过意不去。"傅成道："休得过谦。想关里进项，端的不少，且近来洋药又归海关办理，比愚舅父从前还好呢。"周庸祐道："虽是如此，奈进项虽多，年中打点人情，却实不少。实在说，自从张督帅去后，愚甥方才睡得着，从前没有一天不着恐慌，不知花去多少，才得安静点儿。因此把库书让与别人，就是这个缘故。"冯少伍又接着向傅成说道："老先生若提起库书的事，说来也长。因老先生遗下首尾未清，张督帅那里今日说要拿人，明天又说要抄家，好容易打点得来，差不多荡产倾家还恐逃不去的。”傅成听说，暗忖自己把个库书让过他，尚欠三万两银子，今他发了三四百万的家财，都是从关里赚得，今他不说感恩，还说这等话，竟当自己是连累他的了。想罢，心上不觉大怒，又忖这个情景，欲望他有怎么好处，料然难得，不如煞性向他讨回三万银子罢了。徐即说道："此事难为贤甥打点，倒不必说。奈愚舅父回到省里，正没钱使用，往日亲朋，大半生疏，又没处张挪。意欲贤甥赏回那三万银子，未审尊意若何？"

周庸祐听得，只略点点头，沉吟未答，想了想才说道："莫说这回舅父手头紧，纵是不然，愚甥断不赖这笔数。但恐目前筹措不易，请舅父少坐，待愚甥打点得来。"说罢，即拂衣入内，对马氏把傅成的话说了一遍。马氏道："这三万银子，是本该偿还他的，只怕外人知道我家有了欠负，就不好看了。不如先把一万或八千银子不等交他，当他是到来索借的，我们还觉体面呢。"周庸祐听了，亦以此计为然，即拈出一万银券来回傅成道："这笔数本该清楚，惜前数天才汇了五六十万银子到香港去，是以目前就紧些。今先交一万，若再要使用的，改日请来拿去便是。"傅成听罢，心中已有十分怒气。奈这笔款并无凭据单纸，又无合同，正是无可告案的，只得忍气吞声，拿了那张银券，告辞去了。

周庸祐自送傅成去后，即对冯少伍说道："那姓傅的拿了那张银券，面色已露出不悦之意。倘此后他不时到来索取，脸上就不好看，却又怎好？"冯少伍道："任他何时到来，也不过索回三万银子，也就罢了，忧他则甚？"周庸祐道："不是这样说，自来关库里的积弊，只是姓傅的知得原委，怕他挟仇发难，便不是件小事。你试想，好端端像个铜山的库书，落到某手上，他心里未尝不悔；又因这三万银子的轇轕，他怎肯干休？俗语说；'穷人思旧债。'他到这个田地，索债不得，就要报仇，却恐不免发作起来了。"冯少伍道："既是如此，就该把三万银子统通还了他也好。”周庸祐听了，即把马氏的用意，说个缘故。冯少伍道：“这也难怪。但老哥今儿是有权有势的，还怕何人？不如就由知府衔加捐道员，谋个出身，他时做了大官，哪怕敌他不住？他哪敢在太岁头上来动土呢？”周庸祐道：“此计甚妙，准可做去。因姓傅的是个官绅人家，若不是有些门面，怎能敌得他过？就依此说，加捐一个足花样的指省道员，然后进京里干弄干弄罢了。”说罢，就令冯少伍提万把银子，再在新海防例，由知府加捐一个指省道员去。这时派报红，换匾额，酬恩谒祖，周府上又有一番热闹。

过了些时，先备下三五十万银子，带同三姨奶奶香屏，即与冯少伍起程进京去。所有家事，即由骆子棠帮着马氏料理，大事就托周乃慈照应。先到了香港，住过五七日，即扬帆到上海那里。是时上海棋盘街有一家囗祥盛的字号，专供给船务的煤炭火食，年中生意很大，差不多有三四百万上下，与香港囗记同是一个东主。那东主本姓梁的，原是广东人氏，与周庸祐是个至交，周庸祐即到那店里住下。俗语说：“好客主人多。”周庸祐是广东数一数二的富户，自然招呼周到，每夜里就请到四马路秦楼楚馆，达旦连宵。一般妓女，都听得他是有名富户，哪个不来巴结？况且上海的妓女，风气较广东又是不同，因广东妓女全不懂些礼数，只知是自高自傲，若是有了三五月交情的犹自可，倘或是头一二次认识的，休想他到来周旋，差不多连话儿也不愿说一句。就是下乘烟花地狱变相的，都装腔儿摆着架子，大模尸样，十问九不应的了。惟上海则不同，就是初认识的人，还不免应酬一番；若当时同席上有认识的，也过来周旋周旋。这个派头，唤做转局，凡为客的见此情景，从没有吃醋的。

可巧那一夜，周庸祐应那姓梁的请酒，认得妓女金小霞。那金小霞本是姓梁的所欢，越夜，周庸祐还了一个东儿。金小霞见了，即过来周庸祐处周旋。那周庸祐虽然从前到过两次上海，却因公事匆忙，也不曾在烟花上走过。今见金小霞这个情景，只道金小霞另眼相看，好不欢喜。过了两夜，就背地寻到金小霞寓里，立意寻欢。那金小霞见周庸祐到来，念起姓梁的交情，自然爱屋及乌，怎敢把周庸祐怠慢？况周庸祐又是个有名的豪富，视钱财如粪土的，更不免竭力逢迎，这都是娼楼上的惯家。周庸祐看得清楚，确当金小霞是真爱自己的，自不用思疑的了。因此在金小霞寓里，一连流连了几天，渐亲渐熟，金小霞就把与姓梁的交情，移在周庸祐身上，周庸祐自然直受不辞。又看房中使用的娘姨，虽上了二十以上的年纪，究竟玉貌娉婷，较广东娼寮使唤的仆妇，蓬头大足的，又有天渊之别。周庸祐看得，就把与金小霞的十分交情，自然有三分落到娘姨去了。所以周、金两人一男一女，已觉似漆如胶；那娘姨们又在一旁打和事鼓，又在冯少伍跟前献些殷勤。自古道："温柔乡里迷魂洞。"任是英雄到此，不免魄散魂消；何况周庸祐是个寻烟花的领袖，好女色的班头，哪不神迷意眩？因此周庸祐与金小霞早弄成个难解难分的样子。

那一日，正自口祥盛的店子出来到金小霞的寓里，忽又见一位雏妓在那里，年纪约十四五上下，约少金小霞三两岁，生得明眸皓齿，面似花飞，腰如柳舞，裹着小足儿，纤不盈握。见了周、冯两人，也随着金小霞起迎。周庸祐问道："这位叫怎么名字？"金小霞答道："这是妹子金小宝。"周庸祐听得，随与金小宝温存温存，见金小宝举止大方，应对娴熟，不胜之喜。金小霞道："舍妹子的寓现在迎春二，没事儿常常到这里谈天，却巧遇见老爷。"冯少伍急摇手道："这会该唤周大人，不该唤老爷了。"周庸祐道："横竖只是一句，随便唤罢。"金小霞方欲说时，冯少伍恐他们不好意思，即又说道："一见之缘，亦属不易，若不是在这里相见，我们的脚踪儿从哪里认得令妹？"金小宝谦让一回，那周庸祐也没有说话，只把一双眼儿，对着金小宝看得出神。

娘姨们多半是心灵眼快，看得周庸祐有几分意思，即在旁打话，一边说金小宝好性子，一边说周庸祐好体面，说得天花乱坠，不由得周庸祐不移神，镇日就留小宝在小霞寓里，一同唱曲儿，侑金樽，叉麻雀，消遣消遣。自此当那里是个安乐窝，纵有良朋柬请，统通辞不赴席。那姊妹们又素知周庸祐的挥霍手段，也镇日伴着周、冯两人，尽力款洽，从不说一个钱字。周庸祐好不感激，正忧没处酬报，所以赠金银、送首饰与他姊妹两人，不下费了七八千银子。又把银子五百、金镯子一对，送与娘姨。整整一月有余，除有时回转口祥盛，余外日子，都在金小霞寓里过去。因此上海人士，见金小霞姊妹月来并不出局，就纷纷传说姊妹们嫁了人。娘姨们就听得这点消息，即对周庸祐说知，随说道："外间既有此说，周大人不如煞性带了他们回去罢。"周庸祐道："这也不是一件难事，若他姊妹愿意，没有做不得的。"娘姨们就从中说妥，订实他姊妹身价，统共二万银子，择日带了回去，那娘姨仍作体己跟人随了回来。那时一番热闹，自不必说。这周庸祐来时，本是进京有事的，为勾留在金小霞寓里，耽搁了数十天。这时自把他姊妹带了回来，眼前未有所恋，就辞了口祥盛的东主，携同家眷，取道进京，各朋友送了一程自回。

有话即长，无话即短。不过三四天，已到了京城，先到南海会馆住下。是时京中多少官员，都知周庸祐前次进京，曾耗了数十万，为联元干差之事。今番再复到来，那些清苦京曹，或久候没有差使的，都当他是一座贵人星下降，上天钻地，要找个门儿来，与周庸祐相见，真是车马盈门，应酬不暇。有些钻弄不到的，又不免布散谣言，说那周某带贿进京，要在官场上舞弊的，日内就有都老爷参他折子，早已预备的了。这风声一出，不知是真是假，吹到周庸祐的耳朵里，反不免惊惧起来，就与冯少伍商酌，要打点此事。

偏是事有凑巧，那日适是同乡的潘学士到来拜会，周庸祐接进里面，同是乡亲，少不免吐露真情，把这谣言对潘学士说了一遍。那潘学士正是财星入命，乘势答道："此事宁可信其有，不可信其无，尽要打点打点才是。"周庸祐道："据老哥在京许久，知交必多，此事究怎么设法才好？”潘学士低头想了一想，说道：“此事须在一最有势力之人说妥，便是百十个都老爷，可不必畏他了。目下最有势力的，就算宁王爷，他是当今天潢一派，又是总掌军机。待小弟明儿见他，说老哥要来进谒，那王爷若允接见时，老哥就尽备些礼物，包管妥当。”周庸祐道：“礼无穷尽，究竟送哪一样方好？”潘学士道：“天下动人之物，惟财与色，老哥是聪明的人，何劳说得？”周庸祐喜道：“妙得很！小弟这回到上海，正买了两位绝色佳人，随行又带了三二十万银子，想没有不妥的了。”说罢，两人大喜。正是：

方在沪滨携美妓，又来京里拜亲王。

要知后事如何，且看下回分解。

第十五回

拜恩命伦敦任参赞　礼经筵马氏庆宜男

话说潘学士劝令同周庸祐预备礼物，好来拜谒王爷。周庸祐就猛然想起自己在上海携带了两个绝色的佳人，又随带有二十来万银子，正好作为进见王爷之礼，因此拜托潘学士寻条门路，引进王爷府去。那时正是宁王当国，权倾中外的时候，王府里就有一位老夫子，姓江名超，本贯安徽的人氏，由两榜翰林出身，在王府里不下数年，十分有权有势，因他又有些才干，宁王就把他言听计从。偏是那王爷为人生性清廉，却不是贪贿赂弄条子的人，惟是有个江超在那里，少不免上下其手，故此求见王爷的，都在江翰林那里入马。叵耐宁王惟江翰林之言是听，所以说人情、求差使的，经过江翰林手上，就没有不准的了。这时潘学士先介绍周庸祐结识江超，那江超与潘学士又是有师生情分，加以金钱用事，自然加倍妥当。

闲话休说。那一日，江翰林正在宁王面前回覆公事，因这年恰是驻洋公使满任的时候，就中方讨论何人熟得公法，及何人合往何国。江翰林道：“有一位由广东来的大绅，是从洋务里出身的，此人很懂得交涉事情，只是他资格上还不合任得公使，实在可惜。”宁王道：“现在朝里正要破格用人，若然是很有才干的，就派他前往，却也不妨。但不知他履历是个什么底子？”江翰林道：“正为此事，他不过一个新过班的道员，从前又没有当什么差使，晚生说他不合资格，就是这个缘故。”宁王道：“既然是道员，又是新过班的，向来又没有当过差，这却使不得。只若是他有了才情，还怕哪里用不着？究竟此人是谁呢？”江超道：“晚生正欲引此人进谒王爷。他是姓周，名唤庸祐，年纪不上四十，正是有用的时候。王爷若不见弃，晚生准可引他进来拜谒。”宁王道：“也好，就由你明天带他来见见便是。”江超听了，拜谢而出。

次日，江翰林即来拜会周庸祐，把昨儿宁王愿见及怎么说，一五一十，对周庸祐说来。周庸祐听得王爷如此赏识，心上早自欢喜，就向江翰林说道：“这都是老哥周全之力，明天就烦老哥一发引小弟进去。但有点难处：因小弟若然献些礼物，只怕王爷不受，反致生气。若没有些敬意，又过意不去，怎么样才好？”江超道：“这事都在小弟身上，改日代致礼物，向王爷说项便是。”周庸祐不胜之喜，江超就暂行辞别。

次日，即和周庸祐进谒。原来那宁王虽然掌执全权，有些廉介，究竟是没甚本领的人，只信江超说周庸祐有些能耐，他就信周庸祐有能耐。所以周庸祐进谒时，正自悚惧，防王爷有什么盘问，心上好不捋上捋落。谁想王爷只循行故事的问了几句，不过是南方如何风景，做官的要如何忠勤而已。周庸祐自然是对答如流，弄得宁王心中大喜，即训他道：“你既然到京里，权住几天，待有什么缺放时，自然发放去便是。”周庸祐当堂叩谢，即行辞出，心里好生安乐。次日，即把从上海带来的妓女小霞小宝二人，先将小霞留作自己受用，把小宝当作一个选来的闺秀，进侍王爷；又封了十万银子，递了一个门生帖，都交到江超手上。那江超先将那妓女留作自己使用，哪里有送到王府去。随把十万银子，截留一半，适是时离宁王的寿辰不远，就把五万银子，说是周某献上的寿礼送进。宁王收下。

自古道："运至时来，铁树花开。"那一年既是驻洋钦差满任之期，自然要换派驻洋的钦使。这时，就有一位姓钟唤做照衢，派出使往英国去。那钟照衢向在北洋当差，又是口班丞相李龙翔的姻娅，故此在京里绝好手面，竟然派到英国。自从谕旨既下，谢恩请训之后，即往各当道辞行。先到宁王府叩拜，宁王接进里面，随意问道："这回几时出京？随行的有什么能员？"那钟照衢本是个走官场的熟手，就是王爷一言一语，也步步留神。在宁王说这几句话，本属无心，奈自姓钟的听来，很像有意，只道他有了心腹之人，要安插安插的，就答道："晚生料然五七天内准可出京了，只目下虽有十把个随员，可惜统通是才具平庸的，尽要寻一个有点本领的人，参赞时务，因此特来王爷处请教。"宁王一听，就不觉想起周庸祐来，即说道："这会十分凑巧，目下广东来了一位候补道员，是姓周的，向从洋务里出身，若要用人时，却很合式。"钟照衢道："如此甚好，倘那姓周的不弃，晚生就用他作一员头等参赞，只统求王爷代为转致。"宁王听罢，就点头说一声："使得。"

钟照衢拜辞后，宁王即令江超告知周庸祐。周庸祐听了，实在欢喜，对着江超跟前，自不免说许多感恩知己的话。过了一二天，就具衣冠来拜钟照衢。钟照衢即与他谈了一会，都是说向来交涉的成案，好试周庸祐的工夫。谁想周庸祐一些儿不懂得，遇着钟照衢问时，不过是胡胡混混的对答。钟照衢看见如此，因忖一个参赞地位，凡事都要靠他筹策的，这般不懂事，如何使得？只是在宁王面前应允了，如何好翻悔？惟有后来慢地打算而已。因说道："这会得老哥帮助，实是小弟之幸。待过五七天，就要起程，老哥回去时，就要准备了。"周庸祐答一声"是"，然后辞回。一面往叩谢宁王及江超，连天又在京里拜客，早令人打了一封电报，回广东府里报喜。又着冯少伍派人送香屏姨太太来京，好同赴任。

这时，东横街周府又有一番热闹，平时没事，已不知多少人往来奔走，今又因周庸祐做了个钦差的头等参赞，自然有那些人到来道喜，巴结巴结，镇日里都是车马盈门。因周庸祐过班道员时，加了一个二品顶戴，故马氏穿的就是二品补褂，登堂受贺。先自着人覆电到京里，与周庸祐道贺，不在话下。

慢表周庸祐到伦敦赴任。且说马氏自从丈夫任了参赞，就嘱咐下人，自今只要称他做夫人了，下人哪敢不从？这时马夫人比从前的气焰，更加不同了。单恼着周庸祐这会赴任，偏要带同香屏，并不带同自己，心上自然不满意。有时在丫环跟前，也不免流露这个意思出来。满望要把香屏使他进不得京去，惟心上究有些不敢。原来马氏最憎侍妾，后来又最畏香屏，因马氏常常夸口，说是自己进到门里，周庸祐就发达起来，所以相士说他是银精。偏后来听得香屏进门时，也携有三十来万银子，故此在香屏跟前，也不说便宜话，生怕香屏闹出这宗来历出来，一来损了周家门风，二来又于自己所说好脚头的话不甚方便。所以这会香屏进京，只好埋怨周庸祐，却不敢提及香屏。

那日香屏过府来辞别，单是二房姨太太劝他路途珍重，又劝他照顾周大人的寒热起居，说无数话，惟马氏只寻常应酬而已。那香屏见马氏面色不像，倒猜出九分缘故，就说道：“这会周大人因夫人有了身孕，不便随去，因此要妾陪行。妾到时吗，准替夫人妥妥当当的料理大人就是了。”马氏听了，就强颜说一声“是”，香屏自回屋子去了。马氏即唤冯少伍上来嘱道：“这会子大人升了官，府上就该庆贺，且亲串们具礼到来道贺的，也该备些酒筵回敬。从后天起，唱十来天戏，况且戏台建造时，本不合向的，皆因择得好日子，倒要唱多些戏，那家门自然越加兴旺的了。”冯少伍领诺退出来，一发备办，先行发帖请齐各亲串，说什么敬具音樽。

果然到了那日，除亲串外，所有朋谊及那些趋炎附势的，男男女女，都拥挤望周府来。除骆念伯和冯少伍打点事务，男的在东厅，就请周少西过来知客，马氏就亲自招呼堂客。这堂客又分两停，凡各家太太奶奶姑娘小姐们在西厅上，是马氏招呼；余外为妾的，却令二房伍姨太在厢厅招呼。先分发几名跟人，伺候男客。丫环使妈梳佣们都伺候堂客；若打茶打水，便有侍役掌执。到下午五打钟时候，宾客到齐，略谈一会，所有男女客，便都去外衣，然后肃客入席。男的是周少西端了主位，冯、骆两管家陪候，其次就是官家裴鼎毓、李子仪、李庆年，亲谊是马竹宾，绅家的就是潘飞虎、苏如绪、刘鹗纯之类，不一而足。女的是马氏端了主位，二房伍姨太陪候，其次就是潘家太太、陈家奶奶、周十二宅大娘子，也不能胜记。

饮了一会，兴高采烈，席上不过说些颂扬周府的话，有的说："今儿做了参赞，下次自会升钦差的，自不难升到尚书的地位了。"又有说："这时候外交事情重得很，人才又难得很，怕将来周大人还要破格入阁呢。"你一言，我一语，把个马氏喜得笑逐颜开。又好几时才撤席，都请到后园里听戏。男客依然是周少西招待。只是用过膳，马氏正赶紧抽洋膏子，招待堂客的事，虽然不可怠慢，只抽洋膏是最要紧，因此实费踌躇。欲使二房伍姨太代劳，又因他只是个侍妾，似乎对着那些太太奶奶们不甚敬意。没奈何，只得令周十二宅的大娘子招待各家奶奶们，仍令二房招待各家侍妾。

各进座位后，马氏就在戏台对面的烟炕上，一头抽洋膏，一头听戏。那时唱的是杏花村班，小旦法倌唱那碧桃锦帕一出。马氏听得出神，梳佣六姐正和马氏打洋膏，凑巧丫环巧桃在炕边伺候着，转身时，把六姐臂膊一撞，六姐不觉失手，把洋烟管上的烟斗打掉了，将一个八宝单花精致人物的烟灯，打个粉碎。马氏看得，登时柳眉倒竖，向巧桃骂一声"臭丫头"，拿起烟管，正要望巧桃的顶门打下来。巧桃急的跪地，夫人前夫人后的讨饶，马氏怒犹未息。二房见了，就上前劝道："小丫环小小年纪，懂得什么？也又不是有意的，就饶他罢。"马氏反向二房骂道："你仗着有了儿子，瞧我不在眼内，就是一干下人，也不容我管束管束。怪得那些下人，恃着有包庇，把我一言两语，都落不到耳朵里！”且说且骂，两脸上好像黑煞神一般，骂得二房一句话不敢说。不想马氏这时怒火归心，登时腹痛起来，头晕眼花，几乎倒在地上，左右的急扶他回房子里。在座的倒觉不好意思，略略劝了几句，也纷纷托故辞去了。

是时因马氏起了事，府里上下人等，都不暇听戏。冯少伍就令骆子棠管待未去的宾客，即出来着人唤大夫瞧脉去了。好半天，才得一个医生来，把完左手，又把右手，总说不出什么病症，但说了几句没相干，胡混开了一张方子而去。毕竟是二房姨太乖觉，猛然想起马氏已有了八九个月的身孕，料然是作动分娩，且二房又颇识大体，急令人唤了稳婆来伺候，府上丫环们打茶打水，也忙得了不得了。果然作动到三更时候，呱的三声，产下一个儿子来。马氏听得是生男，好不欢喜，就把从前气恼的事，也忘却了。又听得是二房着人找稳婆的，也觉得是二房还是好人，自己却也错怪，只因他有了儿子，实在碍眼。今幸自己也生了儿子，望将来长成，自己也觉安乐。正自思自想，忽听锣鼓喧天，原来台上唱戏，还未完场。马氏即着人传语戏班，要唱些吉祥的戏本。因此就换唱个送子、祝寿总总名目。当下宾朋个个知得马氏产子，都道是大福气的人，喜事重重，又不免纷纷出来道贺。正是：

人情多似春前柳，世态徒添锦上花。

要知后事如何，且听下回分解。

第十六回

断姻情智却富豪家　庆除夕火烧参赞府

话说周府因庆贺周庸祐升官，正在唱戏时候，忽报马氏产子，这时宾客纷纷出堂道贺，正是喜事重重。又因马氏望子心切，今一旦得如所愿，各人都替他欢喜。这一会子的热闹，比从前二房生子时，更自不同了。连日门前车马到来道贺的，纷纷不绝。马氏为人，又好铺排的，平时有点事，都要装装潢潢，何况这会是自己有了喜事。就传骆子棠上来，嘱咐道："现在府里有事，每天大清早起就要点卯，分派执事。大凡亲串朋友送礼物来的，就登记簿上。所有事情，总要妥当，休可惜三五块钱，就损失了体面。"骆子棠听罢，答一声"理会得"，随下去了。

随见冯少伍进来回道："方才到一位星士那里，查得小孩是有根基的；但十天内要禁冷脚，月内又不宜见凶喜两事，且关煞上不合听锣鼓的声音。这样看来，却不可不信。"马氏听了道"是"，先令后园停止唱戏，支结了戏金，再弥月后，方行再唱。冯少伍下去了。又见六姐来回道："适承夫人命，已寻得一位乳娘，年纪约三十上下。这人很虔洁的，月前产了一女，因家贫，送女到育婴堂去了，故他准可过府来。他前后共产过男女五胎，抚养极为顺手，这样雇他，着实不错。”马氏道：“月钱多少，也不用计较，既是抚养顺利，就是好了。”六姐道：“他要月钱十两，另要食物给他家的儿女。”这等讲说了，马氏一一应允，即令六姐速寻那乳娘过来。

马氏因日来分发各事，且又产后身子越加疲倦，就躺在床上，令丫环瑞香捶腿。六姐道：“夫人精神不大好，休再理事，免劳神思。”马氏道：“此言甚是有理。”故这一月内，府里的事务，都由二房打点。因自己初生了一个儿子，正望他根基长养，少不免多凭神力，就令各仆妇分头往各庙堂炷香作福，契神契佛，混混账账，自不消说。又忖自建了戏场之后，老爷也升了官，自己也生了子，喜事重重，若不是堪舆家点得好坐向，料然是兴工时择得好日子，料将来家门越加昌大，故就将儿子取了一个名字，唤做应昌。

过二十天上下，又将近弥月，是时亲朋道贺的，潘飞虎家是一副金八仙，兼藤镶金的镯子一只；周乃慈家是一个金寿星，取长生福寿之意，另金镶钻石的约指一只，及袍料果物；刘鹗纯家的是一只金镯子，另珍珠缀花的帽子一件；裴县令那里更有金练子，随带一个金牌。其余李庆年、李子仪等，都来礼物相贺。单是清水濠内舅家马子良未到。原来马家已经门户中落，这会妹子生了儿子，本应做个人情，只因偌大门户，非厚些礼仪，体面上就不好看。只是手头上不易打算得来，正在要寻个法子。马氏早知他的意思，就着心腹的梳佣六姐，挽着篮子，作为探问外家，暗藏一张五百元的纸币，送到马子良的手里。马子良会意，登时办妥礼物，金银珠石，不一而足。一来好争自己体面，二来周家里各房姬妾，倒知得马氏外家困乏，落得辉煌些，免被他们小觑自己。

统计具礼物来道贺的，不下百来家，就中一家姓邓的，是前室邓氏外家。马氏此时猛然想起，自己原是个继室，即俗语所说的填房，看来自己算是邓舅的姊妹，奈向来没有来往，自问倒过意不去。怪得自己年来身子蹇滞，就是邓氏在九泉，或者是埋怨自己的，也未可定。偏是自己忘却了邓家，那邓家的又向没有到来府里，大抵古人说贫贱的常羞人，因此或不敢来到这里。就唤冯少伍到来问道：“周大人前室邓氏，现究有什么人在城里？”冯少伍说道：“也听得佛山镇上那邓家的纸店仍依旧开张，只邓亲家年前已经弃世，现他的儿子唤做邓仪卿，就是邓奶奶的兄长，在城外一间打饷的店子雇工。惟向来与他不认识，不知夫人问他作甚？”马氏道：“邓奶奶虽然弃世，究竟是个姻亲，怎好忘却？况他们近来家道不像，别人知得是我们姻亲，倒失了自家脸面。你听我说，好寻着邓仪卿到来坐坐，我要抬举他，好教邓奶奶在九泉之下，也知我有姊妹的情分。”冯少伍道：“这是夫人的厚道处，怎敢不从命？”

遂辞了下来，忙出城外，转过联兴街，寻着一间打饷馆子，先唤一声“老板”，问道：“邓仪卿可在那里么？”可巧邓仪卿正在厅子里，听说有人来寻自己，忙闪出来一看，却是一个向不相识之人，就上前答道：“老哥要寻那姓邓的究有什么贵干？”冯少伍道：“小弟是周家来的，要寻他有句话说。”邓仪卿听了，就知有些来历，即答道：“只我便是。”冯少伍大喜，仪卿忙迎少伍到厅子坐下，茶罢，即问来意。少伍道：“马太太因想起邓奶奶虽然身故，惟自己填继了他，与足下就是兄妹一般，都要来来往往，方成个姻戚的样子。故着小弟来请足下到府里一谈，望足下枉驾为幸。”邓仪卿道：“小弟虽家不甚丰裕，然藉先人遗积，亦仅足自活；且小弟亦好安贫食力，不大好冲烦。敢劳老哥代覆马姐姐，说是小弟已感激盛意了。”冯少伍听罢，犹敦致几番，奈邓仪卿不从，只得退出。

自冯少伍去后，同事的因见周家如此盛意，偏邓仪卿不从，也觉得奇异，都问他有怎么意见。邓仪卿初犹不言，及同事问了几次，邓仪卿才答道：“这事非他人所知得的，实在说，悖入的自然悖出。自周庸祐随着前任监督晋祥进京回来后，我邓家早绝了来往。老哥们请放开眼儿看看，恐姓周的下场实在不大好呢。”各人听了，反不以为是，就有说他是嫌钱多的，又有说他是愿贫不愿富的，邓仪卿种种置之不理而已。

且说冯少伍回到周府里，把姓邓的不愿进来的话回覆马氏。马氏道：“这又奇了，他既不愿进来，还有什么话说？”冯少伍道：“他没有怎么说，但说道他父亲遗积还自过得去，不劳打搅的话。”马氏道：“想是嫌这里向来没有瞅瞅他，因此他就要负气，这都是我们的不是。我满意正趁着有点喜事，好请来和他相见，今他既不愿，也没有可说，由他也就罢了。”时梳佣六姐在旁答道：“依俗例说，夫人进门时，本该先到邓家行探谒邓奶奶的爹娘，谓之再生亲女。今他不愿来，或者见夫人从前未曾谒过他们，就当是夫人瞧他不起，因此见怪未定。”丫环宝蝉啐道：“六姐哪里说，只有他来谒夫人，哪有夫人先见他们的道理？”马氏听得，只露出几分喜意。此时六姐反悔失言，因马氏为人最好奉承的，且又最喜欢宝蝉，今他如此说，自然欢喜。马氏就乘机说别话，不再提邓家的事。一面令冯少伍退出办事。

是时去弥月之日，不过几天，马氏因身子不大好，镇日只在房子里抽洋烟，却不甚理事。因此丫环们也像村童离塾一般，无甚忌惮。况自马氏产子而后，各丫环都派定专一执事，比不同往日在马氏跟前，拘手拘脚，故干妥自己分内应办的事，或到后花园里耍戏，或掷骰子，或抹叶子。二房伍氏，为人又过宽容，丫环们还忌哪一个？

恰是那日一班丫环到后花园里，坐着一张石台上，谈天说地。巧桃道：“偏是一个阎罗太太，竟能添丁，可不是一件奇事？”瑞香道：“这想是周老爷的福气罢了。”碧云道：“说怎么福气不福气？前儿马夫人临盆，痛得慌，叫天叫地。俗话又道是：‘儿女眼前冤。’看来生子有怎么好处？”瑞香道：“口儿对不着心里，怕姐姐嫁了时，又天天要望生子了。”巧桃道：“可不是呢！我们虽落在这个人家，天天捱骂，不过做奴做婢；将来嫁了，又不过是个侍妾。俗语说：'有子方为妾，无子便是婢。'哪有不望生子的？"小柳道："看邓奶奶殁了，又没儿子，那周家和邓家的就如绝了姻亲，这般冷淡，可知儿女紧要的了。"正在说得高兴，忽然花下一声骂道："你们没脸的行货！小女儿家没羞耻，说怎么嫁了人？说什么生儿生女？外面事务正闹得慌，却偷懒到这里来。明儿我见马夫人，好和你算账！"各人听了，都吓得一跳，快跑开来一望，见是宝蝉，心才放下了。瑞香道："一时不做贼，便要作乡正，鬼鬼祟祟来吓人。"说罢，大家笑了一会。宝蝉道："实在说，现在外头还多事，你们不合躲到这里。二姨太太着我来寻你们呢。"于是大家散了出来。

原来周少西家的大娘子来了，瑞香即回马氏的房子里伺候。因这几天禁完冷脚，各家来往渐渐多了，都由二房接待堂客。马氏还自过意不去，因见来往的都是大娘奶奶，仅用一个侍妾来招待，如何使得？奈自产后神气未复，撑持不住，也没得可说。还幸过了三两天，就是弥月，各事都办个妥当。只见骆子棠来回道："现在预备各事，姜子买了五百斤，鸡卵子三千个，还恐不足用，已赶紧着人添买了。至于酒席，早定下了，男客四十席，堂客五十席。另有香港及乡里来贺的，或不来省赴宴，须别时另自请他。到那日想要请少西老爷进来知客，至于招待堂客的应用何人，还请示下。"马氏道："本意要请少西家的大娘来，只是他昨儿来说，近日知得身上有了喜，口中作闷，不思饮吃，故没甚精神，不便行动，难以使他。余外统通是宾客，不合着人代劳。若是大人乡里来的，又不大懂得礼数，横竖没人，就由二房打点罢。"骆子棠说一声"理会得"，就辞出来。

果然那一日各事都铺摆得装潢，单是关煞上新小儿忌闻音乐，故未有唱戏，仍是车马填门，衣冠满座，把一间大大的参赞府，弄得拥挤极了。所有仪注，都比庆贺周庸祐升官时不相上下。统计这一场喜事，花去不下万两银子，只接来贺的礼物，还多几倍。因平时认识的，见周庸祐有财有势，哪一个不来巴结？这时正是十一月的时候，天气严寒，偏是那一年十一月下旬，连天降下大雪，如大雨一般。那些到来赴宴的，都冒雪而来。马氏向来羸弱，这时只在房子里，穿了两件皮袄，拥着两张鹤茸被子，却不敢出堂来。宴罢，送客回宅。即由乡里来的，次日都打发停妥。

过此之后，又是腊月光景。周府里上下，都打点度岁的事。二房将丫环辈都发给了月钱，又着冯、骆两管家准备各事。一来因有了喜事，比往年的度岁，更加事务多了。且来春又要庆灯，这都是粤俗生子的俗例，在周府里更加张煌。先定制一盏花灯，高约一丈，点缀纸尾的人物花草，都不计其数，先挂在神楼上；余外纸钱香烛宝帛，比往年买的还多，都堆在神楼上面。过了祀灶之期，不久又是除夕，家家贴起宜春。周府的辉煌，更自不消说。门外先悬一对金字联，说什么"恩承金阙，庆洽南陬"，又从新换的一对参赞府的灯笼；门内彩红飘扬，酸枝台椅摆满中堂及左右厢厅；自大厅至左右两廊，都在后花园里搬出无数花草，摆得万紫千红，挂得五光十色。晚上就是团年时候，粤说团年即是结年之意，家家都具酒筵祷神祈福。

可巧那年三十夜亥时节交春，令冯管家嘱咐人役，依时拜了新春，然后打睡。各人都领诺。因周府里的人，哪个不是守旧的？提起神权两字，就迷信到了不得，所以都沐浴身体听候。果然到了亥时，就炷香参神。不提防到了焚宝帛之时，丫环瑞香不甚留意，且又因夜深眼倦，看不及，竟被火势飞扬起来，烧着贮积神楼的纸钱宝帛。一切都是惹火之物，一时火烈具扬，瑞香也慌做一团，心口打战，不能呼人灌救。少时火势愈猛，楼下的见得，都一齐呼道救火。正是：

弥月方延姜酌喜，乘风先引火殃来。

要知后事如何，且听下回分解。

第十七回

论宝镜周家赏佣妇　赠绣衣马氏结尼姑

话说除夕那一夜，因祀神焚化纸帛，丫环瑞香不慎，失了火，就在神楼上烧起来。这时楼下人等看见了，慌忙赶上扑救。奈所贮的都是纸料，又有些竹炮，中有火药，正是引火之物，火势越加猛烈，哪里扑救得来？又因周家里面虽人口不少，然多半是女流，见着火，早慌忙不过；余外五七个男汉，拉东不成西。冯少伍看见这个情景，料救火不及，只得令人鸣金打锣，报告火警，好歹望水龙驰到，或者这一所大宅子，不致尽成灰烬。又一面令人搬移贵重物件，免致玉石俱焚；又吩咐丫环婢仆等，一半伴着马氏及二房伍姨太，先乘轿子，逃往潘家避火；余外人等，都要搬迁什物。怎奈当时各人手忙脚乱，男的或打水桶，或扯水喉，哪里能顾得别样？女的自然是不济事，单是梳佣六姐究竟眼快，约令三五人帮手，急把挂在大厅上的西洋大镜子放了下来，先着人抬出府门去了。其余只有金银、珍珠、钻石、玛瑙物件，马氏和二房携带了，多少衣箱服饰，也不能多顾了。

少时，海关里在库书内受职的人，听得周家遇火，都提着灯笼奔到来。不多时，又有潘家的、陈家的、苏、潘、刘、李官绅各家，都派人奔到，志在搬运什物。怎奈隆冬时候，风高物燥，各座厅堂，都延烧遍了；更加那夜东北风甚紧，火乘风势，好不猛烈。虽是夜正是除夕，因商店催收年账，各街并没关闭闸门，行动还自易些。惟是岁暮，各家事务纷纷，所以各处水龙来得太迟，家人束手无策。所有亲友到来，帮着搬运什物的，尔一手，我一脚，纷纷走动。只是周府里的什物，皆是贵重的，西式铁床及紫檀木雕花床，固不能移动；就是酸枝云母石台椅亦是大号的，哪里搬得许多？那两名管家，只顾收检数部及租部银两银票，忙中不及吩咐搬什物往哪里，真是人多手脚乱，反把贵重台椅，塞拥门户。忙了多时，火势又烈，忽然正厅上烧断梁柱，把一座正厅覆压下来，把左便厢厅同时压陷。此时人命紧要，冯少伍急令各人逃出避火，骆子棠把各数部带齐，先自奔往海关衙门去。

冯少伍见各处都已着火，料然各处什物搬不得，只得令府里人及外来帮忙的，都一齐奔出来。才见水龙赶到，统城内外来的，不下伍拾辆水龙，一同搭皮喉救火。各家食井及街道的太平防虞井，水也汲尽了，火势方自缓些。这时，观火的、救火的，及乘势抢火的，已填塞街道。又些时，才见各营将官，带些半睡不醒的兵勇到来弹压，到时火势已寝息了。因周家的宅子大得很，通横五面，自前门至后花园，不下二百尺深，所以烧了多时，只烧去周家一所宅子，并未烧及邻近。各营兵勇及各处救火的人，已陆续散去，即各家来帮搬运物件的，冯少伍即说一声“有劳”，打发回去了。

总计这场火灾，一座楼阁峥嵘、厅堂富丽的大宅子，已烧个净尽，除了六姐取回那西洋大镜子，及马氏和二房带回些金银珠宝，数部银票亦由管家检回，计烧去西装弹弓床子八张，紫檀木雕刻花草人物的床子十张，酸枝大号台椅两副，酸枝云母石台椅三副，酸枝螺甸台椅两副，五彩宣窑大花瓶一个，价值千金，其余西式藤床子二三号，酸枝台椅搭机子与云母石玳瑁的炕床，和细软纱罗绫缎绸绉、顾绣的帐褥衣服，以至地毡、大小各等玩器，也不计其数，共约值二十余万两银子。并那大宅子及戏台，建造时费了六七万金，统通付之灰烬。时因各人跑东跑西，倒不知各人往哪里去。不久就是天亮，始纷纷走往潘家，寻着马氏。冯、骆两管家回道："数部及银票不曾失去。余外因火势太猛，已不能搬运了。"马氏道："烧了没打紧，拿银便可再买，但不知可有伤人没有？"冯少伍道："家人仗夫人鸿福托庇托庇，倒先后逃出了。"马氏道："这便是好了。你快下去，赶置器具，先迁往增沙的别宅子住几时，再行打算。"冯少伍说一声"理会得"，即退下来。

不多时，丫环、乳娘、梳佣也先后寻到，都诉说火势猛得很，不得搬运什物，实在可惜。马氏道："有造自然有化，烧去就罢了，可惜作甚？"各人都赞马夫人量大。随见六姐也进来，先见马氏回道："各物倒不搬运了，只我也急令人在正厅上取回那最大的西洋镜子，同数人运送增沙别宅去了。幸亏各街没有关闸门，若是不然，那镜子这般大，还搬得哪里去？"马氏听了，不觉满面笑容。各人倒不解其意，只道数十万的器具，烧了还不介意，如何值千把银子的大镜取回，怎便这样欢喜？正自疑惑，只见马氏对六姐道："你很中用，这大镜子原是一件宝物。因大人向来虽有些家当，还不像今日的富贵。偏是有这般凑巧，自从买了这大镜子回来，就家门一年好似一年，周大人年年增多几十万家当，生儿子、得功名，及今做了官，好不兴旺！我从前也把这镜子的奇怪对多人说过，都道一件宝物在家里，可能镇得煞，挡得灾，兴发得家门。这会纵然是不幸，但各物倒不能取回，偏是这般大得很的镜子，能够脱离了火灾，可不是一件奇事？这都是六姐的灵机，也该赏你。"便令拿了二百两银子，赏过六姐，六姐千谢万谢的领了。去后，计点各人都已到齐，只单不见了丫环瑞香，查来查去，还没个影儿，就疑他葬在火坑去了。

各人正在叹息，冯少伍即来回道："哪有此事？自他失了火之后，已扶着他下了楼，在头门企了多时，我叫人避火要紧，他方才出门去了。我因事忙，未有问他往哪里去。只是他出门时，是我亲见的了。”马氏道：“恐是街上往来拥挤，他跑错了路，抑是不知我来到这里，他误寻别家去了，也未可知。”六姐道：“他出时，我也见他是同宝蝉一块儿出门的。”马氏就唤宝蝉来问。那宝蝉初还推说不知，六姐就证着他，马氏怒道：“臭丫头！鬼鬼祟祟干什么？若还不说，怕要打你下半截来了！”宝蝉才说道：“他前儿和李玉哥有了些交情，常对婢子说道：他若除了玉哥儿，今生就不嫁人了。这回火灾，本由他失慎，他一来畏忌夫人见罪，二来想随着玉哥儿同去，故趁这一个机会走了，也未可定。”马氏道：“他可是与李玉同走的么？”宝蝉道：“婢子见他和玉哥儿说了几句，正欲跑时，偏是婢子撞着他，他就哀求婢子，休对夫人说。”马氏又怒说：“你既见他走了，如何不对家里人说，又不来告诉我，是什么缘故？”宝蝉道：“这时府里人忙得很，哪里还顾得他？若寻来对夫人说，怕他不知跑到哪里去了。”马氏想了一会，又骂道：“你既是知他前儿与李玉有交情，怎地不对我说？”宝蝉道：“这事是二姨太太也知得的，他人不说，婢子哪里敢说？”马氏道：“我要来割了你的滑舌头，快滚下去！”宝蝉听了，就似得了命，一溜烟的跑去了。

马氏又唤二房责道：“你既然知瑞香与李玉有这般行径，就该对我说知，好安置他，就不致弄出今儿这点事了。”二房伍氏道：“夫人哪里说？试想瑞香在时，夫人怎地痛他，我纵是说出来，夫人未必见信，反至失了和气，怕那些丫头胆子还加倍大呢。”马氏听得，真没言可答。冯少伍道：“走了一个丫头没打紧，只是失了门风，外人就道我们没些家教了。但现在不必多说了，打点各事罢。”马氏道：“你先到增沙的宅子看看，哪件没齐备的，就要添置，也不必来回我。明儿就迁到那里，安顿家人，迟些时我不如往香港罢。至于那臭丫头，既是走了，休要管他，也不必出花红寻他了，免致被人看得，落得他人说闲话。”冯少伍答一声“理会得”，就令打点买置什物，一面又准备银子，赏给救护的水龙。

马氏在女客厅上，自有潘家大娘子置酒馔陪他抽洋膏子，或抹骨牌，与他解闷。过了一夜，正是人多好做作，什物都买齐，单没有紫檀床。况是新年时候，各事草草备办，都不暇铺排。马氏到增沙别宅时，就有些不悦。原来马氏生平最爱睡紫檀床的，因那时紫檀很少，每张床费了七八百银子，还不易寻得。骆子棠也知得马氏的意思，即来回道：“整整找了一天，寻不着紫檀床，已到各家说过，托他寻着了，就来这里说。”

马氏方欲有言，忽报十二宅的奶奶来贺年了，马氏即接进里面，先由丫环担茶果进去，马氏即与周奶奶团拜过了。坐后，周奶奶道：“前天听得府上遇了火，昨儿本欲来问候，奈身子不大快，没有出门，不知那些贵重物件可有搬回没有？”马氏道：“烧去也罢了，还亏那大镜子得六姐拿回。前儿用千来银子买了一盏精致花卉人物烟灯，那灯胆子是水晶制成八仙的，周大人也携往谈瀛社去；那烟盘正是中间一个圆窝，看来似个金鱼缸一样，也一并携去了，所以不曾遇着火。只有几张紫檀床，统通没了，况且我向来的那一张雕刻好生精致，又是从来没有的紫檀，今儿烧了去，倒不容易再寻得，实在可惜了。”周奶奶听罢亦为叹惜，徐道：“这是火灾，虽失了二十来万的家当，究竟是神灵庇佑，夫人这里都要酬神送火星，许个平安愿才是。”马氏道：“这是理所本该的。我府里向来托赖，这会虽然遇了火，还亏人口平安。本要酬神，况今儿正是进火，不如一发请几名师傅和几位禅师，开坛念经，超幽作福，是不消说了。我记得长女初生时，星士说他八字生得硬，要他出家，方能消灾挡煞。只是这样人家，哪里愿把个好端端的女儿抛撇去，所以把长女的年庚八字，送到无着地庵堂里，当作出家，还拜尼姑阿容为师傅。那容师傅生得一种好性儿，不过二十来岁的人，相貌又好，初时还常常来往，奈近来我们家里事多得很，我身子又不大好，好容易挣扎得来，所以来往疏了。像别人看来，似是我们人家瞧他们不在眼内，总是枉屈我了。这会我要请他进来办这一件事罢。”说罢，就着骆管家派人请容师傅去。

当下马氏正和周十二宅的奶奶谈天，也不过是说失火的情形，及烧去的物件。马氏道：“烧去也罢，我也不提，不过去了二十来万。俗语说道是‘破财挡灾，人口平安’，也就罢了。”正说着，忽报容师傅来了，马氏即离了烟炕，与周奶奶一齐起身迎接。果然容尼姑随进来，见了马氏，即唤一声“夫人”，道个万福，马氏忙即让坐。周奶奶又与容师傅见礼。马氏先把容尼估量一番，见他身穿乌布外衣，束着乌布裤脚儿，即说道：“我近来事务多，也不大出门，许久不见师傅来到这里，却怎地缘故？”容尼道：“因前数月是清水濠姓张的做功德，整整闹了一个月有余。后来又往潮州探师傅去，不过回城数天，早闻贵府失了火。本该到来问候，只是新年光景，我们也少出门的。今得夫人传唤，方敢进来。”

马氏听了，不觉面色变了。自因失火之后，这回度岁，不甚热闹，所以各事忘却了。因当时正是元旦一二天，也不合引尼姑进来。此时已自懊悔，但他是自己请来的，还有何说？只得勉强说道：“也没相干，我不是像俗情多忌讳的。”说了，又把开坛诵经送火灾的事，说了出来。容尼道：“既是如此，目下暂且当天酬拜神灵，过了寅日（即初七日），才做功德罢。”周奶奶道：“还是师傅懂得事，夫人可依他做去。”马氏就答个“是”，容尼就要起辞而去，说称要定制绣衣。马氏道：“近来事烦，也忘却把些物件送给师傅，这件绣衣要怎么样的，让我们尽点薄情罢。”容尼还自推辞，马氏固请不已，方才肯依。正是：

方向空门皈净法，又从华第订交情。

要知后事如何，且听下回分解。

第十八回

谮长男惊梦惑尼姑　迁香江卜居邻戏院

话说容尼说起要往定做绣衣，马氏就问他要做什么款式，正要自己尽点人情。容尼就答道："可不用了，我们庵里，虽比不上富厚之家，只各人有各人的使用。且凡替人念经做好事，例有些钱头，哪里一件绣衣，还敢劳夫人厚意？"马氏道："师傅这话可不是客气呢。我们实在说，你们出家人是个清净不过的，这些小功德钱，只靠着糊口，还有怎么余钱？我说这话，师傅休嫌来得冲撞，不过实说些儿。况小女投师拜佛，也没有分毫敬意，多的或防我们办不起。这件绣衣，就该让人做过人情，若还是客气，可是师傅不喜欢也罢了。"周奶奶道："就是这样，师傅就不消客气了。"容尼道："夫人这话好折煞人！说是多的办不起，只除了这里人家办不得，还哪里办得来？夫人既这样喜欢，我只允从便是。"

马氏听了，好不欢喜，随再问绣衣如何款式，如何长短。容尼随道："款式倒是一样，贵的就用什么也不拘，贱的就用布儿也是有的。单是色要深红，是断改不得了。袖儿衿儿领儿都要金线镶捆，腰儿夹儿自然是宽阔些，袖口儿要一尺上下。所镶捆的金线子，贵重由人，只我身材不大高，不过长的要三尺上下。夫人若记不清楚我，包儿里还带着一件旧的来。”说了，随解开包儿，拿了一件半新不旧的绣衣出来，让马氏看。时宝蝉在旁，笑说道："不知我们穿了来，又怎样似的？”周奶奶道："试穿来，给我看看。”宝蝉笑着，就要来穿。马氏道："师傅是清净的上人，我们凡身，好容易穿得，师傅料然是不喜欢的，休顽罢。”容尼即接口道："夫人怎么说，我们出家人，是从不拘滞的，这样夫人反客气起来了。”说罢，即拿过让宝蝉穿起来，果然不长不短，各人看了，都一齐笑起来。周奶奶道："宝蝉穿来很好看，不如就随师傅回去罢。”容尼道："哪里说？他们在这等富贵人家，如珠似玉，将来正要寻个好人家发配去，难道要像我们捱这些清苦不成？”宝蝉听罢，忙啐一口道："师傅休多说，我们倒是修斋的一样，休小觑人！”说罢，就转出去了。容尼自知失言，觉不好意思。

马氏随唤过六姐进来，着他依样与容尼做这件绣衣，并嘱不论银子多少，总求好看。身子要用大红荷兰缎子，所有金线，倒用真金。又拿过五颗光亮亮的钻石，着缀在衣衿上，好壮观瞻。这钻石每颗像小核子大，水色光润，没半点瑕疵，每颗还值三四百银子上下。容尼见了，拜谢不已，随说道："多蒙夫人厚意，感激的了。今儿到这里谈了半天，明儿再来拜候罢。”说了，便自辞出。马氏即令六姐随容尼出去，好同定做这件绣衣，又致嘱过了寅日，就拣过日子，好来禳火灾、做好事，容尼也一一应允。马氏送容尼去后，回转来说了些时，周奶奶又辞去了。

不觉天时已晚，弄过晚饭之后，马氏回转房里，抽了一会洋膏子，不觉双眼疲倦，就在烟炕上睡着了。恍惚间，只见阴云密布，少时风雨交作，霹雳的一声，雷霆震动，那些雷火，直射至本身来。马氏登时惊醒，浑身冷汗，却是南柯一梦，耳内还自乱鸣，心上也十分害怕。看看烟炕上，只有宝蝉对着睡了，急的唤他醒来，问道："霎时间风雨很大的，你可知得没有？”宝蝉道："夫人疯了！你瞧瞧窗外还是月光射地，哪里是有风雨？夫人想是做梦了。”马氏见宝蝉说起一个梦字，身上更自战抖，额上的汗珠子，似雨点一般下来，忙令宝蝉弄了几口洋膏子。宝蝉只问马氏有什么事，马氏只是不答，惟自己想来，这梦必有些异兆，因此上肚里颇不自在。过了一会，依旧睡着了。

次早起来，对人犹不自言。只见六姐来回道："昨儿办这件绣衣，统通算来，是一百五十两银子。昨夜回来，见夫人睡着了，故没有惊动夫人。"马氏道："干妥也就罢了。"六姐就不再言，只偷眼看看马氏，觉得形容惨淡，倒见得奇异，便随马氏回房子去。忽见二房的小丫环小柳，从内里转出来，手拿着一折盅茶。奈跑得快，恰当转角时，与马氏打个照面，把那折盅茶倒在地上，磁盅也打得粉碎。马氏登时大怒道："瞎娘贼的臭丫头！没睛子，干怎么？"一头说，一头拿了一根竹竿子，望小柳头上打下来。小柳就跪在地上，面色已青一回黄一回，两条腿又打战得麻了。六姐道："些些年纪，饶他这一遭儿罢。"马氏方才息了怒，转进房里，说道："这年我早防气运不大好了，前儿过了除夕，就是新年，府上早遇了火；我又忘了事，新年又请尼姑来府里；今儿臭丫头倒不是酒，又不是水，却把茶儿泼在身上。这个就是不好的兆头。"六姐道："这会子不是凭媒论婚，倒茶也没紧要。仗夫人的福气，休说气运不好的话。"马氏方才无话，随把前夜的梦，对六姐说知。六姐道："想是心中有点思虑，故有此梦。夫人若有怀疑，不如候容师傅到时，求他参详参详也好。"马氏点头称是。

果然过了数日，容尼已进府上来，说道："明儿初九，就是黄道吉日，就开坛念经禳火星罢。"马氏就嘱咐六姐，着管家预备。容尼又道："昨儿那件绣衣，已送到庵里去，缝的标致得很。只怕这些贵重物，我的空门中人，用着就损了福气。"马氏道："哪里说？这又不是皇帝龙袍，折什么福？"说了，大家都笑起来。那一夜无话。

次日，容尼又招几个尼姑同来，就在大厅子里摆设香案，开坛念经。都由容尼打点，所有念经，都是各尼在坛上嗷嗷嘈嘈，容尼却日夕都和马氏谈天。马氏忽然省起一事，就把那夜的梦儿，求他参详。容尼一想道："这梦来得很恶，我们却不敢多说。"马氏道："怕怎么？你只管讲来便是。"容尼仍是欲吞欲吐，马氏早知他的意思，急唤离左右。容尼才说道："这梦想来，夫人身上很有不利。"说到这时，容尼又掩口住下，又不愿说了。马氏再问了两次，容尼道："雷火烧身，自然是不好，只在卦上说来，震为雷，震又为长男，这样恐是令长男于夫人身上有点不利，也未可定。"马氏听了，登时面色一变，徐说道："师傅这话很有道理，我的长男是二房所出，年纪也渐渐长大起来了，我倒要防备他，望师傅休把这话泄漏才好。"容尼道："此事只有两人知得，哪有泄漏之理？"说罢无话。自此马氏就把长子记在心头了。

过了几天，功德早已完满，又礼过焰口，超了幽，就打发各尼回去，只容尼一人常常来往。马氏徐令管家把府里遇火前后各事，报知周庸祐，随后又议往香港居住。因自从到增沙的宅里，身子不大快，每夜又常发恶梦；二来心中又不愿和二房居住，因此上迁居之心愈急，就令冯管家先往香港寻宅子。因周庸祐向有几位姬人在香港士丹利街居住，因忖向日东横街的宅子，何等宽大，今香港屋价比省城却自不同，哪里寻得这般大宅子？况马氏的性儿，是最好听戏的，竟日连宵，也不见厌，香港哪里使得？若寻了来，不合马氏的意，总是枉言，倒不如命六姐前往。因六姐平日最得马氏的欢心，无论找了什么宅子，马氏料然没有不喜欢的。因此管家转令六姐来港，那六姐自不敢怠慢。

到港后，先到了士丹利街的别宅子，先见了第六房姨太王春桂，诉以寻屋迁寓香港之事。春桂道："这也难说了，马氏夫人好听戏，在东横街府里时，差不多要天天唱戏的。若在香港里，要在屋里并建戏台，是万中无一的。倘不合意，就要使性儿骂人，故此事我不敢参议，任从六姐干去便是。”六姐道：“与人承买，怕要多延时日，不如权且租赁，待夫人下来，合意的就买了，不合的就另行寻过，岂不甚好？”春桂道：“这样也使得。我前儿听得重庆戏院旁边，有所大宅子，或招租，或出卖，均无不合的。这里又近戏场，听戏也容易，不如先与租赁，待夫人到时再酌罢。”六姐道：“这样很好，待我走一遭，看看那宅子是怎么样的，然后回覆夫人定夺便是。”说了，春桂即令仆妇引六姐前去。六姐看了那街道虽不甚堂皇，只那所宅子还是宽大，厅堂房舍也齐备了，紧贴戏院。若加些土木，即在窗儿可能看戏，料然马氏没有不合的。看罢，就即与屋主说合了，订明先租后买。自己先回省城去，把那屋贴挨戏院，看戏怎么方便，及屋里宽敞，一一对马氏说知。

马氏道：“有这般可巧的地位，是最好的了。我自从过新年后，没一天是安宁的，目下就要搬迁。但望到港时住了，得个平安就罢了。”六姐听了，又把附近重庆戏院的宅子从前住的如何平安，如何吉利，透情说了一会。马氏十分欢喜，便传冯管家进来，说明要立刻迁往香港，眼前就要打点，一两天即要搬妥。所有贵重物件，先自付寄，余外细软，待起程时携带。正是：

故府方才成瓦砾，香江今又焕门楣。

要知后事如何，且听下回分解。

第十九回

对绣衣桂尼哭佛殿　窃金珠田姐逮公堂

话说自六姐往香港，租定重庆戏院隔壁的大宅子，回过马氏，就赶紧迁居，仍留二房在羊城居住。一面致嘱令人在省城好寻屋宇，以便回城。因姓周的物业，这时多在省中，况许多亲串及富贵人家，都在省城内来往惯的，自然舍不得羊城地面。怎奈目前难以觅得这般大宅，故要权往香港。就是在香港住了，亦要在羊城留个所在，好便常常来往。

二房听嘱，自然不敢怠慢，马氏就打点起程。是日又是车马盈门，要来送行的，如李庆年的继室、周少西的大娘子、潘家、陈家的金兰姊妹，不能胜数。先由骆管家着人到船上定了房位，行李大小，约三十余件，先押到船上去了。马氏向众人辞别，即携同两女一儿，分登了轿子。六姐和宝蝉跟定轿后，大小丫环一概随行。送行的在后面，又是十来顶轿子，挤挤拥拥，一齐跑出城外。待马氏一干人登了汽船，然后送行的各自回去，不在话下。

且说马氏一程来了香港，登岸后，由六姐引路，先到了新居。因这会是初次进伙，虽在白日，自然提着灯笼进去，说几句吉祥话，道是进伙大吉，一路光明。有什么忌讳的，都嘱咐下人，不许妄说一句。及马氏下轿进门时，又一连放了些炮竹。马氏进去之后，坐犹未暖，王氏春桂已带了一干人过来，问候请安。马氏略坐一会，就把这所宅子看过了，果然好宽旷的所在，虽比不上在东横街的旧府，只是绿牖珠栊，粉墙锦幕，这一所西式屋宇，还觉开畅。马氏看罢，就对六姐说道："这等宅子，倒不用十分改作，只须将窗栊墙壁从新粉饰，大门外更要装潢装潢，也就罢了。"说了几句，再登楼上一望，果然好一座戏院，宛在目前，管弦音韵，生旦唱情，总听得了亮。心中自是欢喜，不觉又向六姐叹息道："这里好是好了，只是能听得唱戏，究不能看得演戏，毕竟是美中不足。我这里还有一个计较，就在楼上多开一个窗子，和戏院的窗子相对，哪怕看不得戏？这样就算是我们府里的戏台了。"王春桂道："人家的戏院，是花着本钱的，哪里任人讨便宜？任你怎么设法，怕院主把窗门关闭了，你看得什么来？"马氏道："你可是疯了！他们花着本钱，自然要些利。我月中送回银子把过他，哪怕他不从？"六姐道："夫人也说得是，古人说得好，'有钱使得鬼推车'，难道院主就见钱不要的不成？就依夫人说，干去便是。"

马氏听了，就唤骆管家上来，着人到重庆戏院，找寻院主说项。这自然没有不妥的，说明每月给回院主四十块银子。马氏即令人将楼上开了窗门，作为听戏的座位。又在楼上设一张炕子，好作抽洋膏子之时，使睡在炕上，就能听戏。那院主得马氏月中帮助数十块钱使用，自然把旁边窗门打开，并附近窗前，都不设座位，免至遮得马氏听戏。果然数天之内，屋内也粉饰得停当，又把门面改得装潢，楼上倒修筑妥了。

过了数天，只见骆管家来回道："由此再上一条街道，那地方名唤坚道的，有一所大宅子，招人承买。那一带地方，全是富贵人家居住，屋里面大得很，门面又很过得去，像夫人的人家，住在那里，才算是有体面。"马氏道："你也说得是。昨儿接得周大人回信，这几个月内，就要满任回来。那时节官场来往的多，若不是有这些门户，怎受得车来马往？但不知要给价银多少，才能买得？”骆管家道："香港的屋价，比不得羊城。想这间宅子，尽值六七万银子上下。”马氏道："你只管和他说，若是好的，银子多少没打紧。一来要屋子有些门面，二来住了得个平安，也就好了。”骆管家答个“是”，早辞下去了。

次日，只见守门的来回道："门外有位尼姑，道是由省城来的，他说要与夫人相见。”马氏听了，早知道是容尼，就令人接进里面坐下。容尼道："前儿夫人来港，我们因进城内做好事，因此未有到府上送行，夫人休怪。”马氏道："怎么说？师傅是出家人，足迹不到凡尘里，便是师傅来送，我也如何当得起？今儿因什么事，来香港干什么？”容尼道："是陈家做功德，请我们念经，要明天才是吉日，方好开坛，故此来拜谒夫人。”马氏道："没事就过来谈罢，我不知怎地缘故，见了师傅来，就舍不得师傅去，想是前世与佛有缘的了。”容尼道："凡出家人，倒要与佛门有些缘分，方能出家。我昨儿听得一事，本不欲对夫人说，只夫人若容我说时，就不宜怪我。”马氏道："有什么好笑事，说来好给我们笑笑，怎地要怪起你来？”容尼道："我前两天在城内，和人家做好事时，还有两间庵子的尼姑，同一块儿念经。有一位是唤做静坚，是新剃度的中年出家人，谈起贵府的事，他还熟得很，我就起了思疑。我问他有什么缘故，他只是不说。他还有一个师傅唤做明光，这时节我就暗地里向他师傅问个底细。那明光道：‘周大人总对他不住，他就看破了世情，落到空门去。’夫人试想：这个是什么人？”马氏听了，想了想才说道："此事我不知道，难道大人在外寻风玩月，就闹到庵堂里不成？”

正说话间，忽王氏春桂自外来，直进里面，见了马氏，先见礼，后说道："今儿来与夫人请安，晚上好在这里楼上听戏。”马氏也笑道："我只道有心来问候我，原来为着听戏才到来的。”说了，大家笑起来。春桂见有个尼姑在座，就与他见礼。马氏猛省起来，就把容尼的话对春桂说知，问他还有知得来历的没有。春桂一想道：“我明白了，这人可是年纪二十上下的？”容尼道：“正是。面貌清秀，还加上一点白，是我佛门中罕见的。”春桂道：“可不是呢！他从前在这里一间娼寮，叫什么锦绣堂，唤做桂妹的，他本意要随姓张的脱籍，后来周大人用了五千银子买了回来，不过数月间，妾又进来了。他见周大人当时已有了五七房姬妾，还怕后来不知再多几房，故此托称来这里听戏，就乘机上了省，削发为尼。这时隔今尽有数年了，如何又说起来？”容尼听罢，再把和桂妹相遇的原因，说了一遍。马氏道：“原来如此，看将来这都是周大人的不是。他向在青楼上是风流惯的了，若不要他，当初就不合带他回来。今落到空门里，难为他捱这般清净。”容尼道：“夫人说的是，亏你还有这点心，待我回城时见着他，好把夫人的话对他说。”马氏道：“可不是呢，他没睛子浪跟着回了来，今儿还要他捱着苦去，故今年气运就不佳了。”容尼点头称是。

过了数日，容尼完了功德，果然回城后，就往找寻桂妹。桂妹见容尼来得诧异，让坐后，就问他来意。容尼把马氏上项的话，说了一遍，并劝他还俗。桂妹听了，想了想才答道：“是便是了，只当初星士说我命儿生得不好，除是出家，才挡了灾。我只管捱一时过一时也罢了。”容尼见他如此说，只自言自语的说道：“可惜落到这样人家，繁华富贵，享的不尽，没来由却要这样。”说了，桂妹只是不答。少顷容尼辞出。

到了夜分，这时正是二月中旬，桂妹在禅房里卷起窗帘一望，只见明月当中，金风飒飒，玉露零零，四无人声，好不清净。想起当初在青楼时，本意随着张郎去，奈姓周的偏拿着银子来压人，若不然就不至流落到这里。想到此情，已不禁长嗟短叹。又怨自己既到周家里，古人说得好，“女为悦己者容”，就不该赌一时之气，逃了出来。舍了文绣，穿两件青衣；谢却膏粱，捱两碗淡饭。况且自己只是二十来岁的人，不知捱到几时，才得老去？想来更自苦楚。忽然扑的一声，禅堂上响动起来，不知有什么缘故，便移步转过来看看。到了台阶花砌之下，却自不敢进去，就思疑是贼子来了，好半晌动也不动。久之没点声息，欲呼人一同来看，只更深夜静，各尼倒熟睡去了，便拚着胆儿进去。这时禅堂上残灯半明不灭，就剔起灯来，瞧了一瞧，是个斋鱼跌在地上，好生诧异。想是猫儿逐鼠子撞跌的，可无疑了。随将斋鱼放回案上，转出来，觉自己不知怎地缘故，衣袜也全湿了。想了一回，才醒起方才立在台阶时，料然露水滴下来的。急的转回房里，要拿衣穿换，忽见房门大开，细想自己去时，早将门掩上，如何又开起来？这时倒不暇计较，忙开了箱子，不觉吓了一跳，原来箱子里不知何故，那绣衣及衣服全失去了。想了又想，可是姓张的这一个，还是姓李的那一个没良心盗了我的不成？此时心上更加愁闷，又抚身上衣裳，早湿遍了，就躺在床上，哪里睡得着？左思右想，自忖当时不逃出来，不至有今日光景。又忆起日间容尼的说话，早不免掉下泪来。况且这会失了衣裳，实在对人说不得的。哭了一会子，就朦胧睡去。忽然见周庸祐回来，自己告以失衣之事。周庸祐应允自己造过，并允不再声张。桂妹狂喜之极，不觉醒转来，竟没点人声，只见月由窗外照着房里，却是南柯一梦。回忆梦中光景，愈加大哭起来。是夜总不曾合眼。

次早日影高了才起来，身子觉有些疲倦。满望容尼再来，向他商量一笔银子，好置过衣裳，免对师傅说。谁想候了两天，才见容尼进来，还未坐下，早说道："你可知得没有，原来周大人已满任回来了，前天已到了香港。我若到港时，就对马夫人说，好迎你回去罢。"桂尼道："这是后话，目前不便说了。便是马夫人现在应允，总怕自己后来要呕气。负气出来，又屈身回去，说也说不响的。"说罢，又复哭起来，似还有欲说不说的光景。容尼着实问他因甚缘故，要哭得这样？桂尼这时才把失去衣裳的事说知，并说不敢告知师傅，要备银子再买。容尼道："备银子是小事，哪有使不得。只不如回家去，究竟安乐些儿。你又没睛子，不识好歹，这些衣裳，还被人算了去。今马夫人是痛你的，还胜在这里捱得慌。”桂尼道：“俗语说得好：‘出家容易归家难。’你别说谎，马夫人见气运不好，发了点慈心，怕常见面时，就似眼儿里有了钉刺了。周大人是没主鬼，你休多说罢。”容尼道：“出家还俗万千千，听不听由得你，我把你意思回覆马夫人便是。”说了要去。桂尼又央容尼借银子，并道：“你借了，我可向周大人索回这笔数，当时周府题助这里香资便是。”容尼不便强推，就在身上拿来廿来块银子，递过桂尼手上去，即辞了出来，自然要把此事回知马氏。

马氏这时不甚介意，只这时自周庸祐回来，周府里又有一番气象。周庸祐一连几天，都是出门拜客，亦有许多到门拜候的。因是一个大富绅，又是一个官家，哪个不来巴结？倒弄得车马盈门，奔走不暇。

偏是当时香港疫症流行，王春桂住的士丹利街，每天差不多有三几人死去，就是马氏住的左右，也不甚平靖。因此周庸祐先买了前儿说过的坚道的大屋子，给与马氏居住；又将春桂迁往海旁口记号的楼上，因附近海旁还易吸些空气。况口记字号的生意，是个办馆，供给船上伙食的。那东主姓梁字早田，是自己好朋友，楼上地方又很多。只是生意场中，住眷总有些不便。其中就有位雇用的小厮名唤陈健，生出一件事来。

因周庸祐在上海买了两名妓女，除在京将金小宝送与翰林江超，余外一名，即作第九房姬妾，姓金名唤小霞，也带着随任。这时满任而归，连香屏和他都带了回来。除香屏另居别宅，其余都和春桂一块儿居住。那小厮陈健年方十七岁，生得面如傅粉，唇若涂朱，平时服役，凡穿房入屋都惯了。周庸祐为人，平时不大管理家事，大事由管家办理，小事就由各房姬妾着家僮仆妇办理而已。

这时又有一位梳佣，唤做田姐，本大良人氏，受周家雇用，掌理第九房姨太太的梳妆，或跟随出入，及打点房中各事，倒不能细述。那田姐年纪约廿五六岁，九姨太实在喜欢他，虽然是个梳佣，实在像玉树金兰，作姊妹一般看待了。那小厮陈健，生性本是奸狡，见田姐有权，常在田姐跟前献过多少殷勤，已非一日。陈健就认田姐作契母，田姐也认陈健作干儿，外内固是子母相称，里面就设誓全始全终，永不相背的了。且周庸祐既然不甚管理家事，故九姨太的家务，一应落在田姐的手上。那田姐的一点心，要照顾陈健，自然在九姨太跟前要抬举他，故此九姨太也看上陈健了。

自古道："尾大不掉，热极生风。"那九姨太与田姐及陈健，既打做一团，所有一切行为，家里人统通知得，只瞒着周庸祐一人。那一日，田姐对九姨太金小霞说道："陈健那人生得这般伶俐，性情也好，品貌也好，不如筹些本钱把过他，好干营生，才不枉他一世。"九姨太点头称是。次日，陈健正在九姨太跟前，九姨太便问他懂得什么生理。陈健听说，就如口角春风，说得天花乱坠，差不多恨天无柱，恨地无环，方是他干营生的手段。九姨太好不欢喜，便与田姐商量，要谋注本钱，好栽培陈健。田姐道："九姨太若是照顾他，有怎么难处？"九姨太道："怎么说？我从前跟着大人到任，手上虽赚得几块钱，也不过是珠宝钻石的物件，现银也不大多。自周大人回来，天天在马夫人那里，或在三姨太的宅子，来这里不过一刻半刻，哪容易赚得钱来？"田姐道："你既然有这点心事，就迟三五天也不打紧。"九姨太答个"是"。自此田姐就教陈健唤九姨太做姨娘，就像亲上加亲，比从前又不同了。

过了数天，九姨太就和田姐计较，好拿些珠宝钻石及金器首饰，变些银子，与陈健作资本。田姐自然没有不赞成的了，果然拿了出来，统共约值五万银子上下，着陈健拿往典肆。田姐又一同跟了出来，都教陈健托称要做煤炭生意，实则无论典得多少，田姐却与陈健均分。田姐又应允唆九姨太勿将此事对周大人说，免至泄漏出来。

二人计议既定，同往典肆。怎想香港是个法律所在，凡典肆中人，见典物的来得奇异，也有权盘问，且要报明某街某号门牌，典当人某名某姓的。当下陈健直进典肆，田姐也在门外等候。那司当见陈健是小厮装束，忽然拿了价值数万银子的物件来，早生了疑心，便对陈健说道：“香港规则，男子不合典当女子物件。你这些贵重物，究从哪里得来？”陈健听说，不觉面色一变，自忖不好说出主人名字，只怎样说才好？想来想去，只是答不出。偏又事有凑巧，正有暗差进那典肆来查察失物，见司当人盘问陈健，那暗差便向陈健更加盘问一回，并说道：“若不说时，就要捉将官里去了。”陈健早慌到了不得，正是：

世情多被私情误，失意原从得意来。

要知后事如何，且听下回分解。

第二十回

定窃案控仆入监牢　谒祖祠分金修屋舍

话说小厮陈健拿了金器珠石往典肆质银，被司当的盘问起来，适暗差又至，盘问得没一句话说。时田姐正在典肆门外，猛然省起，一个男汉，不合典押妇人家的头面，便赶进典肆里说道："这东西是妾来典押的，可不用思疑了。"暗差道："这等贵重的东西，好容易买得？你是什么人家，却从哪里得来？"田姐听了，欲待说将出来，又怕碍着主人的名声，反弄得九姨太不好看。正自踌躇，只得支吾几句。那暗差越看得可疑，便道："你休说多话，你只管带我回去，看你是怎地人家。若不然，我到公堂里，才和你答话。"田姐没得可说，仍复左推右搪，被暗差喝了几句，没奈何，只得与陈健一同出来，回到口记店门首。那暗差便省得是周家的住宅，只因周庸祐是富埒王侯，贵任参赞的时候，如何反要典当东西？迫得直登楼上，好问个明白。

偏是那日合当有事，周庸祐正自外回来，坐在厅子上。那暗差即上前见一个礼，问道："那东西可是大人使人典当的不成？"周庸祐瞧了一瞧，确认得是自己物件，就答道："怎么说？东西是我的，只我这里因什么事要当东西？你没睛子不识人，在这里胡说。"暗差道："我不是横撞着来的，在典肆里看他两人鬼头鬼脑，就跟着了来，哪不知大人不是当东西的人家。只究竟这东西从哪里得来？大人可自省得，休来怪我。”周庸祐听了，正没言可说。

那时田姐和陈健心里像十八个吊桶，魂儿飞上半天，早躲在一处。周庸祐只得先遣那暗差回去，转进金小霞的房子来，像凶神恶煞的问道：“家里有什么事要典得东西？怎地没对我说？还是府里没使用，没廉耻干这勾当？你好说！”金小霞听得，早慌做一团，面色青一回黄一回，没句话可答。暗忖此事他如何懂得？可不是机关泄漏去了？周庸祐见他不说，再问两声，金小霞强答道：“哪有这些事，你从哪里听得来？”周庸祐道：“你还抵赖！”说了，就把那些珠石头面掷在桌子上，即说道：“你且看，这东西是谁人的？”金小霞看了，牙儿打击，脚儿乱摇，暗忖赃证有了，认时，怕姓周的疑到有赔钱养汉的事；不认时，料然抵赖不过。到这个时候，真顾不得七长八短，又顾不得什么情义，只得答道：“妾在大人府里，穿也穿不尽，吃也吃不尽，哪还要当东西？且自从跟随大人，妾的行径，大人统通知得了，正是头儿顶得天，脚儿踏得地，哪有三差四错，没来由这东西不知怎地弄了出来，统望大人查过明白，休冤枉好人。”周庸祐道：“这东西横竖在你手上，难道有翼能飞，有脚能行？你还强嘴！我怕要割了你的舌头。”金小霞答道：“你好没得说，若是查得清，察得明，便是头儿割了，也得甘心。我镇日在屋子里，像唇不离腮，哪有什么事干得来？你也要个主张，好把丑名儿顶在头上，传出外边去好听？”这几句话，说得周庸祐一声儿没言语。暗忖这东西可不是陈健和田姐七手八脚盗了出来，看来都像得八九分。便道：“若不是，便是狗奴才盗去了，我要和他们算账。”说了，即出房子来，好着找田姐和陈健。

原来田姐和陈健早匿在一处，打听得周庸祐出来了，田姐即潜到九姨太房子里，把泄漏的缘故，说个透亮。金小霞道：“你不仔细，好负累人，险些儿就辩不开。你好对健哥说，由他认了盗这东西，也不是明枪打劫，不过监禁三五月儿就了事。这时我不负他，暗地里把回三二千银子过他也罢了。若是不然，大家败露，将来也没好处。你快些会，休缠我，怕大人再回转来，就不好看了。”田姐道：“这也使得，只如何发付我？料大人再不准我在这里，我如何是好？”九姨太无奈，只得应允田姐，赔补一千银子。田姐方才出来，对陈健商妥。陈健暗忖得回三二千银子也好，纵不认盗得来，总不免一个罪案，没奈何只得允了。

少时，周庸祐寻着了田姐和陈健两人，就报到差馆，说道僮仆偷窃主人物件，立派差拿去了。到了堂讯之时，陈健直认偷窃不讳。田姐又供称是陈健哄着他，是主人当押东西，因男汉不合当押妇人头面，叫自己跟随去。当下讯得明确，以田姐被控无罪，陈健以偷窃论监禁六月，并充苦工，案才结了。

那一日，周庸祐回转马氏的住宅，马氏听得此事结了案，便向周庸祐说道：“许多贵重的头面，自然收藏在房子里箱儿柜儿，好容易盗得去？陈健那个小厮，比不得梳佣仆妇，穿房入室的，九丫头不知往哪里去，盗了还不知。你又没主鬼，总不理理儿，镇日在外胡撞，弄出这点事，被外人传将出来，反落得旁人说笑。我早知今年气运不大好，家里常常闹出事，因我命里八字官杀混杂，又日坐羊刃。今岁流年是子午相冲，怕冲将来，就不是玩的。我曾在太岁爷爷处处作福了，虽我妇人家没甚紧要，只横竖是家里人，但望人凭神力得个平安，只大人你偏不管。今儿闹出事，虽然是偷窃事小，只闭门失盗，究不大好听。”周庸祐道：“事过了就罢了，何必介意？”马氏道：“今宵不好，待明朝，我妇人家不打紧，只大人也要干好些。前儿抛撇了五房到空门去，就不是事。我曾着容师傅请他回来，他不愿，也没可说。只今还有句话，你自从离了乡，倒没有回去。古人说：‘富贵不还乡，就如衣锦夜行。’哪有知得？大人不如趁满任回来，回乡谒谒祖宗，拜拜坟墓，好教先人在阴间免埋怨你。”周庸祐道：“这话也说得是，我正要回羊城那里走走，一来看少西老弟打理得关库怎么样，二来因宅子烧去了，要另寻一间大宅，将来男婚女嫁，或是在省就亲，倒有个所在。这时就依夫人说，回乡去便是。”马氏道：“宅子不易寻得，你来看有什么宅子，我们能够居住。我没奈何，才迁到这里，既然大人肯回乡，我也要同去。因我进门来没有回乡，过门拜祖，就少不得的。”周庸祐听了，点头称是。于是着骆子棠管理香港的家事，自与马氏和香屏三姨太及儿女回乡，各事都着冯少伍随着打点，先自回了城。

这时粤海关监督自联元满任之后，已是德声接任，库书里的事，都依旧办去。只二房伍姨太住在增沙别宅，周庸祐与马氏一干人等，都先到增沙别宅子来。正是一别数年，二房的儿子，早长多几岁年纪，且生得一表相貌，周庸祐好不欢喜。当下与二房略谈过家里事。到了次日，那些听得周某回来的，兄兄弟弟，朋朋友友，又纷纷到来拜候。

忙了几天，就着冯少伍先派人回乡，告知自己回来谒祖，一面寻了几号艇，择日乡旋。那些谈瀛社的兄弟，愿同去的有几人，正是富贵迫人来，当时哪个不识周庸祐？当下五号画舫，第一号是周庸祐和妻妾，第二号是亲串和乡中出来迎接的，第三号是结义兄弟和各朋友，第四号是家人婢仆，第五号是知己武弁派来的护勇，拥塞河面。船上的牌衔，都是候补知府、尽先补用道、二品顶戴、赏戴花翎及出使英国头等参赞种种名目，不能缕述。船上又横旂高竖，大书“参赞府周”四个大红字。仪仗执事，摆列船头，浩浩荡荡，由花地经蟾步，沿佛山直望良坑村而去。那船只缓缓而行，在佛山逗留了一夜。那佛山河面原有个分关，那些关差吏役，自然出来款接。次日晨即起程，不多时，早到了良坑，在海旁用白板搭成浮桥，五号画舫，一字儿停泊。

这时，不特良坑村内老幼男女出来观看，便是左右村乡，都引动拖男带女，前来观看了。河边一带，真是人山人海。周家祠早打扫的洁净，祖祠内外，倒悬红结彩，就中一二绅衿耆老，也长袍短褂，戴红帽，伺候着。选定那日午时，是天禄贵人拱照，金锣响动，周庸祐即登岸，十数个长随跟着，十来名护勇拥着而行，陪行的就是周少西、冯少伍，其余宾客亲友，都留在船上，另有人招待。先由乡内衿耆，在码头一揖迎接，也一齐到了祖祠。但见祠前门新挂一联道："官声蜚异国，圣泽拜当朝。"墙上已遍粘报红，祠内摆设香案。先行三献礼，祭毕，随在两廊会茶。其中陪候的绅耆，俱是说些颂扬话，道是光增乡里，荣及祖宗。祠外族中子侄，有说要演戏的，有说是风水发达的，有的又说道："要在祖祠竖两枝桅杆。"其中有懂得事的，就暗地说道："他不是中举人中进士，哪里要竖起桅杆？"你一言，我一语。又因炮声、枪声、鼓乐声、炮竹声、人声喧闹，哪里听得清楚？少时，各绅耆因周庸祐离乡已久，都要带在乡中四围巡看，此时万人眼中，倒注视一个周庸祐。他头戴亮红顶子，身穿二品袍服，前呼后拥，好不钦羡。其中有想起他少时贫困，今日一旦如此身荣，皆道："怪得说宁欺白须公，莫欺少年穷。"其中女流之辈，就叹道："邓氏娘子早殁了，真是没福！"这都是世态炎凉，不必细表。

且说周庸祐自巡看乡中，只见那些民居湫陋，颇觉失了观瞻。又见乡人都奉承得不亦乐乎，暗忖自己发达起来，原出自这乡里，且各乡人如此殷勤，都要有些好意过他。看乡内不过百来家屋子，就与他建过，只费十万八万银子，也没打紧。想罢，就对各衿耆说道："各兄弟如此屋舍，怎能住得安？"衿耆齐道："我们人家，哪里比得上十大人？休说这话罢。"周庸祐道："彼此兄弟，自应有福同享。我不如每家给五百银子，各人须把屋子从新筑过，你们还愿意否呢？"各人齐道："如得十大人这般看待，就是感恩不浅，哪有不愿意的道理？"周庸祐大喜，便允每家送五百两银子，为改建屋宇之用，各人好不欢喜。行了一会，再回自己的屋子一看，这时同房的兄弟，又有一番忙禄。他的堂叔父周有成，先上了香烛，待周庸祐祭过先祖，然后回船小憩。一面又令马氏及随回的姬妾，登岸谒祖。因马氏过门后，向住省港，未曾回乡庙见，这回就算行庙见礼。

当下即有许多婶娘姑嫂，前来迎接。但见马氏登岸时，头上那只双凤朝阳髻，髻管是全金，满缀珍珠；钗儿镶颗大红宝石；簪儿是碧犀镶的，两旁花管，都用珠花缀成；两耳插着一双核子大的钻石耳塞儿；手上的珠石金玉手钏，不下六七双；身穿荷兰缎子大褂，扣着五颗钻石钮儿；下穿百蝶裙，裙下双钩，那帮口花儿，也放着两颗钻石；其余头面，仍数不尽。就是各姬妾的头面，也色色动人。乡间女儿，从不曾见过，都哄做一团议论。十来名梳佣美婢随着，先后谒过家庙祖祠，然后回船。是晚良坑村内，自然大排筵席，老老幼幼，都在祠内畅饮，自然猜三道四。忽听得一派喧闹之声，直拥进祖祠里来。正是：

方宴祠中敦族谊，陡惊门外沸人声。

要知乡人因何喧闹起来，且听下回分解。

第二十一回

游星洲马氏漏私烟　悲往事伍娘归地府

话说周庸祐因回乡谒祠，族中绅耆子侄，正和他一块儿在祖祠内燕饮，因闻祠外喧嚷之声，都跑出来观看。原来周有成因吃醉了几杯，到祠外游逛，这时乡中各人，都向周有成说东说西，有说他的兄弟富贵回来，定然有个好处。有的又说道："你来看，乡中各人，尚得他几百银子起做屋舍，何况他亲房兄弟？若不是带他做官，就是把大大的本钱过他，好做生意。"说了，谁想周有成就闹起来，嚷道："你们说得好听，因困穷的时候，可不是识得俺吗？他自从一路发达起来，哪有一个子回来把过我？这会子做了官回来谒祖，各人都有银子几百，也算领得他恩典，对着俺就没有一句说过来。你们不知得，就当我是掘得金窖，种得钱树，怕俺明儿就要到田上种瓜种菜；若是不然，只怕饿死了，都没有人知呢！"说了，还是东一句西一句的蛮闹。那周庸祐听得，好不脸儿红涨了。当下就有做好做歹的，扶周有成回去，各说道："你醉得慌了，还不回家，闹怎么？"周有成还自絮絮不休，好容易扶他回到屋子里。周庸祐自然见不好意思，有些人劝两句说："他是醉慌了，大人休要怪他。"周庸祐略点头称是，遂不欢而散。

次早将各船开行，嘱令冯少伍到省，即打点分发，送与乡中各人得银项，不在话下。只周庸祐在省过了两天，因又在羊城关部前添买了一间大宅子，却把第八房的姨太太银仔，迁回这里居住，香屏三姨太仍在素波巷，自己却和马氏回香港去。奈自从九姨太闹出田姐那一案件，马氏却在周庸祐跟前，往往说姬妾们的不是，所以周庸祐也不回九姨太那里去。惟是香港规则，纵然休了妻妾，也要给回伙食的。可巧这时，那囗记的办馆生理，也与周庸祐揭借了十万银子，故周庸祐就使囗记办馆的老板梁早田，将息项每月交一百四十块银子与九姨太作使用，内中六十块银子当是租项，其余八十块，就是家用的了。因此上各姬妾见周庸祐将九姨太这样看待，倒有些不服。因那田姐本是马氏的随侍近身，留过九姨太使用，这回引蛇入宅，马氏本有些不是，这会偏尽推在九姨太身上，又不责田姐，好没道理！只虽是如此，怎奈各人都畏忌马氏，哪个敢说个不字来？

闲话不表。且说马氏生平已是憎恶姬妾，这会儿周庸祐休了九姨太，正如乞儿分食，少一个得一个。那日对周庸祐问起九姨太那里，每月使用给回多少银子。周庸祐就把囗记的揭项利息，交割一百四十块银子的事，对马氏说知。马氏道："囗记老板是什么人，大人却把十万银子就过信他？"周庸祐道："那老板是姓梁的，为人很广交的，就是北洋海军提督丁军门，也和他常常来往。其余别的官员绅士，就不消说了。况且又是有家当的人，所以他的生理，还做得很大，不特供应轮船伙食，兼又租写轮船出外洋去，因此就信他，十万八万也不妨的。"马氏道："原来如此，只他既是常常租写船只出外，我们就乘他船，上外洋逛逛也好，但不知往哪处才好？"周庸祐道："这都使得，但游北京也好。只北京地面，寒时就雪霜来得利害，夏时就热到了不得了。若要到日本去，惟他国的人，见了缠足的妇人，怕不要哗笑起来吗？至于金山地方，就不容易登得岸去。单是南洋一带，地土温和，到到也好。"马氏道："果然是好的，不知他何时方有船往那里？”周庸祐听说，就拿了一张新闻纸看看，恰可迟四五天，就是香星轮船开行。这香星轮船，是那梁老板占些股本，现在又是囗记字号料理，不如附这船去也罢。

马氏听罢，好不欢喜，随说道：“但不知去了何时才得回来？”周庸祐道：“这由得夫人的主意，若多两月，就多游三两个埠头，却也不错。”马氏道：“这都容易。但那地方洋膏子究竟怎样？若是不好的，就要一同带去也好。”周庸祐道：“星加坡那埠，是带不得洋膏子的。若到那里时，那船自然有三五七天停泊，不如先将洋膏藏在船上，待登岸时，或托人到洋膏公司那里说个人情，然后带上岸去便是。”马氏听罢，连说有理，就打定主意，要游南洋去。一面着家人打点行李，又嘱管家骆子棠道：“别处的洋膏，不像我们家里的，我将是游外埠去，只现在所存得二百两洋膏，就从今日赶熬五百两上下，随身带去。”骆子棠答声“理会得”，便下来打点。因马氏抽的洋膏，是高丽参水熬的，别的自然是抽不得。果然三两天，就熬了洋膏四百多两，连旧日存的，统通六百两上下。到了那日，即带同丫环宝蝉，及新买的丫环碧霞、红月，及梳佣六姐，并自己一子两女，及仆妇几人，与周庸祐起程，即附香星轮船而去。那船主因他们是老板梁早田的好友，致嘱船上人，认真招待。

自从那船开行之后，马氏本向来不惯出门，自然受不得风浪，镇日里只在炕上抽洋膏。若遇风平浪静，就在窗子外望望海景，真是海连天，天连海，倒旷些眼界。一路经七洲洋、琼州口、安南口，不消六天上下，早到了星加坡埠。马氏令人一面收拾烟具行李，正待将存下的洋膏子交付船上收贮，只见洋烟公司的巡丁，已纷纷登船搜查搭客，有无携带私烟。周庸祐只道他们搜查什么，也不甚留意；一来又忖自己是坐头等房子的人，比不同在大舱的，要乱查乱搜。谁想一个巡丁到处一张，只见马氏一个妇人，却有许多婢佣跟随，正在收拾烟具。看那些烟具好生贵重，料不是等闲的人家，定带备许多洋膏，未必到这时就吸个干净，就即上前查检。

原来凡一个烟公司的人役，哪有法儿查得走私，不过看轮船搭客，有无洋膏余存，就拿他错误。这会恰可查到马氏，翻箱倒箧，整整查出五六十大盅，都是洋膏，不下六百两，好生了得！就对马氏说道：“你可知星加坡规则，烟公司是承了饷办得来，哪容得你把这般大宗私烟来走漏？”马氏慌了道：“我们不是走私漏税的人，不过是自己要用的，我家大人就是现时驻英国的钦差参赞，哪里像走私漏税的人？”那巡丁道：“我不管怎么三赞两赞，既是有这大宗私烟，就要回公司里报告了。”说了，这时周庸祐正在大餐楼坐着，听说夫人被人搜着私烟，急跑过来，还自威威风风，把巡丁乱喝道：“你们好没眼睛，把夫人来混账！”那巡丁被他喝得无明火起，不理三七二十一，总说要拿烟拿人。周庸祐没法，急求船主，好说个人情。那船主到时差不多喉也干了，那巡丁才允留下马氏各人，只携那几百两洋膏回公司去，听候议罚。

周庸祐与马氏没精打采，只得登岸，先寻一间酒店住下，好托人向烟公司说项。又听得船上人说，香港梁早田和他烟公司人很相好的，急的打了一张电报回港，叫他回电说情。初时烟公司的管事人，仍坚执要控案重罚，没奈何周庸祐又往星加坡领事府那里，求他代向公司解说。奈罗领事虽见周庸祐曾作英京参赞，本是个同僚，只是自己面目所关，若向公司说不来，那面目怎过得去？左思右想，才勉强一行，向那公司说道：“这周某是驻伦敦的参赞大人，他本未曾满任，因那龚钦差常向他索借款项，故此回来。这样究竟是一个参赞，若控到公庭，就失了一国的体面了。”这时，那烟公司是潮福人承办，本与广府人没什么感情，怎奈既得了梁早田的电报，又有领事来说项，不好过强，落得做个人情，因此讲来讲去，便允罚款一百块银子，洋膏充公，始免到公堂控告。这场风波，就算是了结。只虽是了事，奈马氏向来吸的洋膏，是用高丽参或是用土术参熬水煮成的，那时节失了这宗洋膏，究从哪里再觅得来吸食？便对周庸祐怨道："我只道一个参赞大人哪事干不来，偏是些洋膏子就保不住。别家洋膏，我又向来吸不惯的，如何是好？"周庸祐听了，也没言可答，只得又向烟公司说妥，照依时价给了，把那几百两洋膏子买回，以应目前之用。惟马氏自从经过这次风潮，见外国把洋烟搜得这般严密，便把游埠的心都冷了一半，恨不得早日回来，倒觉安乐，便不愿往前处去。周庸祐自然不敢却他意思，在星加坡住了些时，就打算回港。

自马氏洋烟被获一事传到家中，上下人等，统通知得。就中单表二房伍氏，见马氏这般行为，周庸祐百依百顺，倒觉烦恼。俗语说："十个妇人，九个胸襟狭隘。"觉马氏行为，不过得眼，少不免要恼起病来，因此成了一个阴虚证候。内中心事，向来不敢对周庸祐说一声，因怕周庸祐反对马氏说将出来，反成了一个祸根，只得恼在心里。这日听得马氏在外被人查出了私烟，好不失了脸面，愈加伤感，就咯血起来。镇日只有几个丫环伏侍，或香屏三姨太及住关部前的八姨太，前来问候一声儿，余外就形影相对，差不多眼儿望穿，也不得周庸祐到来一看。已请过几个大夫到来诊脉，所开方药，都是不相上下的，总没点起色。伍氏自知不起，那日着丫环巧桃请香屏到来，嘱咐后事。

不多时，香屏到了，只见伍氏哭得泪人一般。香屏先问一声安好，随又问道："姐姐今天病体怎地？"伍氏道："妾初时见邓大娘子的病，还惜他没点胸襟，今儿又到自己了。你看妾的膝下儿子，长成这般大，还镇日要看人家脸面，没一句话敢说，好不受气！但不是这样，又不知先死几年了。一来念儿子未长成，落得隐忍。今儿这般病症，多是早晚捱不过。妾也本没什么挂碍，偏留下这一块肉，不知将来怎地。望妹妹体贴为姐，早晚理理儿！"香屏听了，哭道："姐姐休挂心，万事还有我，只望吉人天相，病痊就是好了。"伍氏道："妾日来咯血不止，夜来又睡不着，心上觉是怔忡不定。昨儿大夫说我心血太亏，要撇开愁绪，待三两月，方才保得过。只是愁人一般，哪里撇得开？况这般呕气的人，死了倒干净。”

正说着，只见八姨太过来，看见这个情景，不由得心上不伤感。正欲问他时，伍氏先已说道：“妹子们来得迟，妾先到这里的，还是这样；你们为人，休要多管事，随便过了，还长多两岁呢。”八姨太听了，敢是放声大哭，引动各人，倒哭做一团。伍氏又唤自己儿子到床前，训他休管闲事，奋志读书，早晚仗三姐来教训教训，也要遵从才是。那儿子十来岁年纪，哪不懂事，听了还哭得凄楚。各人正待与伍氏更衣，忽见伍氏眼儿反白起来，各人都吓一跳。正是：

生前强似黄粱梦，死后空留白骨寒。

毕竟伍氏性命如何，且看下回分解。

第二十二回

办煤矿马氏丧资　宴娼楼周绅祝寿

话说伍姨太嘱咐了儿子之后，各人正欲与他更衣，只见他登时牙关紧闭，面儿白了，眼儿闭了。男男女女，都唤起“观音菩萨救苦救难”的声来。忽停了一会子，那伍姨太又渐渐醒转来了，神色又定了些，这分明是回光返照的时候，略开眼把众人遍视了一回，不觉眼中垂泪。香屏姨太就着梳佣与他梳了头，随又与他换过衣裳，再令丫环打盆水来，和他沐浴过了。

香屏姨太因坐得疲倦，已出大厅上坐了片时，只见八姨太银仔出来说道：“看他情景，料然是不济的了。大人又不在府里，我两个妇人没爪蟹，若有山高水低，怎样才好？”香屏道：“这是没得说了。他若是抖不过来，倒要着人到香港去叫骆管家回来，好把丧事理理儿便罢。”八姨太道：“既是如此，就不如赶着打个电报过他，叫骆管家乘夜回来也好。”香屏答个“是”，就一面着人往打电报去，然后两人一同进伍氏的房子里。见他梳洗过了，衣裳换了，随把伍氏移出大堂上，儿子周应祥在榻前伺候着，动也不动。少时，见他复气喘上来，忽然喉际响了一声，眼儿反白，呜呼哀哉，敢是殁了。立即响了几声云板，府里上上下下人等，都到大堂，一齐哭起来。第一丫环小柳，正哭得泪人一般。还是仆妇李妈妈有些主见，早拉起香屏姨太来，商了丧事，先着人备办吉祥板，一面分派人往各亲朋那里报丧，购买香烛布帛各件，整整忙了一夜。次早，那管家骆子棠已由香港回到了，但见门前挂白，已知伍氏死了，忙进里面问过，各件都陆续打点停妥。到出殡之期，先送柩到庄上停寄，好待周庸祐回来，然后安葬。这时因七旬未满，香屏姨太都在增沙别宅，和儿子应祥一块儿居住，不在话下。

且说马氏和周庸祐在星加坡，自从因携带洋膏误了事，那心上把游埠的事，都冷淡去了，因此一同附搭轮船回港。这时听得二房伍氏殁了，在周庸祐心上，想起他剩下了个儿子，今一旦殁了，自然凄楚，只在马氏跟前，也不敢说出。在马氏心上，也像去了眼前钉刺的一般，不免有些快意，只在周庸祐跟前，转说些怜惜的话。故此周庸祐也不当马氏是怀着歹心的，便回省城去，打点营葬了伍氏。就留长子在城里念书，并在香屏的宅子居住。忙了三两天，便来香港。

只自从九姨太闹出这宗事，那周庸祐也不比前时的托大，每天必到各姨太的屋子里走一遭。那日由九姨太那里，回转马氏的大宅子，面上倒有不妥的样子。马氏看了，心里倒有些诧异，就问道："今天在外，究是有什么事，像无精打采一般？不论什么事，该对妻子说一声儿，不该怀在肚子里去闷杀人。"周庸祐道："也没什么事，因前儿口记字号的梁老板，借了我十万银子，本要来办广西省江州的煤矿，他说这煤矿是很好的，现在倒有了头绪。怎奈工程太大，煤还未有出来，资本已是完了。看姓梁的本意，是要我再信信他，但工程是没有了期的，因此不大放心。"马氏道："大人也虑得是，只他既然是资本完了，若不是再办下去，怕眼前十万银子，总没有归还，却又怎好？不如打听他的煤矿怎地，若是靠得住的，再行打算也罢了。"周庸祐答个"是"，就转出来。

次日，马氏即唤冯少伍上来，问他："那江州的煤矿，究竟怎么样的？你可有知得没有？”冯少伍道：“这煤矿吗，我听得好是很好的，不如我再打听打听，然后回覆夫人便是。”马氏道：“这样也好，你去便来。”冯少伍答声“理会得”，就辞出。暗忖马氏这话，料然有些来历，便往找梁早田，问起江州煤矿的事，并说明马氏动问起来，好教梁早田说句实话。梁早田听了，暗忖自己办江州的煤矿，正自欲罢不能，倒不如托冯少伍在马氏跟前说好些，乘机让他们办去，即把那十万银子的欠项作为清债，岂不甚妙？便对冯少伍说得天花乱坠，又说道：“从来矿务却是天财地宝，我没福气，自愿让过别人。若是马夫人办去，料然有九分稳当的了。”

冯少伍一听，暗忖梁早田既愿退手，若马夫人肯办，自己准有个好处，不觉点头称是。急急的回去，又忖马氏为人最好是人奉承他好福气的，便对马氏说称：“梁早田因资本完了，那煤矿自愿退手。”又道：“那煤矿本来是好的很，奈姓梁的没了资本，就可惜了。”马氏道：“既然如此，他又欠我们十万银子，不如与他订明，那煤矿顶手，要回多少银子，待我们办去也好。”冯少伍道：“这自然是好的，先对大人说过，料姓梁的是没有不允了。”马氏听罢，就待周庸祐回来，对他说道：“横竖那姓梁的没有银子还过我们，不如索他把煤矿让我们办去罢。”那周庸祐向来听马氏的话，本没有不从，这会说来，又觉有理，便满口应承。随即往寻梁早田，说个明白，求他将煤矿准折。梁早田心内好不欢喜，就依原耗资本十万，照七折算计，当为七万银子，让过周家。其余尚欠周家三万银子，连利息统共五万有余，另行立单，那煤矿就当是凭他福气，必有个好处。周庸祐倒应允了，马氏就将这矿交冯少伍管理，将股份十份之一拨过冯少伍，另再增资本七万，前去采办。矿内各工人，即依旧开采。

谁想这矿并不是好的，矿质又是不佳，整整办了数月来，总不见些矿苗出现。一来冯少伍办矿不甚在行，二来马氏只是个妇人，懂得甚事？因此上那公司中人，就上下其手，周庸祐又向来不大理事，况都是冯少伍经手，好歹不知，只凭着公司里的人说，所以把马氏的七万银子，弄得干干净净。冯少伍只怨自己晦气，还亏承顶接办，是由周大人和梁早田说妥，本不干自己的事，只自己究不好意思，且这会折耗了资本。幸是周庸祐不懂得矿务是怎么样的，亏去资本，是自然没话好说，其中侵耗，固所不免。只究从哪里查得出，马氏心上甚是懊悔。幸周庸祐是向来有些度量的，不特不责骂，反来安慰马氏道："俗语说'破财是挡灾'，耗耗就罢了。且这几万银子，纵然不拿来办矿，究从哪里向姓梁的讨回？休再说罢。"马氏道："是了，妾每说今年气运不大好，破财是意中事，还得儿女平安，就是好的。"

次日，马氏即谓冯少伍道："幸周大人没话说，若是别人，怕不责我们没仔细呢！"冯少伍道："这都是周大人和夫人的好处，我们哪不知得？只今还有一件事，八月二十日，就是周大人的岳降生辰。大人做过官回来，比不同往日，怎么办法才好？"马氏道："我险些忘却了，还亏你们懂得事。但可惜今年周大人的流年，不像往年好，祝寿一事，我不愿张煌，倒是随便也罢。"冯少伍道个"是"，便主意定了，于八月二十，只在家里寻常祝寿，也不唱戏。

只当时自周庸祐回港，那时朋友，今宵秦楼，明夜楚馆，每夜哪里有个空儿？这时就结识得水坑口近香妓院一个妓女，唤做阿琦，年纪十七八上下，生得婀娜身材，眉如偃月，眼似流星，桃花似的面儿，樱桃似的口儿，周庸祐早把他看上了。偏是阿琦的性子，比别人不同，看周庸祐手上有了两块钱，就是百般奉承。叵奈见周庸祐已有十来房姬妾，料回去没有怎么好处，因此周庸祐要与他脱籍，仍是左推右搪。那姓周的又不知那阿琦怎地用意，仍把一副肝胆，落在阿琦的身上去了。这会阿琦听得周庸祐是八月二十日生辰，暗忖这个机会，把些好意来过他，不怕他不来供张我。便对周庸祐说道："明儿二十日是大人的生日，这里薄备一盏儿，好与大人祝寿，一来请同院的姊妹一醉。究竟大人愿意不愿意，妾这里才敢备办来。"周庸祐听了，暗忖自己正满心满意要搭上阿琦，今他反来承奉我，如何不喜欢？便答道：“卿这话我感激的了，但今卿如此破费，实在过意不去，怎教周某生受？”阿琦道：“休说这话，待大人在府里祝过寿，即请来这里，妾自备办去了。”周庸祐自是欢喜。

到了二十那一日，周家自然有一番忙碌，自家人妇子祝寿后，其次就是亲戚朋友来往的不绝。到了晚上，先在府里把寿筵请过宾客，周庸祐草草用过几杯，就对马氏说：“另有朋友在外与他祝寿，已准备酒筵相待，不好不去。”先嘱咐门上准备了轿子伺候着，随又出大堂，与众亲朋把一回盏，已是散席的时候，先送过宾客出府门去了，余外就留住三五知己，好一同往阿琦那里去。各人听得在周家饮过寿筵，又往近香娼院一醉，哪个不愿同去？将近八打钟时分，一同乘着轿子，望水坑口而来。

到了近香楼，自然由阿琦接进里面，先到厅子上坐定。周庸祐对众人说道：“马夫人说我今年命运不大好，所以这次生日，都是平常做去，府上并没有唱戏。这会又烦阿琦这般相待，热闹得慌。还幸马夫人不知，不然，他定然是不喜欢的。”座中如潘云卿、冯虞屏都说道：“妇人家多忌讳，也不消说，只在花天酒地，却说不去。况又乘着美人这般美意，怎好相却？”正说着，那些妓女都一队拥上来，先是阿琦向周庸祐祝寿，说些吉祥的话儿，余外各妓，都向周庸祐颂祷。周庸祐一一回发，赏封五块银子，各人称谢。少时，锣鼓喧天，笙箫彻耳。一班妓女，都一同唱曲子，或唱《汾阳祝寿》，或唱《打金枝》，不一而足。

唱罢曲子，自由阿琦肃客入席，周庸祐和各宾客自在厅子里一席，余外各姊妹和一切仆妇，都相继入席，男男女女，统共二十席。这时鬓影衣香，说不尽风流景况。阿琦先敬了周庸祐两盅，其余各妓，又上来敬周庸祐一盅。敬酒已罢，阿琦再与各宾客各姊妹把盏，各宾客又各敬周庸祐一二盅。那时节，周庸祐一来因茶前酒后，自然开怀畅饮；二来见阿琦如此美意，心已先醉了。饮了一会，觉得酩酊大醉，急令冯少伍打赏六百银子，给与阿琦。席犹未撤，只得令阿琦周旋各宾友，自己先与冯少伍乘着轿子，回府而去。正是：

挥手千金来祝寿，缠头一夜博承欢。

要知后事如何，且听下回分解。

第二十三回

天师局李庆年弄计　赛金楼佘老五争娼

话说周庸祐在近香楼饮了寿筵之后，因夜深了，着冯少伍打发了赏封，先自回府去。马氏接着了，知周庸祐有了酒意，打点睡了去。

次日，冯少伍来回道："大人的岳降，已是过了。前儿在附近重庆戏院买了这所宅子，现在抛荒去了。因大人说过，要在那里建个花园，怎奈八月是大人的生辰，不便动土兴工，若到十月，又是几位姨太太生辰。只有这九月没事，这会子就要打点打点，在九月内择个日子兴工，不然就是一月延多一月，不知何时才筑得妥了。"马氏答道"是"，又道："你可像在城里旧宅子建筑戏台一般，寻个星士，择个日子，谨慎些儿，休要冲犯着家中人口才是。"冯少伍道："是自然的，但不知拨哪一笔银子兴工，还请夫人示下来。"马氏道："现在大人占了股份的那银行，是不大好，银子起的不易。只是耀记的银店，是我家里存放银的所在，除了咱的和各姨太存贮的，就在大人名下的，拿张单子起了来使用罢。"冯少伍道："我昨儿到耀记坐坐，听说近来银口也紧些儿，还问我筹附五七万应支，只怕起的不易。若银行里大人放占股份三十来万银子，料然起回三五万不妨。"马氏道："不是这样说，勉强起些，就名声不大好了。既是耀记银行银口紧了，横竖建这花园，不过花费一二万，现省城里十数间行店，哪处起不得？且本年十二宅那里，还未得关书里那十万银子拨将来。除现存府里不计，我家存放在外的银子正多，任由你在哪一处取拨便是。”

冯少伍答声“理会得”，下了来，一面择过日元，却是九月初二日是吉星照着，便好兴工。先自回过马氏，就寻起做的店子估了价，头门外要装潢装潢，内面建所大厅子，预备筵宾宴客之用。余外又建楼台两座，另在靠着戏院之旁，建一所亭子，或要来听戏，或是夏秋纳凉，倒合用着。其余雕栏花砌，色色各备，自不消说了。只因赶紧工程，自然加多匠工。果然一月上下，早已竣工。是时省港亲朋，因周家花园落成，莫不到来道贺，即在花园里治具，向亲朋道谢。至于省中道贺的亲朋，少不免要回省一遭，邀请亲朋一醉。

周庸祐自与冯少伍回省，到过三姨太、八姨太那里之后，随到谈瀛社。那时一班拜把兄弟，都见周庸祐久不到谈瀛社，这会相逢，料自然有一番热闹。只就中各人虽同是官绅之家，惟一二武员劣弁，在谈瀛社内，除了花天酒地，却不免呼卢唱雉，或抹牌为赌，因谈瀛社内面比从前来往的多。今见周庸祐回了来，因前时香港地面牌馆还多得很，周庸祐在港地一赌，动说万数。这班人见他来了，如何不垂涎？内中一位拜把兄弟李庆年，先怀了一个歹心，早与一位姓洪字子秋的酌议，要藉一个牌九局，弄些法儿，好赚周庸祐十万八万。洪子秋听了大喜，因忖周庸祐钱财多得很，且手段又是阔绰，纵然输了五七万，料然不甚介意；况他向不是江湖子弟，料看不出破绽来。

主意既定，又忖谈瀛社内来往的多，不便设局，便另雇一花舫，泊在谷埠里，说是请周庸祐饮花酌酒，实则开赌为实。由洪子秋出名，作个东道主，另聘定一位赌徒出手，俗语称此等角式为师巴，都是惯在赌场中讨生活，十出九胜的了。那周庸祐因有李庆年在局，是称兄称弟的朋友，也不防有别的蹺蹊，且又不好却洪子秋的好意。到那一夜，果然修整赴席。统计花舫之内，连姓周的共七人，座中只认得李庆年、洪子秋，余外都是姓洪的朋友。到初更后，因为时尚早，还未入席，先由李庆年说道："现时尚早，不如设一局作玩意儿也好。"那李庆年说了，即有一个人答应着一个好字，跟手又是洪子秋赞成。

周庸祐见各人皆已愿意，自己也不好强推，因此亦应允入局。但自忖道：看他们有多少家当，我若赢了他，恐多者不过三五万，少的只怕三五千；若我输了时，就怕十万廿万也未可定，这样可不是白地吃亏？只既允了，不可不从，便相同入局。初赌三两巡，都无别的不妥；再历些时，各人注码渐大起来，初时一注只是三二十金，到此时已是七八千一掷。周庸祐本是好于此道，到这时，自然步步留神。不提防李庆年请来的赌手，工夫还不大周到，心内又小觑周庸祐，料他富贵人家，哪里看得出破绽，自不以为意。谁想周庸祐是个千年修炼的妖精，凭这等技术，不知得过多少钱财。这会正如班门弄斧，不见就罢；仔细一看，如看檐前点水，滴滴玲珑，心中就笑道：这叫做不幸狐狸遇着狼虎，这些小技，能欺骗别人，如何欺骗得我过？今儿又偏撞着我的手里，看他手段，只是把上等牌儿叠在一起，再从骰子打归自己领受。

周庸祐先已看真切时，已负去一万银子有余，即托故小解，暗向船上人讨两牌儿，藏在袖子里，回局后略赌些时，周庸祐即下了十五万银子一注，洪子秋心上实在欢喜。又再会局，周庸祐觑定他叠牌，是得过天字牌配个九点，俗语道天九王，周庸祐拿的是文七点，配上一个八点一色红，各家得了牌儿，正覆着用手摸索。不料姓周的闪眼间将文七点卸下去，再闪一个八点红一色出来，活是一对儿。那洪子秋登时面色变了，明知这一局是中了计，怎奈牌是自己开的，况赌了多时，已胜了一二万银子上下。纵明知是假，此时如何敢说一个假字？肚子里默默不敢说，又用眼看看李庆年。李庆年又碍着周庸祐是拜把兄弟，倒不好意思，只得摇首叹息，诈做不知。周庸祐便催子秋结数。洪子秋哪里有这般方便，拿得十来万银子出来？心上又想着与李庆年两人分填此数，只目下不敢说出。奈周庸祐又催得紧要，正是无可奈何，便有做好做歹的，劝子秋写了一张单据，交与周庸祐收执。没奈何，只得大家允诺。是夜虽然同饮花筵，却也不欢而散。

各人回去之后，在洪子秋心里，纵然写了一张单据，惟立意图赖这一笔账项。只是周庸祐心上如何放得过？纵然未曾惊动官司，不免天天寻李庆年，叫他转致洪子秋，好早完这笔账。独李庆年心上好难过，一来自己靠着周家的财势，二来这笔账是自己引洪子秋出来，若是这笔数不清楚，就显然自己不妥当，反令周庸祐思疑自己，如何使得？便乘着轿子，来找洪子秋，劝他还了这笔账。洪子秋心里本不愿意填偿的，自是左推右搪。李庆年心生一计道："那姓周的为人，是很大方的，若不还了他，反被他小觑了。不如索性还了，还显得自己大方。即遇着怎么事情，要银用时，与他张挪，不怕不肯。"洪子秋听了，暗忖姓周的确有几百万家财，这话原属不错。遂当面允了李庆年，设法挪了十来万银子，还与周庸祐，取回那张单据，就完结了。后来姓洪的竟因此事致生意倒盘，都是后话不提。

且说姓洪的还了这笔款与周庸祐，满望与周庸祐结交，谁想周庸祐得了这十来万银子，一直跑回香港去，哪里还认得那姓洪的是什么人。自己增了十万，道是意外之财，就把来挥霍去了，也没打紧。因此镇日里在周园里会朋结友，从新又有一班人，如徐雨琴、梁早田，都和一块儿行步，若不在周园夜宴，就赴妓院花筵。

那时周庸祐又结识一个赛凤楼的妓女，唤做雁翎。那雁翎年纪约十六七上下，不特色艺无双，且出落得精神，别样风流，故周庸祐倒看上他。只是那雁翎既有这等声色，就不特周庸祐喜欢他，正是车马盈门，除了周庸祐之外，和他知己的，更不知几人。就中单表一位姓佘的，别字静之，排行第五，人就唤他一个佘老五排名。这时正年方廿来岁，生得一表人材，他虽不及周庸祐这般豪富，只是父亲手上尽有数十万的家财。单是父亲在堂，钱财不大到自己手上，纵然是性情豪爽，究不及周庸祐的如取如携，所以当时在雁翎的院子里，虽然与雁翎知己，惟是那天字第一号的挥霍大名，终要让过周庸祐去了。独是青楼地方，虽要二分人才、三分品貌，究竟要十分财力，所以当时佘老五恋着雁翎，周庸祐也恋着雁翎，各有金屋藏娇之意。论起佘老五在雁翎身上，花钱已是不少，还碍周庸祐胜过自己，心上自然不快。但姓佘的年轻貌美，雁翎心上本喜欢他的，争奈身不自由，若是嫁了佘老五，不过取回身价三五千，只鸨母心上以为若嫁与周庸祐，怕是一万八千也未可定。故此鸨母与雁翎心事，各有不同。

那一日，周庸祐打听得佘老五与雁翎情意相孚，胜过自己，不如落手争先，就寻他鸨母商酌，要携带雁翎回去。鸨母素知周庸祐是广东数一数二的巨富，便取价索他一万银子。周庸祐听了，先自还价七千元，随后也八千银子说妥。鸨母随把此事对雁翎说知，雁翎道："此是妾终身之事，何便草草？待妾先对佘姓的说，若他拿不得八千银子出来，就随姓周的未迟。"鸨母听了，欲待不依，只是香港规则，该由女子择人，本强他不得；况他只是寻佘五加上身价，若他加不上时，就没得可说。想罢，只得允了。

那时周庸祐既说妥身价，早交了定银，已限制雁翎不得应客，雁翎便暗地请佘老五到来，告以姓周的说妥身价之事。佘老五听得是八千银子，心上吓一怕，随说道："如何不候我消息，竟先行说妥，是个什么道理？"雁翎道："此事是姓周的和鸨母说来，妾争论几回，才寻你到来一说。你若是筹出这笔银子，不怕妾不随你去。"佘老五道："父兄在堂，哪里筹得许多？三二千还易打算，即和亲友借贷，只是要来带卿回去，并非正用，怕难以开口，况又无多时候，如何是好？"雁翎听罢，好不伤感。又说道："妾若不候君消息，就不到今日了。你来看姓周的十来房姬妾，妾回去怎么样才好？妾自怨薄命，怎敢怨人？"说罢，泪如雨下。佘老五躺在床上，已没句话说。雁翎又道："既是无多时候，打算容易，若妾候君十天，却又怎地？"佘老五一听，就在床跃起来说道："若能候至十天，尽能妥办，断没有误卿的了。"雁翎心上大喜，便唤鸨母进来，告以十天之内，候姓佘的拿银子来，再不随周庸祐去了。鸨母道："若是真的，老身横竖要钱，任你随东随西，我不打紧。若是误了时，就不是玩的。"佘老五道："这话分明是小觑人了，难道这八千银子，姓佘的就没有不成？"那鸨母看佘老五发起恼来，就不敢声张。佘老五便与雁翎约以十天为期，断不有误，说罢，出门去了。

鸨母见佘老五仍是有家子弟，恐真个寻了银子出来，就对周庸祐不住，即着人请周庸祐到来，告以佘老五限十天，要携银带雁翎的事。周庸祐听了，本待把交了定银的话，责成鸨母，又怕雁翎不愿，终是枉然。忽转念道：那雁翎意见，不愿跟随自已，不过碍着有个佘老五而已。若能撇去佘老五，那雁翎自然专心从己，再不挂着别人了。想罢，便回府去，与徐雨琴商量个法子。徐雨琴道："如此甚易，那佘老五的父亲，与弟向有交情，不如对他父亲说道：他在外眠花宿柳，冶游散荡，请他父亲把佘老五严束，那佘老五自然不敢到雁翎那里去，这便如何带得雁翎？那时，不怕雁翎不归自己手上。"周庸祐听了，不觉鼓掌称善，着徐雨琴依着干去。正是：

方藉资财谋赎妓，又施伎俩暗伤人。

要知雁翎随了哪人，且听下回分解。

第二十四回

勤报效书吏进京卿　应恩闱幼男领乡荐

却说周庸祐因怕佘老五占了雁翎，便与徐雨琴设法计议。徐雨琴道："那佘老五的父亲，与弟却也认识，不如对他父亲说：那老五眠花宿柳，要管束他，那时佘老五怎敢出头来争那雁翎？这算是一条妙计。"周庸祐道："怪不得老兄往常在衙门里有许大声名，原来有这般智慧。小弟实在佩服，就依着干去便是。"徐雨琴便来拜会佘老五的父亲唤做佘云衢的，说老五如何散荡，如何要携妓从良，一五一十，说个不亦乐乎。还再加上几句道："令郎还不止散荡的，他还说道，与周庸祐比个上下。现赛凤楼的妓女唤做雁翎的，周庸祐愿把一万银子携带他，令郎却又要加点价钱，与周庸祐赌气。老哥试想想：那姓周的家财，实在了得，还又视钱财如粪土的，怎能比得他上？令郎尚在年少，若这样看来，怕老哥的家财，不消三两年光景，怕要散个干净的了。"佘云衢听了，好不生气。徐雨琴又道："小弟与老哥忝在相好，若不把令郎着实管束了，还成个生理场中什么体统呢？"奈佘云衢是个商场中人，正要朴实，循规蹈矩。今听徐雨琴这一番说话，少不免向徐雨琴十分感谢。徐雨琴见说得中窍，越发加上几句，然后辞出来。

佘云衢送徐雨琴去后，就着人往寻佘老五回来。这时佘云衢的店内伙伴，倒听得徐雨琴这一番说话，巴不得先要通知佘老五去。佘老五听得这点消息，向知父亲的性子，是刚烈的人，这会风头火势，自然不好回去见他，便歇了些时，只道父亲这点气略下去了，即回店子里来。谁想父亲佘云衢一见就骂道："不肖儿干得好事！在外花天酒地，全不务些正项儿，倒还罢了，还要把万数的银子，来携带妓女。自古道：'邪花不宜入宅。'可是个生意中人的所为吗？"佘老五被父亲骂了一顿，不敢做声，只遮遮掩掩的转进里面去了。次日，佘云衢亲自带了佘老五回乡，再不准留在香港来。那佘老五便把对付雁翎的心事，也真无可奈何了。

那雁翎日盼佘老五的消息，总是不见。不觉候了两天，只道他上天下地，料必寻那八千银子到来。不想又候了一天，才见与佘老五同行同走的朋友进来，把徐雨琴弄计的事儿，说了一遍。雁翎不听犹自可，听了真是一盆冷水从头顶浇下来，好不伤感！暗忖自己只望他拿八千银子来争了一口气，今反被人所算，便是回到周家那里，那还复有面目见人！因此镇日里只是哭。鸨母见了这个情景，转恐雁翎寻个短见，他死了也没紧要，便白白把一株大大的钱树折去了，如何不防？便急的令人逻守着他，一面着人往寻周庸祐，说称佘老五已不来了，快了结了雁翎的事。

那时周庸祐这边，早由徐雨琴得了消息，知道佘云衢已打发佘老五回乡去，心上自然欢喜，就要立刻取雁翎回来。徐雨琴道："他若不愿意时，带他回来，也没用的。趁这会佘老五不到雁翎那里，我们再往雁翎处温存几天，不怕他的心不转过来。"周庸祐见说得有理，便与徐雨琴再往雁翎那里，盘桓了几天。那雁翎虽然深恨徐雨琴，只当着面实不好发作，就不比前天的镇日哭泣。周庸祐就当他心事忘却佘老五去了，即再过付几千银子，即把雁翎带了回来。雁翎自然不敢不从，就回周家去了。因当时周庸祐既把第九房金小霞当为休弃了一样，便将雁翎名是第十房，实则活填了第九房去了。

是时周庸祐既多上几房姬妾，各项生理又不劳自己打点，都是冯少伍、骆子棠、徐雨琴、梁早田和马氏的亲弟马子良一号竹宾的互相经理，周庸祐只往来省港各地，妻财子禄，倒也过得去，自然心满意足。单碍着关书里的来历及内面的情形，常常防着官场有怎么动弹。计不如从官阶下手，或做个大大的官儿好回来，才把门户撑得住。那时恰是谭督帅离任，姓德的第一次署理总督的时候。这姓德的为人很易商酌的，故那时周庸祐在羊城地面，充走官门，较往常实加一倍的势子了。

那一日，徐雨琴正来说道："现在因北方闹了一场干戈，亏李丞相说了和，每年要大注款赔把过外国去了，所以派俺广东每年多等二百万款项，库款好不吃紧。那朝上又催迫兴办各省学务，所以广东要办一间唤做武备学堂，尚欠十来万银子，方能开办。闻督衙有人说，若从这里报效一笔款，尽得个大大的保举。大人若要做官时，这机会就不好放过了。现闻有位姓张的，是从南洋起家的人，要报效这笔款，大人总要落手争先为是。不知大人有意没有呢？"周庸祐道："这亦是一个机会，因小弟曾任过参赞，若加上一点子保举，便不难谋个钦差了。但不知要报效多少才使得呢？"徐雨琴道："闻说这间武备学堂，欠费用约十五六万上下，就报效一半，留一半让姓张的做去，你道如何？"周庸祐大喜，便令徐雨琴设法干弄，休使别人知得，免至自己的报效赶不上去。徐雨琴道："大人休慌，骤然出这十万八万，也不容易。只有那姓张的是大埔人，还有一位姓张的是加应人，或者干得来。究竟衙门手段，不像我们神通，就在小弟手里，定不辱命的了。"徐雨琴说罢去了。周庸祐这里一面令冯少伍打点顶备八万银子，另备一二万，好送官场的礼。待报效之后，好望这张保折多说两句好话。冯少伍答声"理会得"，周庸祐见打点停妥，只静听徐雨琴的回信。

到了次日，徐雨琴进来说道：“恭喜大人！这事妥得八九了，明儿先递张禀子，禀明要报效，好待总督批发下来。”徐把禀稿念与周庸祐听。谁想禀尾有两句，道是：“不敢仰邀奖叙”。周庸祐听得，吓一跳，便问道：“小弟报效这八万金，全为奖叙一层起见，今说不敢仰邀奖叙，可不是白掉了不成？”徐雨琴道：“大人还不懂得官场里的混账，这不过是句套话罢了。怕上头奏将来，说出以资鼓励一句，哪有没奖叙的道理？”周庸祐听罢，方才醒悟，便由徐雨琴代递了这张禀子。果然次日就见督辕批发出来，赞他关怀桑梓，急功好义，并说明奏请奖赏的话。周庸祐心上大喜，一面交妥那八万银子。同时那姓张的也同周庸祐一般，把八万银子报效去了，德督帅就一同把周、张两人保举。周庸祐料得那奏折到京，没有不准的，少不免日望好音。

不消一月上下，早有电旨飞下来，把周庸祐赏给一个四品京堂候补。试想那八万银子，好容易报效得来，朝廷里面正当库款奇绌的时候，广东又向来著名富商很多的，正要重重的赏给他们，好为将来的劝勉，故此把四品京堂赏给了他们。论起那个四品京堂，虽然只是四品的官衔，只是位置实在尊贵，就是出京见了督抚，也不过是平移的罢了。当下周庸祐好不欢喜，谒祠拜客，周家又有一番热闹了。

这时周庸祐的声名，比从前更加大起来，平时谈瀛社的朋友，自然加倍趋承，便是督抚三司，也常常来往。在羊城拜过客之后，先自一程返到香港大宅子里，马氏接着，先自道喜，随说道：“府里自年前失了火，家内各事，不大如意。今儿虽费了十万银子上下，也没甚紧要。还幸得了个京堂，对着督抚大员，也是平班一辈子，便是关书里什么事，还有哪个敢动弹得来？”周庸祐道：“哪还止是个京堂，我尽将来要弄个尚书侍郎的地位呢。只这些关里事，夫人休担着惊，因我们在关书里干的事，统通和监督一样，若把我们算将来，怕不要牵连多少监督来呢。任是什么大权大位的人，哪有这般手段？”马氏道：“自古道：‘吉人自有天相’。统望大人作了大官回来，把从前敲磨我们的官儿，伸了这口气，就是万幸了。”周庸祐道：“夫人说得是，这都是夫人的好处，助成俺有今日的地位。若是不然，试看广东几千万人来，哪有几人像俺的功名富贵，件件齐全的呢？”那周庸祐说罢，只口里虽如此说，惟心里究想自雁翎一进了门来，就得个四品的京堂，可知隐助自己发财的，自然是马氏；若隐助自己升官的，料将来又要仗着雁翎的了。

肚子里正想得出神，忽报三姨太香屏、六姨太春桂、七姨太凤婵、九姨太金小霞、十姨太雁翎，都进大屋子来，在厅子里伺候，要与大人道喜。周庸祐听了，随转出来，并请马氏换过大褂罗裙，一同到大堂上，和周庸祐并肩儿坐着，受各姨太拜贺；暨那几个儿女，都先后道贺毕，也各人发了赏封。随后的就是管家和家人婢仆佣妇，统通叩拜过了，周庸祐即嘱对管家骆子棠，准备家宴。那时港中朋友，听得周庸祐回港的，又纷来道贺，正是车马盈门。周庸祐又要出门回拜，一连忙了几天，周庸祐即在周园子里唱戏设宴，好酬谢到来道贺的宾客。这时港中绅商富户，差不多也到齐了。自古道“富贵逼人来”，倒也难怪。

单说那夜周园里设宴，男女宾客，衣冠济济。女的由马氏主席，若是各家的侍妾，自由六姨太王氏春桂主席；男的自然是周庸祐主席。先听了一回戏，到入席时，已近三更时分。正杯筹交错间，管家冯少伍忽由羊城附夜轮船回港，周庸祐接着道：“少伍在城里打点各事，如何便回？”冯少伍就引周庸祐至一旁说道：“现在又因有一个机会，都因国家现在筹款，已分谕各省，如有能报效二万金的，不论生员还是监生，统通作为取中了举人，一体会试。若从这个机会，为两公子图个进身，不特目下是个举人；且大人在京里，知交正多，再加上一点工夫，恐进士翰林都是不难到手了。”周庸祐听了，答道：“此事甚好，待宾客去后，再说未迟。”说罢，重复入席。未几宾客渐散，冯少伍又道：“小弟见有这个机会，特回来说知，不知大人怎地意见？”那周庸祐正自寻思，原来周庸祐的意见，自忖替儿子谋个举人，自是好事。但长子年纪大了，若要谋个举人，自然要谋在长子的身上；但长子是二房所出，料马氏必然不大喜欢；若为次子谋了，怕年纪太少，不免弄出许多笑话来。因此上不能对那冯少伍说得定怎么主意，便答了一声："明日再说。"随转回马氏住的大宅子里，先把冯少伍的话，对马氏说知。

那马氏不听犹自可，听了哪有不愿为自己儿子谋个举人的？便一力要周庸祐办去。周庸祐本不敢不从，只究以儿子幼小，恐被人说笑话；况放着长子不谋，反替幼子谋了这个举人，亦对二房不住。想了一会，计不如凑足四万金，替两个儿子一并谋个举人罢了。即把此意对马氏说知。那马氏心上实不愿长子得个举人，与自己的儿子平等，便道："大人谋一个举人，恐还被人说笑，若谋两个时，怕外间说话越多起来了。"周庸祐听到这话，亦觉有理，心上左思右想，总没占一主意。

马氏见周庸祐还自思疑，不如索性自己作主为是。次日，便唤冯少伍到来，问他谋举人的路，可是实的？冯少伍道："哪有不实？现在已有了明文，省中早传遍了。夫人若要下手时，就该早些，迟点就恐不及了。"夫人听了，便对冯少伍道："依你干去便是，无论在哪一项设法，尽把二万银子拨来干去。"冯少伍说声"理会得"，随转下来。见马氏有了主意，想是与周庸祐商议定的了，再不必向周庸祐再说，便赶即回城，即把二万银子筹足报效去。果然不消一月上下，已发表出来，那幼子早中了一个举人去了。正是：

大人方进京堂秩，幼子旋攀桂苑香。

要知后事如何，且听下回分解。

第二十五回

酌花筵娼院遇丫环　营部屋周家嫁长女

话说冯少伍自把二万银子报效去了，果然一月上下，就有旨把周应昌钦赐了一名举人。那时城厢内外，倒知得周家中举的事，只是谁人不识得周家儿子没有什么文墨，就统通知道是财神用事的了。过了一二天，又知得周应昌是周庸祐的次子，都一齐说道 :“这又奇了，他长子还大得几岁年纪，今他的次子，也不过是十二三岁的人，就得了举人，可不是一件怪事！”就中又有的说道 :“你们好不懂事，只为那次子是继室马氏生得，究竟是个嫡子，因此就要与他中个举人了。”又有些说道 :“这越发奇了！主试的凭文取录，哪有由自己要中哪人，就中哪人的道理？”当下你一言，我一语，直当一件新闻一般谈论。

内中有省得事的，就道 :“你们哪里知道？你道那名举人是中的，只是抬了二万银子去，就抬一名举人回来罢了。他的长子是二房庶出，早早没了娘亲，因此继室的马氏，就要与自己儿子谋个举人，哪里还记得二房的儿子呢！”街上谈来说去，也觉得这话有理。那时有科举瘾的学究，倒摇头叹息，有了钱就得举人，便不读书也罢。只是周府里那复管人说怎么话，只家内又得了一名举人，好不高兴。一来马氏见得举人的是自己儿子，更加欢喜。凡平时来往的亲戚朋友，也纷纷派报红拜客，又复车马盈门的到来道贺。且马氏为人，平日最喜人奉承的，这会自己儿子得了举人，那些趋炎附势的，自不免加几句赞颂，说他少年中举，不难中进士、点状元的了。你一句，我一句，都是赞颂他得不亦乐乎，几乎忘记他的举人是用钱得来的了。马氏就令设筵宴待那些宾客。过了数日，就打算要回乡谒祖，好在祖祠门外竖两枝桅杆，方成个体势，这都是后话。

而今且说周庸祐自儿子得了举人，连日宴朋会友，又有一番热闹，镇日在周园里宾来客去，夜里就是秦楼楚馆，几无暇晷。那一夜正与二三知己到赛凤楼来，因那赛凤楼是周庸祐从前在那里携带过雁翎的，到时自然一辈子欢迎。先到厅上，多半妓女是从前认识的，就问诸妓女中有新到的没有。各人都道："有了一位，是由羊城新到的，唤做细柳。"周庸祐忙令唤他出来，谁想细柳见了周庸祐，转身便回转去了。周庸祐不知何故，也见得奇异，同座的朋友，如徐雨琴、梁早田的，就知道有些来历，只不敢说出。周庸祐道："究竟他因什么事不肯与人会面？座中又不是要吃人肉的，真是奇了。"说罢，便要唤他再复出来。同院姊妹一连叫了两次，细柳只是不出，也不敢勉强。看官试想：那周庸祐是个有声有势的人，凡是鸨女仆妇，正趋承到了不得的，这时自然惊动院中各人了。

那鸨母知道周庸祐要唤细柳，那细柳竟是不出，心上好不吃了一惊，单怕周庸祐生气，一来院中少了一宗大生意，二来又怕那周庸祐一班拍马屁的朋友，反在周庸祐耳边打锣打鼓，不是说争口气，就是说讨脸面，反弄个不便。急的跑上厅来，先向周庸祐那班人说个不是，随向房子里寻着细柳，要他出来。不料细柳对着鸨母只是哭，鸨母忙问他缘故，细柳只是欲言不言的景象。鸨母不知其故，就嚷道："若大的京堂大人，放着几百万的家财，也不辱没你的。你若是怕见人时，就不必到这里了。"细柳道："我不是不见人，只是不见他的就罢了。"鸨母正待问时，忽仆妇回道："厅子上的客人催得紧了。"鸨母只得强行拉了细柳出来，细柳犹是不肯，只哪里敢认真违抗，只得一头拭泪，一头到厅上来，低着头也不敢看周庸祐。惟庸祐把细柳估量一番，觉也有几分面熟，似曾见过的，但总想不出是什么人。只心上自忖道：他不敢来见我，定然与我有些瓜葛。再想从前桂妹是出家去了，且又不像他的样子。想来想去，总不知得。

这时，徐雨琴一班人又见细柳出来，总不见有什么事，就当是细柳必因初落河下怕见人，故至于此，因此也不甚见得怪异。坐了一会子，细柳才转出来。但那同院姊妹，少不免随着出来，问问细柳怕见周庸祐是什么缘故。细柳道："我初时是他府上的丫环，唤做瑞香，因那年除夕失火，烧那姓周的东横街大宅子，就与玉哥儿逃了出来。谁想那玉哥儿没点良心，把我骗在那花粉的地面，今又转来这里，因此上见他时，就不好意思，就是这个缘故。"姊妹听了，方才明白。各姊妹便把此事告知鸨母，鸨母听得，只怕周庸祐要起回那细柳，就着各人休得声张。只院中有一名妓女唤做香菱，与徐雨琴本有点交情，就不免把个中情节，对徐雨琴说知，徐雨琴早记在心里。

当下厅上正弦歌响动，先后唱完了，然后入席。在周庸祐此时，仍不知细柳是什么人，但觉得好生熟识。一来府里许多房姬妾，丫环不上数十人，且周庸祐向来或在京或出外，便是到英京参赞任时，瑞香年纪尚少，又隔了几年，如何认得许多？所以全不在意。到散席时候，各自回去。

次日，周庸祐又与各朋友在周园聚会，徐雨琴就把昨夜香菱那一番说话，把细柳的来历，细细说来。周庸祐方才醒得，便回府里，对马氏问道："年来府里的丫环，可有逃走的没有？"马氏道："年来各房分地居住，也不能知得许多。单是那一年失火时，丫环瑞香却跟着小厮阿玉逃去，至今事隔许多年。若大人不问起来，我险些儿忘却了。"周庸祐道："从前失婢时，可有出个花红没有？现在阿玉究在哪里呢？"马氏道："他两人踪迹，实在不知得，大人问他却是何故？"

周庸祐道："现在有人说在赛凤楼当娼的有一妓名细柳，前儿是我们府上的丫环，因失火时逃去的。"马氏道："是了，想是瑞香无疑了。他脸儿似瓜子样儿，还很白的。"周庸祐道："是了，他现在妓院干那些生涯，哪个不知得是我们的丫环？这样就名声不大好了。"马氏道："这样却怎样才好？"周庸祐道："我若携他回来，他只道回来有什么难处，料然不肯。不如摆布他去别处也罢。若是不然，就着别的朋友携带了他，亦是一件美事。"马氏道："由得老爷主意，总之不使他在这埠上来出丑，也就好了。"周庸祐答个"是"，然后出来再到周园那里，与徐雨琴筹个善法。

雨琴道："任细柳留在那里，自然失羞；若驱逐他别处去，反又太过张扬，更不好看。虽然是个丫环，究是家门名誉所在，大要仔细。"周庸祐道："足下所言，与弟意相合，不如足下取了他也罢。"雨琴道："此事虽好，只怕细柳心不大愿，也是枉然。"周庸祐道："须从他鸨母处说妥，若细柳不允时，就设法把他打进保良局去。凡妓女向没知识，听得保良局三个字，早是胆落了，哪怕他不肯？若办妥这件事时，一面向细柳打听小厮阿玉在那里，然后设法拿他，治他拐良为娼之罪，消了这口气，有何不可？"徐雨琴听了，觉得果然有理，当即允之。就与鸨母商议。

那鸨母见周庸祐是有体面的人，若不允时，怕真个打进保良局，岂不是人财两空？急得没法，惟有应允。便说妥用五百块银子作为两家便宜便罢，于是银子由周庸祐交出，而细柳则由徐雨琴承受。鸨母既妥允，那细柳一来见阿玉这人已靠不住，二来又领过当娼的苦况，三来又忌周庸祐含恨，自没有不从，因此就跟徐雨琴回去，便了却这宗事。只周庸祐自见过这宗事之后，倒嘱咐各房妻妾，认真管束丫环，免再弄出瑞香之事。至于伏侍自己女儿的丫环，更加留心；况且女儿已渐渐长大来了，更不能比从前的托大。再令马氏留意，与女儿打点姻事。单是周庸祐这些门户，要求登对的，实在难得很，这时纵有许多求婚的富家儿，然或富而不贵，又或贵而不富，便是富贵相全的，又或女婿不大当意，倒有难处。

忽一日，梁早田进来道："听说老哥的女公子尚未许字，今有一头好亲事，要与老哥说知。"周庸祐便问："哪一家门户？"早田道："倒是香港数一数二的富户，蔡灿翁的文孙，想尽能对得老哥的门户。"周庸祐道："姓蔡的我也认得，只他哪有如此大年纪的孙儿呢？"梁早田道："姓蔡的当从前未有儿子时，也在亲房中择了个承嗣子，唤做蔡文扬，早早也中了一名顺天举人。纵后来蔡灿翁生了几个儿子，那蔡文扬承继不得，究竟蔡灿翁曾把数十万的家财分拨过他。且那蔡文扬本生父也有些家财，可见文扬身上应有两副家资的分儿了。如此究是富贵双全的人家，却也不错。"周庸祐道："据老哥说来，尽可使得，待小弟再回家里商酌便是。"便回去对马氏说知。马氏道："闻说蔡灿拨过蔡文扬的不过十万银子，本生父的家财又不知多少。现他已不能承继蔡灿，就算不得与蔡灿结姻家了，尽要查查才好。"周庸祐想了想，随附耳向马氏说道："夫人还有所不知，自己的女儿，吸洋膏子的瘾来得重了，若被别人访访，终是难成。不如过得去也罢了。"马氏点头道是，此时已定了几分主意。

偏是管家冯少伍早知得这件事，暗忖主人的大女儿是奢华惯的，羊城及乡间富户，料然不甚喜欢。若香港地面的富商，多半知得他大女儿烟瘾过重，反难成就，看将来倒是速成的罢了。只心上的意，不好明对周庸祐夫妻说出，只得旁敲侧击，力言蔡文扬如何好人品，他的儿子如何好才貌，在庸祐跟前说得天花乱坠。在周庸祐和马氏的本意，总要门户相当，若是女婿的人品才貌，实在不甚注意。今见冯少伍如此说，亦属有理，便拿定主意，往覆梁早田，决意愿与蔡文扬结亲家了。梁早田又覆过姓蔡的。

自来做媒的人，甘言巧语，差不多树上的雀儿也骗将下来，何况周、蔡两家，都是有名的门户，哪有说不妥的？那一日再覆过周庸祐道：“蔡文扬那里早已允了，只单要一件事，要女家的在羊城就亲，想此事倒易停妥。因在省城办那妆奁还较易些，不如就允了他罢。”周庸祐听得，也允从了，一面又告知马氏。马氏道：“回城就亲，本是不难的。单是我们自东横街大宅遇火之后，其余各屋都是门面不大堂皇的，到时怕不好看。”周庸祐道：“夫人忒呆了，我家横竖迟早都要在城谋大屋的，不如赶速置买便是。难道有了银子，反怕屋子买不成？”马氏道：“既是如此，就一面允他亲事，一面嘱咐管家营谋大屋便是。”因此上就使梁早田做媒，把长女许字那蔡灿的孙子。徐把马氏之意，致嘱冯、骆两管家，认真寻屋子，好预备嫁女。

冯、骆两人也不敢怠慢，轮流的往羊城寻找。究竟合马氏意思的大屋，实在难觅。不觉数月之久，冯少伍自省来港，对周庸祐说道：“现寻得一家，只怕业主不允出卖，因那业主不是卖屋之人。若他允卖时，真是羊城超前未有的大宅子了。”周庸祐急急的问是谁的宅子来。正是：

成家难得宜家女，买屋防非卖屋人。

要知后事如何，且听下回分解。

第二十六回

周淑姬出阁嫁豪门　德権使吞金殉宦海

却说冯少伍自羊城返港，说称："现在西关有所大宅子，真是城厢内外曾未见过的敞大华美，只可惜那业主不是卖屋的人，因此颇不易购得。"马氏正不知此屋果属何人的，便问业主是什么名姓。冯少伍道："那屋不过是方才建做好的，业主本贯顺德人氏，前任福建船政大臣的儿子，正署福建光泉水道，姓黎的唤做学廉，他的家当可近百万上下，看来就不是卖屋的人了。"马氏听得，徐徐答道："果然他不是卖屋的人，只求他相让或者使得。"冯少伍道："说那个让字，不过是好听些罢了。他既不能卖，便是不能让的，而且见他亦难以开口。"马氏道："这话也说得是，不如慢些商量罢。"冯少伍听了，即自辞出。

在周庸祐之意，本不欲要寻什么大屋，奈是马氏喜欢的，觉不好违他，便暗地里与冯少伍商酌好，另寻别家子购买将来。冯少伍道："这也难说的了，像东横街旧宅这般大的，还没有呢。马夫人反说较前儿宅子大的加倍，越发难了。大人试想：有这般大的宅子的人家，就不是卖业的人家了。"周庸祐觉得此言有理，即与马氏筹议，奈马氏必要购所大屋子在省城里，好时常来往，便借嫁女的事，赶紧办来。周庸祐道："不如与姓黎的暂时借作嫁女之用，随后再行打算。"马氏道："若他不肯卖时，就借来一用也好。"

周庸祐答个"是"，便回城去，好寻姓黎的认识，商量那间屋子的事。那姓黎的答道："我这宅子是方才建筑成了，哪便借过别人？老哥休说罢。"周庸祐道："既是不能借得，就把来相让，值得多少，小弟照价奉还便是。"姓黎的听了，见自己无可造词，暗付自己这间屋子，起时费了八万银子上下，我不如说多些，他料然不甘愿出这等多价，这时就可了事。便答道："我这间屋子起来，连工资材料，统费了十六万金。如足下能备办这等价时，就把来相让便是。"

那姓黎的说这话，分明是估量他不买的了。谁想周庸祐一听，反没半点思疑，又没有求减，就满口应承。姓黎的听了，不禁愕然，自己又难反口，没奈何只得允了。立刻交了几千定银，一面回覆马氏，好不欢喜。随备足十六万银两的价银，交易清楚。就打点嫁女的事，却令人分头赶办妆奁。因周家这一次是儿女婚嫁第一宗事，又是马氏的亲女，自然是要加倍张皇。

那马氏的长女，唤做淑姬，又从来娇惯的，因见周家向来多用紫檀床，就着人对蔡家说知，要购办紫檀床一张。蔡家听得，叵耐当时紫檀木很少，若把三五百买张洋式的床子，较还易些；今紫檀床每张不下八百两银子上下，倒没紧要，究竟不易寻得来。只周家如此致嘱，就不好违他，便上天下地，找寻一遍，才找得一张床子，是紫檀木的，却用银子一千一百元买了回家，发覆过周家。那时周家妆奁也办得八九床帐，分冬夏两季，是花罗花绉的；帐钩是一对金嵌花的打成；杭花绉的棉褥子，上面盖着两张美国办来的上等鹤茸被子。至于大排的酸枝大号台椅的两副，二号的两副，两张酸枝机子，上放两个古磁窑的大花瓶。大小时钟表不下十来个，其余罗绉帐轴，也不消说了。至于木料的共三千银子上下，磁器的二千银子上下。衣服就是京酱宁绸灰鼠皮袄、雪青花绉金貂皮袄、泥金花缎子银鼠皮袄、荷兰缎子的灰鼠花绉箭袖小袄，又局缎银鼠箭袖皮袄各一件，大褂子二件，余外一切贵重衣物裙带，不能细说。统计办服式的费去一万银子上下。头面就是钗环簪耳，都是镶嵌珍珠，或是钻石不等。手上就是金嵌珍珠镯子一对，金嵌钻石镯子一对。至于金器物件，倒不能说得许多。统计办头面的费去三万银子上下。若特别的，就是嵌着大颗珍珠的抹额，与足登那对弓鞋帮口嵌的钻石，真是罕有见的。还有一宗奇事，是房内几张宫座椅子上，却铺着灰鼠皮，奢华绮丽，实向来未有。各事办得停妥，统共奁具不下六七万银子，另随嫁使用的，约备二万元上下。统共计木料、锡器、磁器、金银炕盅、房内物件及床铺被褥、顾绣垫搭，以至皮草衣服、帐轴与一切台椅，及随嫁使用的银子，总不下十万来两了。

到得出阁之日，先将香港各处家眷，都迁回西关新宅子，若增沙关部前素波巷各宅眷，亦因有了喜事，暂同迁至新宅子里来，那些亲串亲友，先道贺新宅进伙，次又道贺周家嫁女，真是来往的不绝。周家先把门面粉饰一新，挂着一个大大的京卿第扁子，门外先书一联，道是："韩诗歌孔乐，孟训戒无违。"门外那对灯笼，说不出这样大，写着"京卿第周"四个大字。门内的辉煌装饰，自不消说。到了送奁之日，何止动用五六百人夫，拥塞街道，观者人山人海，有赞他这般富豪的，有叹他太过奢侈的，也不能胜纪。

过了两天，就是蔡家到来迎娶，自古道："门户相当，富贵相交。"也不待说。单说周家是日车马盈门，周庸祐和马氏先在大堂受家人拜贺，次就是宾客到来道贺，绅家如潘飞虎、苏如绪、许承昌、刘鹗纯，官家如李子仪、李文桂、李庆年、裴鼎毓之伦，也先后道贺。便是上至德总督，和一班司道府，与及关监督，都次第来贺。因自周庸祐进衔京卿之后，声势越加大了，巴结的平情相交的，哪里说得许多。男的知客是周少西同姓把弟，女的知客就是周十二宅的大娘子。至于女客来道贺的，如潘家奶奶、陈家奶奶，都是马氏的金兰姊妹，其余潘、苏、许、李、刘各家眷属也到了。这时宾客盈堂，冯少伍也帮着周少西陪候宾客，各事自有骆子棠打点。家人小厮都是正中大厅至左右厢厅，环立伺候使唤。若锦霞、春桂两姨太太，就领各丫环，自宝蝉以下，都伺候堂客茶烟。自余各姨太太，也在后堂伺候陪嫁的女眷。不在话下。统计堂倌共二十余名，都在门内外听候领帖，应接各男女宾客。道喜的或往或来，直至午候，已见蔡家花轿到门，所预备丫环十名，要来赠嫁，也装束伺候，如梳佣及陪嫁的七八人，也打点登轿各事。

因省城向例迎亲的都是日中或午后登轿的较多。是时周家择的时辰，是个申时吉利，马氏便嘱咐后堂陪嫁的，依准申时登轿。因马氏的长女周淑姬，性情向来娇惯，只这会出阁，是自己终身的大事，既是申时吉利，自然不敢不依。淑姬便问各事是否停妥，陪嫁的答道“妥当了”，便到炕上再抽几口大大的洋膏子，待养足精神，才好登轿而去。抽了洋膏之后，即令丫环收拾烟具，随嫁却是一对正厓州竹与一对橘红福州漆的洋烟管，烟斗就是谭元记正青草及香娘各一对，并包好那盏七星内外原身车花的洋烟灯。收拾停妥之后，猛然想起一件事，不知可有买定洋膏没有？便着人往问马氏，才知这件紧要的事，未有办到，便快快的传骆子棠到来，着他办去。骆子棠道：“向来小姐吸的是金山烟，城中怕不易寻得这般好烟来。除是夫人用参水熬的，把来给过他，较为便捷呢。”马氏道：“我用的所存不多，府中连日有事，又不及再熬，这却使不得，但不知城中哪家字号较好的，快些买罢了。”骆子棠道：“往常城内，就说燕喜堂字号，城外就说是贺隆的好了。若跑进城内，怕回来误了时候，请夫人示下究往哪家才好？”马氏道：“城内来去不易，不如就在城外的罢了。”骆子棠应一声“晓得”，即派人往购一百两顶旧的鸦片膏来。

谁想那人一去，已是申牌时分，府里人等已催速登轿，马氏心上又恐过了时辰，好不着急，便欲先使女儿登轿，随后再打发人送烟膏去。只是今日过门，明儿才是探房，却也去不得。在周淑姬那里，没有洋膏子随去，自然不肯登轿，只望买烟的快快回来。惟自宝华正中约跑至新荳栏贺隆字号，那路程实在不近，望来望去，总未见回来。外面也不知其中缘故，只是催迫登轿，连周庸祐也不知什么缘故，也不免一同催速。还亏马氏在周庸祐跟前，附耳说了几句话，方知是等候买洋膏子的回来。没奈何周庸祐急令马氏把自己用的权给三五两过他，余外买回的，待明天才送进去。一面着人动乐，当即送淑姬出堂，先拜了祖宗，随拜别父母，登了花轿，望蔡家而去。这里不表。

周家是晚就在府上款燕来宾，次日，就着儿子们到蔡家探房。及到三朝回门之后，其中都是寻常细故，也不须细述。

且说周庸祐正与马氏回往西关新宅子之后，长女已经过门，各房姨太太，也分回各处住宅去了。周庸祐倒是或来或往，在城中除到谈瀛社聚谈之外，或时关书里坐坐。偏是那时海关情景，比往前不同，自鸦片拨归洋关，已少了一宗进款；加之海关向例，除凑办皇宫花粉一笔数外，就是办金叶进京。年中办金的不下数万两，海关书吏自然凭这一点抬些金价，好饱私囊。怎奈当时十来年间，金价年年起价，实昂贵得不像往时。海关定例，只照十八换金价，凑办进京。及后价涨，曾经总督李幹翔入奏，请海关照金价的时价，解进京去。偏又朝廷不允，还亏当时一位丞相，唤做陵禄，与前监督有点交情，就增加些折为二十四换。只是当时金价已涨至三十八九换的了，因此上当时任监督，就受了个大大的亏折。那前任的联元，虽然耗折，还幸在闱姓项下，发了一注大大的意外钱财，故此能回京覆命。及到第二任监督的，唤做德声，白白地任了两年监督，亏折未填的，尚有四五十万之多。现届满任之时，怎地筹策？便向周庸祐商量一个设法，其中商量之意，自不免向周庸祐挪借。

当下周庸祐听了德监督之言，暗忖自己若借了四五十万过他，实在难望他偿还。他便不偿还，我究从哪里讨取？况自己虽然有几百万的家当，怎奈连年所用，如干了一任参赞，又报效得个京卿，马氏又因办矿务，去了不下十万，今又买大宅子与办长女的妆奁。几件事算来，实在去了不少。况且近来占了那间银行的股份，又不大好景，这样如何借得过他？虽然自己也靠关里发财，今已让过少西老弟做了，年中仅得回十万银子，比从前进项不同。想了便对德声道："老哥这话，本该如命。只小弟这里连年用的多，很不方便，请向别处设法罢。"德声见周庸祐硬推，心上好过不去，只除了他更没第二条路；况且几十万两银子，有几人能举得起？便是举得起的，他哪里肯来借过我？想了便再向周庸祐唤几声兄弟，求他设法。怎奈周庸祐只是不从。

这时因新任监督已经到省，德声此时实不能交代，只得暂时迁出公馆住下。欲待向库书吏及册房商量个掩饰之法，怎又人情冷暖，他已经退任，哪个肯干这宗的事来？因此也抑郁成病。那新任的文监督，又不时使人来催清楚旧任的账目。德声此时真无可如何，便对他的跟人说道："想本官到任后，周庸祐凭着自己所得之资财，却也不少。今事急求他，竟没一点情面，实在料不着的了！"那跟人道："大人好没识好歹！你看从前晋监督怎样待他，还有个不好的报答他；况大人待他的万不及晋监督，欲向他挪借几十万，岂不是枉言么？"德声道："他曾出过几十万金钱，与前任姓联的干个差使，看来是个豪侠的人，如何待俺的却又这样？"那跟人道："他求得心腹的来，好同干弄，自然如此，这却比不得的了。"德声听了，不觉长叹了几声。正是：

穷时难得挥金客，过后多忘引线人。

要知后事如何，且看下回分解。

第二十七回

繁华世界极侈穷奢　冷暖人情因财失义

话说海关德监督，因在任时金价昂贵，因此亏缺了数十万库款，填抵不来，向周庸祐借款不遂；又因解任之后，在公馆里，新任的不时来催取清做册数，自己又无法弥补。自念到任以来，周庸祐凭着关里所得的资财不少，如何没点人情，竟不肯挪借，看来求人的就不易了。再想广东是有名的富地，关监督又是有名的优差，自己反弄到这样，不禁愤火中烧，叹道："世态炎凉，自是常有，何况数十万之多，这却怪他不得。但抵填不来，倒不免个罪名，不如死了罢。"便吞金图个自尽。后来家人知得灌救时，已是不及了。正是：空叹世途多险阻，任随宦海逐浮沉。

当下德监督既已毕命，家人好不苦楚！又不知他与周庸祐借款不遂之事，只道德监督自然是因在任亏缺，无法填补，因求毕命而已。周庸祐听得德声已死，心上倒不免自悔，也前往吊丧，封了三五百银子，把过他的家人，料理丧事。暗付德声已死，他在任时，还未清结册数，就在这里浮开些数目，也当是前任亏空的，实在无人知觉；况在德声在任时，亏缺的实在不少，便是他的家人，哪里知得真数？就将此意通知周乃慈，并与册房商妥，从中浮开十来二十万，哪里查得出来。那时把浮开的数，二一添作五，彼此同分，实不为过。那时造册的，自然没有不允，便议定浮开之数。周乃慈与造册的，共占分一半，周庸祐一人也占分一半。白地增多一注钱财，好不高兴。只可怜公款亏得重，死者受得苦，落得他数人分的肥。大凡书吏的行为，强半这样，倒不必细说了。

且说周家自买了黎氏这所大屋之后，因嫁女事忙得很，未有将宅子另行修造。今各事停妥，正要把这般大宅，加些堂皇华丽，才不负费一场心思，把十六万银子，买了这所料不到的大宅子来。一面传冯少伍寻那建造的人来，审度屋里的形势，好再加改作。偏是那间大屋，十三面过相连，中间又隔一间，是姓梁的管业，未曾买得，准要将姓梁的一并买了。那时一幅墙直连十三面门面，更加装潢。叵耐那姓梁的又是手上有块钱的人家，不甚愿将名下管业来转卖。论起那姓梁屋子，本来价值不过五六千银子上下，今见周家有意来拉拢，俗语道'千金难买相连地'，便硬着索价一万银子。谁想那周庸祐夫妇，皆是视财如水的人，那姓梁的索一万，就依价还了一万，因此一并买了姓梁的宅子，统通相连，差不多把宝华正中约一条长街，占了一半。又将前面分开两个门面，左边的是京卿第，右边的是荣禄第，东西两门面，两个金字匾额，好不辉煌！

两边头门，设有门房轿厅，从两边正门进去，便是一个花局，分两旁甬道，中间一个水池，水池上都是石砌阑干。自东角墙至西角墙，地上俱用雕花街砖砌成。那座花局，都是盆上花景，靠着照墙。对着花局，就是几座倒厅，中分几条白石路，直进正厅。正厅内两旁，便是厢房；正厅左右，又是两座大厅，倒与正厅一式。左边厢厅，就是男书房；右边厢厅，却是管家人等居住。从正厅再进，又分五面大宅，女厅及女书房都在其内。再进也是上房，正中的是马氏居住。从斜角穿过，即是一座大大的花园，园内正中新建一座洋楼，四面自上盖至墙脚，都粉作白色；四边墙角，俱作圆形。共分两层，上下皆开窗门，中垂白纱，碎花莲幕。里面摆设的自然是洋式台椅。从洋楼直出，却建一座戏台，都是从新另筑的，戏台上预备油饰得金碧辉煌。台前左右，共是三间听戏的座位，正中的如东横街旧宅的戏台一般；中间特设一所房子，好备马氏听戏时睡着好抽洋膏子。花园另有几座亭台楼阁，都十分幽雅。其中如假山水景，自然齐备。至四时花草，如牡丹庄、莲花池、兰花榭、菊花轩，不一而足。直进又是几座花厅，都朝着洋楼，是闲时消遣的所在。凡设筵会客，都在洋楼款待。

自大屋至花园，除白石墙脚，都一色水磨青砖。若是台椅的精工，也不能细说。又复搜罗尊重的玩具、陈设。厅房楼阁，两边头门轿厅，当中皆粘封条，如候补知府、分省试用道、赏戴花翎、候补四品京堂、二品顶戴、出使英国参赞等衔名，险些数个不尽。与悬挂的团龙衔匾及摆着的衔牌，也是一般声势。大厅上的玩器，正中摆着珊瑚树一枝，高约二尺有余。外用玻璃围罩，对着一个洋瓷古窑大花瓶，都供在几子上。余外各厅事，那摆设的齐备，真是无奇不有：如云母石台椅、螺甸台椅、云母石围屏、螺甸围屏以及纱罗帐幔，着实不能说得许多。除了进伙时，各亲串道贺的对联帐轴之外，凡古今名人字画，倒搜罗不少。山水如米南宫二樵丹山的遗笔，或悬挂中堂，或是四屏条幅。即近代有名的居古泉先生花卉却也不少。至于翎毛顾绣镜藏的四屏，无不精致，这是用银子购得来的，更是多得很。

内堂里便挂起那架洋式大镜子，就是在东横街旧宅时烧不尽的，早当是一件宝物。因买了宝华坊黎姓那宅子，比往时东横街的旧宅还大的多，所以陈设器具，比旧时还要加倍。可巧那时十二宅周乃慈正在香港开一间金银器及各玩器的店子，唤做口昌字号，搜罗那些贵重器皿，店里真如五都之市，无物不备。往常曾赴各国赛会，实是有名的商店，因此周庸祐就在那口昌店购取无数的贵重物件来，摆设在府里，各座厅堂，都五光十色，便是亲串到来观看的，倒不能识得许多。至如洋楼里面，又另有一种陈设，摆设的如餐台、波台、弹弓床子、花晒床子、花旗国各式藤椅及夏天用的电气风扇，自然色色齐备。或是款待宾客，洋楼上便是金银刀叉，单是一副金色茶具，已费去三千金有余。若至大屋里，如金银炕盅、金银酒杯，或金或银，或象牙的箸子，却也数过不尽。

周庸祐这时，把屋子已弄到十分华美，又因从前姓黎的建筑时，都不甚如意，即把厅前台阶白石，从雕刻以至头门墙上及各墙壁，另行雕刻花草人物，正是踵事增华，穷奢极侈。又因从前东横街旧宅，一把火便成了灰烬，这会便要小心，所以一切用火油的时款洋灯子，只挂着做个样儿，转把十三面过的大宅里面数十间，全配点电灯，自厅堂房舍至花园内的楼阁亭台，统共电灯一百六十余火，每届夜分就点着，照耀如同白日。自台阶甬道，与头门轿厅，及花园隙地，只用雕花阶砖；余外厅堂房舍，以至亭台楼阁，都铺陈地毡，积几寸厚。所有墙壁，自然油抹一新。至于各房间陈设，更自美丽。

单有一件，因我们广东人思想，凡居住的屋舍及饮食的物件，都很识得精美两个字，只是睡觉的地方，向来不甚讲究。惟是马氏用意，却与别的不同。因人生所享用的，除了饮食，就是晚上睡觉的时候，才是自己受用的好处。因此床子上就认真装饰起来。凡寻常的床子，多管是用木做成，上用薄板覆盖为顶，用四条木柱上下相合，再用杉条斗合，三面横筍，唤做大床，都是寻常娶亲用的。又有些唤做潮州床，也不过多几个花瓣，床面略加些雕刻而已。若有些势派的人，就要用铁床了，都是数见不鲜。只有马氏心上最爱的就是紫檀床，往上也说过了，他有爱紫檀床的癖，凡听得那处有紫檀床出售，便是上天落地，总要购了回来，才得安乐。

自从宝华坊大宅子进伙之后，住房比旧宅还多。马氏这时，每间房子必要购置紫檀床一张。那时管家得了马氏之意，哪里还敢怠慢？好容易购得来，便买了二十余张紫檀床子，每间房子安放一张。论起当时紫檀木来的少，那床子的价，自然贵得很。无奈马氏所好，便是周庸祐也不能相强，所以管家就不计价钱的购了来。故单说那二十来张紫檀床子，准值银子二万有余。就二十来张床之中，那马氏一张，更比别张不同：那紫檀木纹的细净，及雕刻的精工，人物花草，面面玲珑活现。除了房中布置华丽，另在床子上配设一枝电灯，床上分用四季的纱绫罗绸的锦帐，帐外还挂一对金帐钩，耗费数百金制成。床上的褥子，不下尺厚，还有一对绣枕，却值万来银子。论起那双绣枕，如何有这般贵重？原来那绣枕两头，俱缝配枕花。一双绣枕，统计用枕花四个，每个用真金线缝绣之外，中间夹缀珍珠钻石。那些珠石，自然是上等的，每到夜里灯火光亮时，那珍珠的夜明，钻石的水影，相映成色，直如电光闪飒。计一个枕花，约值三千银子，四个枕花，统计起来，不下万来银子了。实没有分毫说谎的。

所有府里各间，既已布置停妥，花园里面又逐渐增置花木。马氏满意，春冬两季，自住在大屋的房子；若是夏秋两季，就要到花园里居住。可巧戏台又已落成，那马氏平生所好那抽吸洋膏一门，自不消说，此外就不时要听戏的了。这会戏台落成，先请僧道几名，及平时认识的尼姑，如庆叙庵阿苏师傅、莲花庵阿汉师傅、无着地阿容师傅，都请了来，开坛念经，开光奠土。又因粤俗迷信，每称新建的戏台，煞气重得很，故奠土时，就要驱除煞气，烧了十来万的串炮。

过了奠土之后，先演两台扯线宫戏，唤做挡灾，随后便要演有名的戏班。因马氏向来最爱听的是小旦法倌，自从法倌没了，就要听小旦苏倌，凡苏倌所在的那一班，不论什么戏金，都要聘请将来。当时宝华坊周府每年唱戏，不下十来次，因此上小旦苏倌声价骤然增高起来。这会姓周的新宅子，是第一次唱戏，况因进伙未久，凡亲朋道贺新宅落成的，都请来听戏。且长女过门之后，并未请过子婿到来，这会一并请了前来。香港平日相洽的朋友，如梁早田、徐雨琴等，早先一天到了省城的。就是谈瀛社的拜把兄弟，也统通到来了。也有些是现任的官场，倒不免见周庸祐的豪富，到来巴结。前任海关德监督虽然没了，只是他与周庸祐因借款不遂的事，儿子们却没有知得，故德监督的儿子德陵也一同到来。至于女眷到来的，也不能细说。正是名马香车，填塞门外。所有男宾女客，都在周府用过晚餐。又带各人游过府里一切地方，然后请到园子里听戏。内中让各宾朋点戏，各视所爱的打发赏封，都是听堂戏的所不免，亦不劳再表。

偏是德陵到来听戏，内中却有个用意，因不知他父亲与周庸祐因借款不遂，少不免欲向周庸祐移挪一笔银子，满意欲借三五万，好运父亲灵柩回旗。只周庸祐不允借与德声，哪里还认得他的儿子？但他一场美意到来，又不好却他意思，只得借了二千银子过他，就当是恩恤的一样。德陵一场扫兴，心上自然不甚快意，以为自己老子抬举他得钱不少，如何这样寡情？心上既是不妥，自然面色有些不豫。那周庸祐只作不理，只与各朋友言三说四的周旋。正在听戏间兴高采烈的时候，忽冯少伍走进来，向周庸祐身边附耳说了几句话，周庸祐一听，登时面色变了。正是：

穷奢享遍人间福，尽兴偏来意外忧。

要知冯少伍说出什么话来，且听下回分解。

第二十八回

诬奸情狡妾裸衣　赈津饥周绅助款

话说周家正在花园里演戏之时，周庸祐与各亲朋正自高谈雄辩，忽冯少伍走近身旁，附耳说了几句话，周庸祐登时面色变了。各人看得倒见有些奇异，只不好动问。

原来冯少伍说的话，却是因关库里那位姓佘的，前儿在周庸祐分儿上用过一笔银子，周庸祐心上不服，竟在南海县衙里告他一张状子，是控他擅吞库款的罪情，因此监禁了几年。这时禁限满了，早已出了狱来，便对人说道："那姓周的在库书内，不知亏空了多少银子。他表里为奸，凭这个假册子，要来侵吞款项。除了自己知得底细，更没有人知得的了。今儿被他控告入狱，如何消得这口气？定要把姓周的痛脚拿了出来，在督抚衙门告他一纸，要彻底查办，方遂心头之愿。"所以冯少伍听得这一番说话，要来对周庸祐说知。那周庸祐听得，好不惊慌，不觉脸上登时七青八黄。各亲朋虽见得奇异，只不好动问。当下各人听了一会戏，自纷纷告别。周庸祐也无心挽留，便送各宾朋去了，场上就停止唱戏。

周庸祐回至下处，传冯少伍进来，嘱他认真打听姓佘怎样行动，好打点打点。只周庸祐虽有这等痛脚落在姓佘的手上，但自从进了四品京堂及做过参赞回来之后，更加体面起来，凡大员大绅，来往的更自不少，上至督抚三司，都有了交情，势力已自大了。心上还自稳着，暗忖姓佘的纵拿得自己痛脚，或未必有这般手段。纵然发露出来，那时打点也未迟。想到此层，又觉不必恐惧，自然安心。镇日无事，只与侍妾们说笑取乐。但当时各房姬妾，除二房姨太太殁了，桂妹早已看破凡尘，出家受戒，那九姨太太又因弄出陈健窃金珠一案，周庸祐亦不甚喜欢他。余外虽分居各处，周庸祐也水车似的脚踪儿不时来往。

单是继室马氏是最有权势的人，便是周庸祐也惧他三分。且马氏平日的性子，提起一个妾字，已有十分厌气。独六姨太王氏春桂，颇能得马氏欢心。就各妾之中，马氏本来最恨二姨太，因他儿子长大，怕将来要执掌大权，自己儿子反要落后。今二姨太虽然殁了，只他的儿子已自长大成人，实如眼中钉刺，满意弄条计儿，好使周庸祐驱逐了他，就是第一个安乐；纵不能驱逐得去，倒要周庸祐憎嫌他才好。那日猛然想起一计，只各人都难与说得，惟六姨太王氏春桂是自己腹心，尽合用着，且不愁他不允。便唤春桂到来，把心里的事，与春桂商量一遍，都是要唆摆二房儿子之意。春桂听了，因要巴结马氏，自没有不从，只是计将安出？马氏便将方才想的计策，如此如此，附耳细说了一回，春桂不觉点头称善。又因前儿春桂向在香江居住，这会因嫁女及进伙唱戏，来了省城西关大宅子，整整一月有余。今为对付长男之事，倒令春桂休回香港去，在新大宅子一块儿同居，好就便行事。

那春桂自受了马氏计策之后，转不时与二房长子接谈。那长子虽是年纪大了，但横竖是母娘一辈子，也不料有他意，亦当春桂是一片好心，心上倒自感激。或有时为那长子打点衣裳，或有时弄中饭与他吃，府里的人，倒赞春桂贤德。即在周庸祐眼底看着了，倒因二房伍氏弃世之后，这长男虽没甚过处，奈各房都畏惧马氏，不敢关照他，弄得太不像了，今见春桂如此好意，怎不喜欢？因此之故，春桂自然时时照料那长子，那长子又在春桂跟前不时趋承，已非一日，倒觉得无什么奇处。

那一日，周庸祐正在厅子里与管家们谈论，忽听得春桂的房子里连呼救命之声，如呼天唤地一般，家人都吓得一跳，一齐飞奔至后堂。周庸祐猛听得，又不知因什么事故，都三步跑出来观看，只见长男应扬正从春桂的房子飞跑出来，一溜烟转奔过花园去了。一时闻房里放声大哭，各丫环在春桂房门外观看的，都掩面回步，惟有三五个有些年纪的梳佣，劝解的声，怒骂的声，不绝于耳。都骂道："人面兽心，没廉耻的行货子！"

周庸祐摸不着头脑，急走到春桂房子来要看个明白。谁想不看犹自可，看了，只见王氏春桂赤条条的，不挂一丝，挨在床子边，泪流满面。那床顶架子上挂了一条绳子，像个要投缳自尽的样子。周庸祐正要问个缘故，忽听得春桂哭着骂道："我待他可谓尽心竭力，便是他娘亲在九泉，哪有一点对他不住？今儿他要干那禽兽的行为，眼见得我没儿没女，就要被人欺负。"周庸祐这时已听得几分。

那春桂偷眼见周庸祐已到来，越加大哭，所有房内各梳佣丫环，见了周庸祐，都闪出房门外。周庸祐到这时，才开言问道："究为什么事，弄成这个样子？"春桂呜呜咽咽，且骂且说道："倒是你向来不把家事理理儿，那儿子们又没拘束，致今日把我恩将仇报。"说到这来，方自穿衣，不再说，只是哭。周庸祐厉声道："究为着什么事？你好明明白白说来！"春桂道："羞答答的说怎么？"就中梳佣六姐，忍不住插口道："据六姨太说，大爷要强逼他干没廉耻的勾当，乘他睡着时，潜至房子里。把他衣衫解了，他醒来要自尽的。想六姨太待大爷不错，他因洽熟了，就怀了这般歹心。若不是我们进来救了，他就要冤枉了六姨太的性命了。"

正说着，听得房门外一路骂出来，都是骂"没家教，没廉耻，该杀的狗奴才"这等话。周庸祐认得是马氏声音，这时头上无明孽火高千丈，又添上马氏骂了一顿，便要跑去找寻长男，要结果他的性命。跑了几步，忽回头一想，觉长子平素不是这等人，况且青天白日里，哪便干这等事？况他只是一人，未必便能强逼他；就是强逼，将来尽可告诉自己来作主，何至急欲投缳自尽？这件事或有别情，也未可定。越想越像，只到这时，又不好回步，只得行至花园洋楼上，寻见了长男，即骂道："忘八羔子！果然你干得好事！"那长子应扬忙跪在地上，哭着说道："儿没有干什么事，不知爹爹动怒为何故？"周庸祐道："俗语说：'过了床头，便是父母。'尽分个伦常道理，何便强逼庶母，干禽兽的行为？"长子应扬道："儿哪有这等事？因六太太待儿很好，儿也记在心头。今天早饭后，六太太说身子不大舒服，儿故进去要问问安。六太太没言没语，起来把绳子挂在床头上。儿正不知何故，欲问时，他再解了衣衫，就连呼救命。儿见不是事，即跑了出来。儿是饮水食饭的人，不是禽兽的没人理，爹爹好查个明白，儿便死也才得甘心。"周庸祐听得这一席话，觉得实在有理。且家中之事，哪有不心知？但此事若仍然冤枉儿子，心上实问不过；若置之不理，那马氏和春桂二人又如何发付？想了一会，方想出一计来，即骂了长子两句道："你自今以后，自己须要谨慎些，再不准你到六太太房子去。"长子应扬答道："纵爹爹不说时，儿也不去了。只可怜孩儿生母弃世，没人依靠，望爹爹顾念才好。"说了大哭起来。周庸祐没话可答，只不免替他可惜，便转身出来。

这时因周庸祐跑了过去，各人都跟脚前来，听他要怎地处置长男。今见他没事出来，也见得诧异。但见周庸祐回到大屋后堂，对马氏及各人说道："此事也没亲眼看见他来，却实在责他不得，你们休再闹了。"马氏道："早知你是没主脑的人，东一时，西一样，总不见着实管束家人儿子，后来哪有不弄坏的道理？前儿九房弄出事来，失了许多金珠，闹到公堂，至今仍是糊里糊涂。今儿又弄出这般不好听的事，不知以后还要弄到什么田地？"周庸祐道："不特事无证据，且家丑不出外传，若没头没脑就喧闹出去，难道家门就增了声价不成？”那时周庸祐只没可奈何，答了马氏几句，心上实在愤恨王氏春桂，竟一言不与春桂再说。惟那马氏仍是不住口的骂了一回。那王春桂在房子里见周庸祐不信这件事，这条计弄长子不得，白地出丑一场，觉可羞可恨，只有放声复哭了一场，或言服毒，或言跳井。再闹了些时，便有梳佣及丫环们做好做歹的，劝慰了一会子。春桂自见没些意味，只得罢休，马氏也自回房子去了。

周庸祐正待随到马氏房里解说，忽见骆子棠进来说道："外面有客到来拜访大人呢。"周庸祐正不知何人到了，正好乘势出了来，便来到厅子上，只见几人在厢厅上坐地，都不大认识的。周庸祐便问："有什么事？"骆子棠就代说道："他们是善堂里的人，近因北方有乱，残杀外人，被各国进兵，攻破了京城。北省天津地方，因此弄成饥荒，故俺广东就题助义款，前往赈济，所以他们到来，求大人捐款呢。"周庸祐这时心中正有事，听得这话，觉得不耐烦，只是他们是善堂发来的，又不好不周旋。便让他们坐着，问道："现时助款，以何人为多？"就中一位是姓梁的答道："这都是随缘乐助，本不能强人的，或多或少，却是未定，总求大人这里踊跃些便是。"周庸祐道："天津离这里还远得很，却要广东来赈济，却是何故？"姓梁的道："我们善堂是不分畛域的，往时各省有了灾荒，没一处不去赈济。何况天津这场灾难，实在利害，所以各处都踊跃助款。试讲一件事给大人听听：现在上海地面，有名妓女唤做金小宝，他生平琴棋诗画，件件着实使得。他听得天津有这场荒灾，把生平蓄积的，却有三五千银子不等，倒把来助款赈济去了。只是各处助赈虽多，天津荒灾太重，仍不时催促汇款。那金小宝为人，不特美貌如花，且十分侠气。因自忖平时积蓄的，早已出尽，还要想个法子，再续赈济才好。猛然想起自己生平的绝技，却善画兰花，往时有求他画兰花的，倒要出得重资，才肯替人画来。今为赈济事情要紧，便出了一个招牌，与人画兰花。他又说明，凡画兰花所赚的钱财，都把来赈济天津去。所以上海一时风声传出，一来爱他的兰花画得好，二来又敬他为人这般义侠，倒到来求他画三二幅不等。你来我往，弄得其门如市，约计他每一天画兰花赚的不下三二百金之多，都尽行助往天津。各人见他如此，不免感动起来，纷纷捐助。这样看来，可见天津灾情的紧要。何况大人是广东有名的富户，怕拿了笔在手一题，将来管教千万人赶不上。”

说了这一场话，在姓梁的本意，志在感动周庸祐，捐助多些。只周庸祐那有心来听这话？待姓梁的说完，就顺笔题起来写道：“周栋臣助银五十大元。”那姓梁的看了，暗忖他是大大的富户，视钱财如粪土的，如何这些好事，他仅助五十元，实在料不到。想了欲再说多几句，只是他仅助五十元，便说千言万语，也是没用。便愤然道：“今儿惊动大人，实不好意思。且又要大人捐了五十元之多，可算得慷慨两个字。但闻大人前助南非洲的饥荒，也捐了五千元。助外人的，尚且如此，何以助自己中国的，却区区数十，究竟何故？”周庸祐听了，心中怒道：“俺在香港的时候，多过在羊城的时候。我是向受外人保护的，难怪我要帮助外人。且南非洲与香港同是英国的属地，我自然捐助多些。若中国没什么是益我的。且捐多捐少，由我主意，你怎能强得我来？”说罢，拂袖转回后面去了。姓梁的冷笑了一会，对骆子棠道：“他前儿做过参赞，又升四品京堂，难道不是中国的不成？且问他有这几百万的家财，可是在中国得的，还是在外国得的？纵不说这话，哪有助外人还紧要过助自己本国的道理？也这般没思想，说多究亦何用？”便起身向骆子棠说一声“有罪”，竟自出门去了。正是：

房但守财挥霍易，人非任侠报施难。

要知后事如何，且听下回分解。

第二十九回

争家权长子误婚期　重洋文京卿寻侍妾

话说那姓梁的向骆子棠骂了周庸祐一顿，出了门来，意欲将他所题助五十块银子，不要他捐出也罢。但善事的只是乐捐，不要勒捐的，也不能使气，说得这等话，只如此惜财没理之人，反被他抢白了几句，实在不甘。惟是捐多捐少，本不能奈得他何，只好看他悖入的钱，将来怎样结局便罢了。

不表姓梁的自言自语。且说周庸祐回到后堂，见了马氏，仍是面色不豫，急的解说了几句，便说些别的横枝儿话，支使开了。过了三两天，即行发王氏春桂回香港居住，又令长子周应扬返回三房香屏姨太太处居住，免使他各人常常见面，如钉刺一般。又嘱咐家人，休把日前春桂闹出的事传扬出外，免致出羞，所以家人倒不敢将此事说出去。

次日，八姨太也闻得人说，因六房春桂有要寻短见的事，少不免过府来问个缘故，连十二宅周大娘子也过来问候。在马氏这一边说来，倒当这事是认真有的，只责周庸祐不管束他儿子而已。各人听得的，哪不道应扬没道理。毕竟八姨太是有些心计的人，暗地向丫环们问明白，才知是春桂通同要嫁害二房长子的，倒伸出舌头，叹马氏的辣手段，也不免替长子此后担忧。时周庸祐亦听得街外言三语四，恐丫环口唇头不密，越发喧传出来，因此听得丫环对八房姨太说，也把丫环责成一顿。自己单怕外人知得此事，一连十数天，倒不敢出门去，镇日里只与冯、骆两管家谈天说地。

那日正在书房坐着，只见三房香屏姨太那里的家人过来，催周庸祐过去。周庸祐忙问有什么事，家人道："不知三姨太因什么事，昨夜还是好端端的，今儿就有了病，像疯颠一般，乱嚷乱叫起来，因此催大人过去。"周庸祐听了，暗忖三房有这等病，难道是发热燥的，如何一旦便失了常性？倒要看个明白，才好安心。便急的催轿班准备轿子，好过三房的住宅去。一面使人先请医生，一面乘了轿子到来三房的住宅，早见家人像手忙脚乱的样子，又见家人交头接耳，指天画地的说话。周庸祐也不暇细问，先到了后堂，但见丫环仆妇纷纷忙乱，有在神坛前点炷香烛，唤救苦救难菩萨的；有围住唤三姨太，说休要惊吓人的。仔细一望，早见香屏脸色青黄，对周庸祐厉声骂道："你好没本心！我前时待你不薄，你却负心，乘我中途殁了，就携了我一份大大的家资，席卷去了，跟随别人。我寻了多时，你却躲在这里图快乐，我怎肯干休？"说了，把两手拳乱捶乱打。

周庸祐见了此时光景，真吓得一跳，因三房骂时的声音，却像一个男子汉，急潜身转出厅上，只嘱咐人小心服侍。自忖他因甚有这等病？想了一会，猛然浑身冷汗，觉他如此，难道是他的前夫前关监督晋大人灵魂降附他的身上不成？自古道："为人莫作乖心事，半夜敲门也不惊。"叵耐自己从前得香屏之时，他却携了晋大人一份家资，却有二三十万上下。今他如此说，可无疑了。又见世俗迷信的，常说过有鬼神附身的事，这时越想越真，惟有浑身打战。

不多时，医士已自到来，家人等都道："这等症候是医生难治的。"此时周庸祐已没了主意，见人说医生治不得，就立刻发了谢步，打发那医生回去了。便问家人有什么法子医治，人说什么，就依行什么。有说要买柳枝、桃枝，插在家里各处的，柳枝当是取杨枝法雨，桃枝当是桃木剑，好来辟邪；又有说要请茅山师傅的，好驱神捉鬼；又有说要请巫师画净水的符。你一言，我一语，闹做一团，一一办去。仍见香屏忽然口指手画，忽然努目睁视，急的再请僧道到来，画符念咒，总没见些功效。那些老媪仆又对着香屏问道："你要怎么样，只管说。"一声未了，只见香屏厉声道："我要回三十万两关平银子，方肯罢手。不然，就要到阎王殿上对质的了！"周庸祐听得此浯，更加倍惊慌。时丫环婢仆只在门内门外烧衣纸，炷香烛，焚宝帛，闹得天翻地覆，整整看了黄昏时候。香屏又说道："任你们如何作用，我也不惧。我来自来，去自去。但他好小心些，他眼前命运好了，我且回去，尽有日我到来和他算账。"说了这番话，香屏方渐渐醒转来。

周庸祐此时好像吃了镇心丸一般，面色方定了些。一面着家人多焚化纸钱宝帛。香屏如梦初觉一般，丫环婢仆渐支使开了，周庸祐即把香屏方才的情景，对香屏说了一遍。这时连香屏也慌了，徐商量延僧道念经忏悔。周庸祐又嘱家人，勿将此事传出，免惹人笑话。只经过此事与王春桂的事，恐被人知得，自觉面上不大好看，计留在城里，不如暂往他处。继又想，家资已富到极地，虽得了一个四品京堂，仍是个虚衔，计不若认真寻个官缺较好。况月来家里每闹出事，欲往别处，究不如往北京，一来因家事怕见朋友，避过些时；二来又乘机寻个机会，好做官去。就拿定了主意，赶速起程。

突然想起长子应扬，前儿也被人播弄，若自己去了，岂不是更甚？虽有三房香屏照料，但哪里敌得马氏？都要有个设法才使得。便欲与长子先定了婚，好歹多一个姻家来关照关照，自己方去得安乐。只这件大事，自应与马氏商议。当即把此意对马氏说知。马氏听得与长子议婚一事，心上早着了怒气，惟不好发作，便答道："儿子年纪尚少，何必速议婚事？"周庸祐道："应扬年纪是不少了，日前六房还说他会干没廉耻的勾当。何以说及亲事，夫人反说他年纪少的话来？"

马氏故作惊道："我只道是说儿子应昌的亲事，不知道是说儿子应扬的亲事。我今且与大人说：凡继室的儿子，和那侍妾的儿子，究竟哪个是嫡子？"周庸祐道："自然是继室生的，方是嫡子，何必多说？"马氏道："侍妾生的，只不过是个庶子罢了，还让嫡子大的一辈，哪有嫡子未娶，就议及庶子的亲事？"周庸祐道："承家的自然是论嫡庶，若亲事就该论长幼为先后，却也不同。"马氏道："家里事以庶让嫡，自是正理。若还把嫡的丢了在后，还成个什么体统？我只是不依。"周庸祐道："应扬还长应昌有几岁年纪，若待应昌娶了，方议应扬亲事，可不是误了应扬的婚期？恐外人谈论，实在不好听。夫人想想，这话可是个道理？"马氏道："我也说过了，凡事先嫡后庶，有什么人谈论？若是不然，我哪里依得？"说了更不理会，便转回房里去。

周庸祐没精打采，又不敢认真向马氏争论。正在左思右想，忽报马子良字竹宾的来了。周庸祐知是马氏的亲兄来到，急出厅子上迎接。谈了一会，周庸祐即说道："近来欲再进京走一遭，好歹寻个机会，谋个官缺。只不知何日方能回来，因此欲与长男定个亲事。怎想令妹苦要为他儿子完娶了，方准为二房的长子完娶。奈长子还多几岁年纪，恐过耽延了长子的婚事，偏是令妹不从，也没得可说。"马竹宾道："这样也说不去，承家论嫡庶，完婚的先后，就该论长幼。既是舍妹如此争执，待小弟说一声，看看何如。"说了，即进内面，寻着马氏，先说些闲话，即说及周庸祐的话，把情理解说了一回，马氏只是不允。马竹宾道："俗语说得好：'侍妾生儿，倒是主母有福。'他生母虽然殁了，究竟是妹妹的儿子，休为这事争执。若为长子完娶了，妹妹还见媳妇多早几年呢。"说了这一番话，马氏想了一回，才道："我的本意，凡事是不能使庶子行先嫡子一步。既是你到来说这话，就依我说，待我的儿子长大时，两人不先不后，一同完娶便是。"马竹宾听了这话，知他的妹妹是再说不来的，便不再说，即转出对周庸祐把上项事说了一遍。周庸祐也没奈何，只得允了。便把儿子婚事不再提议，好待次子长时，再复商量。

马竹宾便问进京要谋什么官缺，周庸祐道："我若谋什么内外官，外省的不过放个道员，若是内用就什么寺院少卿也罢了。我不如到京后，寻个有势力的，再拜他门下，或再续报效些银子，统来升高一二级便好。且我前儿任过参赞，这会不如谋个驻洋公使的差使，无论放往何国，待三年满任回来，怕不会升到侍郎地步吗？"马竹宾道："这主意原是不差。且谋放公使的，只靠打点，像姐夫这般声名，这般家当，倒容易到手。但近来外交事重，总求个精通西文的做个得力之人，才有个把握。"周庸祐道："这话不错。便是一任公使，准有许多参赞随员办事，便是自己不懂西文，也不必忧虑。"马竹宾道："虽是如此，只靠人不如靠自己，实不如寻个自己亲信之人，熟悉西文的才是。"周庸祐道："这样说来，自己子姓姻娅中，没有一个可能使得；或者再寻了一房姬妾，要他精通西文的，你道如何？"马竹宾鼓掌道："如此方是善法，纵有别样交涉事情，尽可密地商量，终不至没头没脑的靠人也罢了。但寻个精通西方的女子，在城中却是不易，倒是香港地方，还易一点。"周庸祐答个"是"，便商量同往香港而去。

次日即打叠些行装，与马竹宾一同望香港而来。回到寓里，先请了那一班朋友如梁早田、徐雨琴，一班儿到来商酌，只目下寻的还是不易。徐雨琴道："能精通西文的女子，定是出于有家之人，怕不嫁人作妾，这样如何寻得？"周庸祐道："万事钱为主，他若不肯嫁时，多用五七百银子的身价，哪怕他不允？"说罢，各人去了，便分头寻觅。徐雨琴暗忖这个女子，殊不易得，或是洋人父华人母的女子，可能使得，除了这一辈子，更没有了。便把这意对梁早田说，梁早田亦以为然。又同把此意回过周庸祐，周庸祐道："既是没有，就这一辈也没相干。"徐雨琴便有了主意，向此一辈人寻觅，但仍属难选。或有稍通得西文的，却又面貌不大好，便又另托朋友推荐。

谁想这一事传出，便有些好作弄之徒到来混闹。就中一友寻了一个，是华人女子，现当西人娼婆的，西文本不大精通，惟英语却实使得，遂将那女子领至一处，请周庸祐相看。那周庸祐和一班朋友都来看了，觉得面貌也过得去，有点姿色。只那周庸祐和一班朋友都不大识得西文，纵或懂得咸不咸淡不淡的几句话，哪里知得几多？但是知得时，对面也难看得出。又见那女子动不动说几句英语，一来寻得不易，二来年纪面貌便过得去，自然没有不允。先一日看了，隔日又复再看，都觉无甚不妥，便问什么身价。先时还要二千银子，后来经几番说了，始一千五百银说妥了，先交了定银三百块，随后择日迎他过门。到时另觅一处地方，开过一个门面，然后纳妾。这时各朋友知得的，到来道贺，自不消说。其中有听得的，倒见得可笑。看那周庸祐是不识西文西话的人，那女子便叽哩咕噜，说什么话，周庸祐哪里分得出？可怜掷了千多块银子，娶了个颇懂英语、实不大懂西文的娼婆，不特没点益处，只是教人弄的笑话。正是：

千金娶得娼为妾，半世多缘妁误人。

要知后事如何，且听下回分解。

第三十回

苦谋差京卿拜阉宦　死忘情债主籍良朋

话说周栋臣耗了一千五百块银子，要娶个精通西文的女子为妾，不想中了奸人之计，反娶得个交结洋人的娼婆，实在可笑！当时有知得的，不免说长论短。只是周栋臣心里，正如俗语说的："哑子食黄连，自家苦自家知。"那日对着徐雨琴、马竹宾、梁早田一班儿，都是面面相觑。周栋臣自知着了道儿，也不忍说出，即徐、梁、马三人，一来见对不住周栋臣，二来也不好意思，惟有不言而已。

这时惟商议入京之事。周栋臣道："现时到京去，发放公使之期，尚有数月，尽可打点得来。但从前在投京拜那王爷门下，虽然是得了一个京卿，究竟是仗着报效的款项，又得现在的某某督帅抬举，故有这个地步。只发放公使是一件大事，非有宫廷内里的势力，断断使不得。况且近来那王爷的大权，往往交托他的儿子口子爷手里，料想打点这两条门路，是少不得的了。"徐雨琴道："若是口子爷那里打点，却不难。只是宫廷里的势力，又靠哪人才好呢？"梁早田道："若是靠那宫廷消息，惟宦官弥殷升正是有权有势，自然要投拜他的门下，只不知这条路究从哪里入手？"马竹宾道："不如先拜口子爷门下，就由口子爷介绍，投拜弥殷升，有何不可？"周栋臣听罢，鼓掌笑道："此计妙不可言！闻现年发放公使，那口子爷实在有权。只有一件，是煞费踌躇的：因现在广口有一人，唤做汪洁的，他是口军人氏，从两榜太史出身，曾在口口馆当过差使，与那口子爷有个师生情分，少不免替姓汪的设法，好放他一任公使。我若打点不到，必然落后，却又怎好？”马竹宾道：“量那些王孙公子，没有不贪财的，钱神用事，哪有不行？况他既有权势，放公使的又不止一国，他有情面，我有钱财，没有做不到的。”各人听了这一席话，都说道有理。

商议停妥，便定议带马竹宾同行，所有一切在香港与广东的事务，都着徐雨琴、梁早田代理。过了数日，就与马竹宾带同新娶精通洋语的侍妾同往。由香港附搭轮船，先到了上海，因去发放公使之期，只有三两月，倒不暇逗留，直望天津而去。就由天津乘车进京，先在南海馆住下。因这时周栋臣巨富之名，喧传京内，那些清苦的京官，自然人人着眼，好望赚一注钱财到手。偏又事有凑巧，那时口子爷正任口部尚书，在那部有一位参堂黄敬绥，却向日与周栋臣有点子交情；惟周栋臣志在投靠口子爷门下，故只知注重交结口部人员，别的却不甚留意。就此一点原因，便有些京官，因弄不得周栋臣的钱财到手，心中怀着私愤，便要伺察周栋臣的行动，好为他日弹参地步。这情节今且按下慢表。

且说周栋臣那日投刺拜谒黄敬绥，那黄敬绥接见之下，正如财神入座，好不欢喜。早探得周栋臣口气，要谋放公使的，暗忖向来放任公使的，多是道员，今姓周的已是京卿，又曾任过参赞，正合资格。但图他钱财到手，就不能说得十分容易。因此上先允周栋臣竭力替他设法，周栋臣便自辞去。怎想一连三五天，倒不见回复，料然非财不行，就先送了口万两银子与黄敬绥，道：“略表微意，如他日事情妥了，再行答谢。”果然黄敬绥即在口子爷跟前，替周栋臣先容。次日，就约周栋臣往谒口子爷去。

当下姓周的先打点门封，特备了口口两银子，拜了口子爷，认作门生，这都是黄敬绥预早打点的。那囗子爷见了周栋臣，少不免勉励几句，道是国家用人之际，稍有机会，是必尽力提拔。周栋臣听了，说了几句感激的话，辞了出来。次日又往谒黄敬绥，告以愿拜谒弥殷升之意，求他转托囗子爷介绍。这事正中囗子爷的心意，因防自己独力难以做得，并合弥殷升之力，料谋一个公使，自没有不成。因此周栋臣亦备囗万两，并拜了弥殷升，也结个师生之谊。其余王公丞相，各有拜谒，不在话下。

这时，周栋臣专候囗子爷的消息。怎想经过一月有余，倒没甚好音，便与马竹宾筹议再要如何设法。马竹宾道："听说驻美、俄、日三国公使，都有留任消息。惟本年新增多一个驻某国公使差缺，亦自不少。今如此作难，料必囗子爷那里还有些不满意，不如着实托黄敬绥转致囗子爷那里，求他包放公使，待事妥之后，应酬如何款项，这样较有把握。"周栋臣听了，亦以为然，便与黄敬绥面说。果然囗子爷故作说多，诸般棘手。周栋臣会意，就说妥放得公使之后，奉还囗囗万两，俱付囗子爷送礼打点，以求各处衙门不为阻碍。并订明发出上谕之后，即行交付，这都是当面言明，料无反覆。自说妥之后，因随带入京的银子，除了各项费用，所存无几，若一旦放出公使，这囗囗万如何筹画？便一面先自回来香港，打算这囗囗万两银子，好待将来得差，免至临时无款交付。主意已定，徐向囗子爷及黄敬绥辞行，告以回港之意，又复殷殷致意。那囗子爷及黄敬绥自然一力担承，并称决无误事。周栋臣便与马竹宾一同回港。不想马竹宾在船上沾了感冒，就染起病来，又因这时香港时疫流行，恐防染着，当即回至粤城，竟一病殁了。那马夫人自然有一番伤感，倒不必说。

单说周栋臣回港之后，满意一个钦使地位，不难到手，只道筹妥这一笔银子后，再无别事。不提防劈头来了一个警报，朝廷因连年国费浩烦，且因赔款又重，又要办理新政，正在司农仰屋的时候，势不免裁省经费。不知哪一个与周栋臣前世没有缘分，竟奏了一本，请裁撤粤海关监督，归并两广总督管理。当时朝廷见有这条路可以省些縻费，就立时允了，立刻发出电谕，飞到广东那里。这点消息，别人听得犹自可，今入到周栋臣耳朵里，不觉三魂去二，七魄留三，长叹一声道："是天丧我也。"家人看了这个情景，正不知他因什么缘故，要长嗟短叹起来。因为周栋臣虽然是个富绅，外人传的，或至有五七百万家当，其实不过三二百万上下。只凭一个关里库书，年中进款，不下二十万两，就是交托周乃慈管理，年中还要取回十万两的。有这一笔银子挥霍，好不高兴！今一旦将海关监督裁去，便把历年当作邓氏铜山的库书，倒飞到大西洋去了。这时节好不伤感！况且向来奢侈惯了，若进款少了一大宗，如何应得手头里的挥霍？又因向日纵多家当，自近年充官场，谋差使，及投拜王爷、囗官、囗子爷等等门下，已耗去不少。这会烦恼，实非无因，只对家人如何说得出？

正自纳闷，忽报徐雨琴来了，周栋臣忙接至里面坐定。徐雨琴见周栋臣满面愁容，料想为着这裁撤海关监督的缘故，忙问道："裁撤海关衙门等事，可是真的？"周栋臣道："这是谕旨，不是传闻，哪有不真？"徐雨琴忙把舌头一伸，徐勉强慰道："还亏老哥早已有这般大的家当，若是不然，实在吃亏不少。只少西翁失了这个地位，实在可惜了。"周栋臣听罢，勉强答个"是"，徐问道："梁兄早田为何这两天不见到来？"徐雨琴道："闻他有了病，颇觉沉重。想年老的人，怕不易调理的。"周栋臣听了，即唤管家骆某进来，先令他派人到梁早田那里问候。又嘱他挥信到省中周乃慈那里，问问他海关裁撤可有什么轇轕，并嘱乃慈将历年各项数目，认真设法打点，免露破绽。去后，与徐雨琴再谈了一会，然后雨琴辞去。

栋臣随转后堂，把裁撤海关衙门的事，对马氏说了一遍。马氏道："我们家当已有，今日便把库书抛了，也没甚紧要。况且大人在京时，谋放公使的事，早打点妥了，拚多使囗囗万银子，也做个出使大臣，还不胜过做个库书的？"周栋臣道："这话虽是，但目前少了偌大进项，实在可惜。且一个出使大臣，年中仅得公款口万两，开销恐还要缺本呢。”马氏道：“虽是如此，但将来还可升官，怕不再弄些钱财到手吗？”周栋臣听到这里，暗忖任了公使回来，就来得任京官，也没有钱财可谋的。只马氏如此说，只得罢了。惟是心上十分烦恼，马氏如何得知？但栋臣仍自忖得任了公使，亦可撑得一时门面，便再一面令冯少伍回省，与周乃慈打点库书数目。因自从挥信与周乃慈那里，仍觉不稳，究不如再派一个人帮着料理，较易弥缝。去后，又令骆管家打点预备银子口口万两，好待谋得公使，即行汇进京去。怎奈当时周栋臣虽有殷富之名，且银行里虽占三十余万元股份，偏又生意不大好，难以移动。今海关衙门又已裁去，亦无从挪取。若把实业变动，实在面上不可看，只得勉强张罗罢了。

是时，周栋臣日在家里，也没有出门会客，梁早田又在病中，单是徐雨琴到来谈话，略解闷儿。忽一日徐雨琴到来，坐犹未暖，慌忙说道：“不好了！梁早田已是殁了。”说罢不胜叹息，周栋臣亦以失了一个知己朋友，哪不伤感？忽猛然想起与梁早田交手，尚欠自己十万元银子。便问雨琴以早田有什么遗产。徐雨琴早知他用意，便答道：“早田兄连年生意不好，比不得从前，所以家产统通没有遗下了。”周栋臣道：“古人说得好：‘百足之虫，虽死不僵。’早田向来干大营生的，未必分毫没有遗下，足下尽该知得的。”徐雨琴想了想，自忖早田虽是好友，究竟已殁了，虽厚交也是不中用，倒不可失周栋臣的欢心。正是人情世故，转面炎凉。因此答道：“他遗产确是没有了，港沪两间船务办馆，又不大好，只是口盛字号系办铁器生理，早田兄也占有二万元股本。那口盛店近来办了琼州一个铁矿，十分起色，所以早田兄所占二万股本，股价也值得十万元有余。除是这一副遗下生理，尽过得去。”周栋臣道：“彼此实不相瞒，因海关衙门裁撤，兄弟的景象，大不像从前。奈早田兄手上还欠我十万银子，今他有这般生意，就把来准折，也是本该的。”徐雨琴道：“既是如此，早田兄有个侄子，唤做梁佳兆，也管理早田兄身后的事，就叫他到来商酌也好。”

栋臣答了一个“是”，就着人请梁佳兆过来，告以早田欠他十万银子之事，先问他有什么法子偿还。梁佳兆听得，以为栋臣巨富，向与早田有点交情，未必计较这笔款，尽可说些好话，就作了事。便说道：“先叔父殁了，没有资财遗下，负欠一节，很对不住。且先叔父的家人妇子，尚十分寒苦，统望大人念昔日交情罢了。”周栋臣道：“往事我也不说，只近来不如意的事，好生了得，不得不要计及。闻他囗盛字号生理尚好，就请他名下股份作来准折，你道何如？”梁佳兆见他说到这里，料然说情不得，便托说要问过先叔父的妻子，方敢应允。周栋臣便许他明天到来回覆。

到了次日，梁佳兆到来，因得了早田妻子的主意，如说不来，就依周栋臣办法。又欲托徐雨琴代他说情。只是爱富嫌贫，交生忘死，实是世人通病，何况雨琴与周栋臣有这般交情，哪里肯替梁家说项？便自托故不出。梁佳兆见雨琴不允代说，又见周栋臣执意甚坚，正是无可如何，只得向周栋臣允了，便把囗盛字号那梁早田名下的股分，到状师那里，把股票换过周栋臣的名字，作为了结。这时，梁早田的囗记办馆早已转顶与别人，便是周栋臣在囗记楼上住的第九房姨太，也迁回士丹利街居住。自从办妥梁早田欠款，周栋臣也觉安乐，以为不至失去十万银子，不免感激徐雨琴了。不想这事才妥，省中周乃慈忽又来了一张电报，吓得周栋臣魂不附体。正是：

人情冷暖交情淡，世故巇崎变故多。

要知后事如何，且听下回分解。

第三十一回

黄家儿纳粟捐虚衔　周次女出闺成大礼

话说周栋臣把梁早田遗下生理准折了自己欠项，方才满意。那一日，忽又接得省城一张电报，吓了一跳。原来那张电文，非为别事，因当时红单发出，新调两广制帅的，来了一位姓金的，唤做敦元，这人素性酷烈，专一替朝上筹款，是个见财不贬眼的人。凡敲诈富户，勒索报效的手段，好生了得，今朝上调他由四川到来广东。那周栋臣听得这点消息，便是没事的时候，也不免打个寒噤，况已经裁撤了海关衙门，归并总督管理，料库书里历年的数目，将来尽落到他的手上，怕不免发作起来，因此十分忧惧。急低头想了一想，觉得没法可施，没奈何只得再自飞信周少西那里，叫他认真弄妥数目，好免将来露着了马脚。更一面打点，趁他筹款甚急之时，或寻个门径，在新督金敦元跟前打个手眼，想亦万无不了的。想罢自觉好计，正拟自行发信，忽骆子棠来回道："方才马夫人使人到来，请大人回府去，有话商量。"

这等说时，周栋臣正在周园那里，忽听马氏催速回去，不知有什么要事，难道又有了意外不成？急把笔儿放下，忙令轿班掌轿，急回到坚道的大宅子里。直进后堂，见了马氏，面色犹自青黄不定。马氏见了这个情景，摸不着头脑，便先问周栋臣外间有什么事故。周栋臣见问，忙把上项事情说了一遍。马氏道：“呸！亏你有偌大年纪，经过许多事情，总没些胆子。今一个钦差大臣将到手里，难道就畏忌他人不成？横竖有王爷及囗子爷上头作主，便是千百个总督，惧他则甚？”周栋臣听到这话，不觉把十成烦恼抛了九成半去了，随说道：“夫人说得是，怪不得俗语说‘一言惊醒梦中人’，这事可不用说了。但方才夫人催周某回来，究有什么商议？”马氏道：“前儿忘却一件事，也没有对大人说。因大人自进京里去，曾把次女许了一门亲事，大人可知得没有？”周栋臣道：“究不知许字那处的人氏？可是门当户对的？”马氏道：“是东官姓黄的。做媒的说原是个将门之子，他的祖父曾在南韶连镇总镇府，他的父亲现任清远游府。论起他父亲，虽是武员，却还是个有文墨的，凡他的衙里公事，从没用过老夫子，所有文件都是自己干来。且他的儿子又是一表人物，这头亲事，实在不错。”

周栋臣听了，也未说话。马氏又道：“只有一件，也不大好的。”周栋臣道：“既是不错，因何又说起不好的话来？”马氏道：“因为他祖父和他父亲虽是武员，究竟是个官宦人家，但他儿子却没有一点子功名，将来女儿过门，实没有分毫名色，看来女儿是大不愿的。”周栋臣道：“他儿子尚在年少，岂料得将来没有功名？但亲家里算个门当户对，也就罢了。”马氏道：“不是这样说。俗语说‘人生但讲前三十’，若待他后来发达，然后得个诰命，怕女儿早已老了。”周栋臣道：“亲事已定，也没得可说。”马氏道：“他昨儿差做媒的到来，问个真年庚，大约月内就要迎娶。我今有个计较，不如替女婿捐个官衔，无论费什么钱财，他交还也好，他不交还也好，总求女儿过门时，得个诰封名目，岂不甚好？”周栋臣听到这里，心中本不甚愿，只马氏已经决意，却不便勉强，只得随口答个“是”，便即辞出。

且说东官黄氏，两代俱任武员，虽然服官年久，究竟家道平常，没有什么积蓄，比较起周庸祐的富厚，实在有天渊之别。又不知周家里向日奢华，只为富贵相交，就凭媒说合这头亲事。偏是黄家太太有些识见，一来因周家太过豪富，心上已是不妥。且闻姓周的几个女儿都是染了烟瘾，吸食洋膏，实不计数的，这样将来过了门，如何供给，也不免懊悔起来。只是定亲在前，儿子又已长大，无论如何，就赌家门的气运便罢，不如打算娶了过门，也完了一件大事。

那日便择过了日子，送到周家那里，随后又过了大聘。马氏把聘书看过了，看黄家三代填注的却是甚么将军，什么总兵游击，倒也辉煌。只女婿名字确是没有官衔的，虽然是知之在前，独是看那聘书，触景生情，心更不悦。忽丫环巧菱前来回道："二小姐要拿聘书看看。"马氏只得交他看去。马氏正在厅上左思右想，忽又见巧菱拿回这封聘书，说道："二小姐也看过了，但小姐有话说，因姑爷没有功名，不知将来过门，亲家的下人向小姐作什么称呼？"马氏听了，明知女儿意见与自己一般，便决意替女婿捐个官阶。即一面传冯少伍到来，告以此意，便一面与家人及次女儿回省城，打点嫁女之事。所有妆奁，着骆子棠办理。那分头打点办事。

马氏与一干人等，一程回到宝华坊大屋里。计隔嫁女之期，已是不远，所幸一切衣物都是从前预办，故临事也不至慌忙。是时因周家嫁女一事，各亲眷都到来道贺，马氏自然十分高兴。单是周庸祐因长子年纪已大了，还未娶亲，单嫁去两个女儿，心上固然不乐。马氏哪里管得许多，惟有尽情热闹而已。

那日冯少伍来回道："现时捐纳，那有许多名目，不知夫人替二姑爷捐的是实缺，还是虚衔？且要什么花样？"马氏道："实缺固好，但不必指省，总要头衔上过得去便是。"冯少伍得了主意，便在新海防项下替黄家儿子捐了一个知府，并加上一枝花翎，约费去银子二千余两。领了执照，送到马氏手上。马氏接过了，即使人报知次女，再着骆于棠送到黄家，先告以替姑爷捐纳功名之事。黄家太太道："小儿年纪尚轻，安知将来没有出身？目下替他捐了功名，亲家夫人太费心了。”骆子棠道：“亲家有所不知，这张执照，我家马夫人实费苦心，原不是为姑爷起见，只为我们二小姐体面起见，却不得不为的。但捐项已费去二千余两，交还与否，任由亲家主意便是。”说了便去。

那黄家太太听了，好不气恼。暗忖自己门户虽比不上周家的豪富，亦未必便辱没了周家女儿，今捐了一个官衔，反说为他小姐体面起见，如何忍得过。这二千余两银子若不交还于他，反被他们说笑，且将来儿子不免要受媳妇的气。但家道不大丰，况目前正打点娶亲的事，究从哪里筹这一笔银子？想了一想，猛然想起在南关尚有一间镜海楼，可值得几千银子，不若把来变了，交回这笔银子与周家，还争得这一口气。想罢觉得有理，便将此意告知丈夫，赶紧着人寻个买主。果然急卖急用，不拘价钱，竟得三千两银子说妥，卖过别人，次日即把二千余两银子送回周府里。两家无话，只打点嫁娶的事。

不觉将近迎娶之期，黄家因周家实在豪富不过的，便竭力办了聘物，凡金银珠宝钻石的头面，统费二万两银子有余，送到周府，这便算聘物，好迎周家小姐过门。是时马氏还不知周庸祐有什么不了的心事，因次日便是次女出阁，急电催周庸祐回省。庸祐无奈，只得乘夜轮由港回省一遭。及到了省城，那一日正是黄家送来聘物之日，送礼的到大厅上，先请亲家大人夫人看验。几个盒子摆在桌子上，都是赤金、珍珠、钻石各等头面。时马氏还在房子里抽大烟，周庸祐正在厅上。周庸祐略把双眼一瞧，不觉笑了一笑，随道：“这等头面，我府里房子的门角上比他还多些。”说了这一句，仍复坐下。来人听了，自然不悦，惟不便多说。

可巧马氏正待踱出房门，要看看有什么聘物，忽听得周庸祐说这一句话，正不知聘物如何微薄，便不欲观看，已转身回房。周庸祐见了马氏情景，乘机又转回厢房里去，厅上只剩了几个下人。送聘物来的见马氏便不把聘物观看，暗忖聘物至二万余金之多，也不为少，却如此藐视，心上实在不舒服。叵耐亲事上头，实在紧要，他未把聘物点受，怎敢私自回去。只得忍了气，求周府家人代请马氏出来点收。那周府家人亦自觉过意不去，便转向马氏请他出来。奈马氏总置之不理，且说道："有什么贵重物件！不看也罢，随便安置便是。"说了，便令发赏封，交与黄府家人，好打发回去。只黄府家人哪敢便回，就是周府家人以未经马氏点看聘礼，亦不能遽自收起，因此仍不取决。整整自巳时等候到未时，黄府家人苦求马氏点收，说无数恳求赏脸的话。马氏无奈，便勉强出来厅上，略略一看，即令家人收受了，然后黄府家人回去。

那黄府家人受了马氏一肚子气，跑回黄府，即向黄家太太一五一十说了出来。各人听了，都起个不平的心，只是事已至此，也没得可说，惟有嘱咐家人，休再多言而已。

到了次日，便是迎娶之期，周家妆奁自然早已送妥，其中五光十色，也不必细表。单说黄家是日备了花轿仪仗头锣执事人役，前到周家，就迎了周二小姐过门。向来俗例，自然送房之后，便要拜堂谒祖，次即叩拜翁姑，自是个常礼。偏是周二小姐向来骄傲，从不下礼于人的，所有拜堂谒祖，并不叩跪，为翁姑的自然心上不悦。忽陪嫁的扶新娘前来叩拜翁姑，黄府家人见了，急即备下跪垫，陪嫁的又请黄大人和太太上座受拜。谁想翁姑方才坐下，周二小姐竟用脚儿把跪垫拨开，并不下跪。陪嫁的见不好意思，附耳向新娘劝了两句，仍是不从。只用右手掩面，左手递了一盏茶，向翁姑见礼。这时情景，在男子犹自看得开，若在妇人，如何耐得住？因此黄家太太忿怒不过，便说道："娶媳所以奉翁姑，今且如此，何论将来！"说罢，又忆起送聘物时受马氏揶揄，不觉眼圈儿也红了。那周小姐竟说道："我膝儿无力，实不能跪，且又不惯跪的。今日只为作人媳妇，故尚允向翁姑奉茶。若是不然，奉茶且不惯做，今为翁姑的还要厌气我，只得罢了。"一头说，一头把茶盏放在桌子上，再说道："这两盅茶喝也好，不喝也罢，难道周京堂的女儿便要受罚不成！”话罢，撇开陪嫁的，昂然拂袖竟回房子去。

黄家太太就忿然道：“别人做家姑，只受新娘敬礼，今反要受媳妇儿的气，家门不幸，何至如此！”那周小姐在房里听了，复扬声答道：“口口说是家门不幸，莫不是周家女儿到来，就辱没黄家门户不成？”黄家太太听得，更自伤感。当时亲朋戚友及一切家人，都看不过，却又不便出声，只有向黄家太太安慰了一会，扶回后堂去了。

那做新郎的，见父母方做翁姑，便要受气，心实不安，随又向父母说几声不是。黄游府即谓儿子道：“此非吾儿之过，人生经过挫折，方能大器晚成，若能勉力前途，安知他日黄家便不如周氏耶？且吾富虽不及周家，然祖宗清白，尚不失为官宦人家也。”说罢，各人又为之安慰。谁想黄游府一边说，周小姐竟在房里抽洋膏子，烟枪烟斗之声，响彻厅上，任新翁如何说，都作充耳不闻。各人听得，哪不忿恨。正是：

心上只知夸富贵，眼前安识有翁姑？

要知后事如何，且听下回分解。

第三十二回

挟前仇佘子谷索资　使西欧周栋臣奉诏

话说黄府娶亲之日，周女不愿叩拜翁姑，以至一场扫兴，任人言啧啧，他只在房子里抽大烟。各亲朋眷属看见这个情景，倒替黄家生气，只是两姓亲家，久后必要和好，也不便从中插口，只有向黄家父子劝慰一番而罢。

到了次日，便算三朝，广东俗例，新娶的倒要归宁，唤做回门；做新婿的亦须过访岳家，拜谒妻父母，这都是俗例所不免的。是时黄家儿子因想起昨日事情，母亲的怒气还自未息，如何敢过岳家去，因此心上怀了一个疑团，也不敢说出。究竟黄家太太还识得大体，因为昨日新媳如此骄慢，只是女儿家骄惯性成，还是他一人的不是，原不关亲家的事。况马氏能够与自己门户对亲，自然没有什么嫌气，一来儿子将来日子正长，不合使他与岳父母有些意见，二来又不合因新媳三言两语，就两家失了和气，况周家请新婿的帖儿早已收受。这样想来，儿子过门做新婿的事是少不得的，便着人伺候儿子过门去。可巧金猪果具及新媳回门的一切礼物，早已办妥，计共金猪三百余头，大小礼盒四十余个，都随新媳先自往周府去。

到了午后，便有堂倌等伺候，跟随着黄家儿子，乘了一顶轿子，直望宝华正中约而来，已到了周京卿第门外。是时周府管家，先派定堂倌数名在头门领帖，周应昌先在大厅上听候迎接姊夫。少时堂倌领帖进去，回道：“黄姑爷来了。”便传出一个“请”字。便下了轿子，两家堂倌拥着，直进大厅上。除周应昌迎候外，另有管家清客们陪候。随又见周家长婿姓蔡的出来，行相见礼。各人寒暄了一会，便一齐陪进后堂，先参过周家堂上祖宗。是时周庸祐已自回港，只请马氏出堂受拜。

那马氏自次女回门之后，早知昨日女儿不肯叩拜翁姑之事，不觉良心发现，也自觉得女儿的不是。勿论黄家不是下等的门户，且亲已做成，就不该说别的话。想罢，便出来受拜。看看新婿的年貌，竟是翩翩美少年。又自捐官之后，头上戴的蓝顶花翎，好不辉煌。马氏此时反觉满心欢悦。次又请各姨太太出堂受拜，各姨太太哪里敢当，都托故不出，只朝向上座叩拜而罢。随转回大厅里，少坐片时，即带同往花园游了一会。马氏已打发次女先返夫家。是晚就在花园里的洋楼款待新婿，但见自大厅及后堂，直至花园的洋楼，都是燃着电火，如同白昼。不多时酒菜端上，即肃客入席，各人只说闲谈，并没说别的话。惟有丫环婢仆等，懂得什么事，因听说昨儿二小姐不叩拜翁姑的事，不免言三语四。饮到二更天气，深恐夜深不便回去，黄家儿子就辞不胜酒力。各人也不好勉强，即传令装轿。黄家儿子再进后堂，向马氏辞行，各人齐送出头门外而回。自此周、黄两家也无别事可说。

且说周庸祐自新督到任后，又已裁撤粤海关衙门，归并总督办理，心上正如横着十八个吊桶，捋上捋下，正虑历年库书之事或要发作起来，好不焦躁。意欲在新督面前图些报效，因又转念新督帅这人的性情是话不定的，想起自己在某国做参赞之时，被龚钦差今日借数千，明日借数万，已自怕了。今若在新督帅的面前报效，只怕一开了这条门路，后来要求不绝，反弄个不了。正自纳闷着，忽见阍人传进一个片子来，回道：“门外有一位客官，说道是在省来的，特来拜候大人。”周庸祐听了，忙接进名片一看，见是佘子谷的片子，不觉头上捏着一把汗。意欲不见，又想他到来，料有个缘故，因为此人是向曾在库书里办事多年，因亏空自己几万银子，曾押他在南海县监里的，今他忽来请见，自然凶多吉少。但不见他终没了期，不如请他进来一见，看看他有什么说话。便传了一个“请”字。佘子谷直进里面，周庸祐即迎进厅上。茶罢，见佘子谷一团和气，并没有分毫恶意。周庸祐想起前事，心上不免抱歉，便说道：“前儿因为一件小事，一时之气，辱及老哥，好过意不去。”周庸祐说罢，只道佘子谷听了，必然触起前仇，不免生气。谁想佘子谷听了不特不怒，反笑容满面的说道：“这等事有何过意不去？自己从前实对大人不住，大人控案，自是照公办事，小弟安可有怨言。”说罢，仍复满脸堆下笑来。

周庸祐看得奇异，因忖此人向来不是好相识的，今一旦这样，难道改换了性子不成？正想像间，忽又见佘子谷说道：“小弟正惟前时对大人不住，先要道歉。且还有一事，还要图报大人的，不知大人愿闻否？”周庸祐道：“说什么图报，但有何事，就请明说，俾得领教。”佘子谷道：“顷在省中，听得一事，是新督要清查海关库书数目。这样看来，大人很有关系呢！”周庸祐听到这里，不觉面色登时变了，好一会子才答道：“库书数目，近来是少西老弟该管，我也是交代过了。且库书是承监督命办事，只有上传下例，难道新督要把历任监督都要扳将下来不成？”佘子谷道：“这却未必，只怕他取易不取难。新督为人是机警不过的，若他放开监督一头，把库书舞弊四字贵重将来，大人却又怎好？”周庸祐此时面色更自不像，继又说道：“我方才说过，库书数目已交代去了，那得又要牵缠起来？”佘子谷笑道：“莫说令弟少西接办之后，每年交回十万银子与大人，只算是少西代理，也不算交代清楚。便是交代过了，只前任库书的是大人的母舅，后任库书的是大人的令弟，这样纵大人十分清白，也不免令人难信，何况关里库书的数目又很看不过的，难道大人不知？”周庸祐道：“我曾细想过了，库书里的数目也没什么糊涂，任是新督怎样查法，我也不惧。堂堂总督，未必故意诬陷人来。”佘子谷听到这里，便仰面摇首说道：“亏大人还说这话，可不是疯了！”说了这两句，只仍是仰面而笑，往下又不说了。

周庸祐此时见佘子谷说话一步紧一步，心坎中更突突乱跳，徐又说道：“我不是说疯话的人，若老哥能指出什么弊端，只管说来，好给周某听听。”佘子谷道：“自家办事，哪便不知，何待说得？就在小弟从前手上，何止百件。休说真假两道册房，便是新督入涉之地，即大人手里，哪算得是清楚？如此数目，本没人知得，惟小弟经手多年，实了如观火。在小弟断不忍发人私弊，只怕好事的对新督说知，道我是最知关库账目的人，那时新督逼小弟到衙指供，试问小弟哪里敢抗一位两广督臣？况小弟赤贫，像没脚蟹，逃又逃不去，怕还把知情不举的罪名牵累小弟呢！”

周庸祐听了，此时真如魂飞天外，魄散九霄，实无言可答，好半晌才说道：“老哥既防牵累，我也难怪。但老哥尊意要如何办法，请说不妨。”佘子谷道：“小弟自然有个计较。一来为大人排难解纷，二来也为自己卸责，当用些银子，向得力的设法解围。若在小弟手上打点办去，准可没事。”周庸祐道：“此计或者使得去，但不知所费多少才得？”佘子谷道：“第一件，趁广西有乱，报效军饷；第二件，打点总督左右人员；至于酬答小弟的，可由大人尊意。”周庸祐听到“酬答”两个字，不禁愕然。佘子谷只做不知，庸祐只得说道：“报效之事，周某可以自行打点。除此之外，究需费多少呢？”佘子谷附耳细说道：“如此只四十万两，便可了事。”周庸祐吃了一惊，不觉愤然道：“报效之数，尽多于打点之数，如此非百万两不可，难道周某身家就要冤枉去了？”佘子谷故作惊异道：“报效多少出自尊意，惟此四十万两那还算多？”周庸祐道：“多得很呢。”佘子谷道：“三十五万两若何？”周庸祐道：“这样实不是事了，休来恐吓周某罢。”佘子谷故作怒道：“大人先问自己真情怎样？还说我恐吓，实太过不近人情。”周庸祐道：“既不是恐吓，哪有如此勒索的道理？”佘子谷道：“既说小弟恐吓，又说小弟勒索，岂大人今日要把傲气凌我不成？”

周庸祐此时，也自觉言之太过，暗忖他全知自己的数目，断断不可开罪于他。没奈何，只得忍气，又复说道：“周某脾气不好，或有冒犯，休要见怪。只打点一事，哪便费如此之多，请实在说罢了。”佘子谷道：“既大人舍不得，小弟只得念昔日同事之情，把酬答我的勉强减些。今实在说，统共三十万两何如？”周庸祐不答。佘子谷又道：“二十五万两何如？”周庸祐摇头不答。佘子智又厉声道：“二十万两又何如？”周庸祐仍摇首不作理会。佘子谷就立即起身离座，说一句“改日再谒”，便怫然而去。

自佘子谷去后，周庸祐也懊悔起来，自己痛脚落在他手上，前时又监押过他，私仇未泯，就费二十万两，免他发作自己弊端，自忖本属不错。惟他说一句，便减五万两，实指望他多减两次，是只费十万两，便得了事，怎料他怫然便去。此时若要牵留他，一来不好意思，二来又失身分，今他去了，实在失此机会。想罢，不觉叹息。忽又转念道：他自从不在库书，已成一个穷汉了，他见有财可觅，或者再来寻我也未可定。想罢，复叹息一番。正欲转回后堂，忽家人手持一函，进来回道：“适有京函，由邮政局付到，特来呈进大人观览。”周庸祐听了，便接过手上，拆开一看，却是口京姓李的付来的。内中寥寥几行字，道是“口公使一缺，可拿得八九，请照前议，筹定款项，待喜报到时，即行汇上”。口上款书“栋臣京卿大人鉴”，下款自署一个“李”字。暗忖这姓李的自然是口口中人，大约外部人员转托他替自己设法的，可无疑了。但当时周庸祐接了此函，不免忧喜交集。忧的是海关已经裁了，目下银根又紧，究从哪里寻二十五万两银子；喜的是得了一个钦差，或得王公大臣念师生之情，可以设法，新督亦没奈我怎么何。

正欲把京函回复，忽马氏一干人等，都缘嫁女之事已完，已回港来了。各人不知周栋臣百感交集，还自喜气洋洋，直到后堂里。周栋臣待马氏坐定，把方才佘子谷的说话及京中的消息，一五一十说来。马氏听得丈夫将做钦差，越加欢喜，即答道："佘子谷向受我们工食，有什么势力能倾陷我们来？若把二十万两来送过他，究不如把二十五万两抬到口京那里。一来得做个钦差，二来更得人帮助，岂不两便？"周栋臣听了，实不敢把佘子谷拿着痛脚的话对马氏说知，今马氏如此说，未尝不以为然，只声声以海关裁撤之后，年中进款渐少为虑。便与马氏商议，在省的各姨太太住宅，都迁回大屋去，好省些费用，又好把各宅子租与他人，得些租项也好。此时马氏亦无言可驳，只得允从。惟要各姨太太都有紫檀床的，方准搬进去，若是不然，就失了大屋的体面，着实不得。因此省城里如增沙、素波巷、关部前各周宅，都尽迁回省中大屋，单是八姨太迁到香港口口街居住。若港中住眷，除九姨太因前时闹出之事，不得迁入大屋，余外都一块儿同住了。

周栋臣自此因家事安插停妥，库书的事，暂且不提。惟一面打算口京汇款，在香港口口要提若干万，口口银行要提若干万，倘仍不足，即由马氏私蓄项下挪移。分拨停妥，又因赴任公使之期在即，立催子侄姻眷们赶读西文；纵然懂不得文法，亦该晓得几句洋话，好将来做钦差时候跟自己做个随员，保个保举为是。各子侄姻眷们听得这个消息，都纷到周栋臣跟前献个殷勤，要读英文去。

那一日，周庸祐正在厅子上，与各人谈论将放钦差的消息，忽报京中电报到。庸祐立即令人把电文译出，那电文却是"出使口口国钦差大臣，着周庸祐去"，共十四个大字，周庸祐好不欢喜！正是：

失意昨才悲末路，承恩今又使重洋。

要知后事如何，且听下回分解。

第三十三回

谋参赞汪太史谒钦差　寻短见周乃慈怜侍妾

话说周庸祐自接得京电，即令亲属子侄赶速学习三两月英语，好作随员，待将来满任，倒不难图个保举。那时正议论此事，忽又接得省城一封急电，忙令人译出一看，原来是周乃慈发来的，那电文道是；“事急，知情者勒索甚紧，恐不了，速打算。”共是十五个字。周庸祐看了，此时一个警报已去，第二个警报又来，如何是好？

正纳闷着，忽八姨太太宅子里使人来报道：“启大人，现八姨太太患病，不知何故，头晕去了，几乎不省人事，还亏手指多，得救转来。请问大人，不知请那个医生来瞧脉才好？”周庸祐听了，哪里还有心料理这等事，只信口道：“小小事，何必大惊小怪，随便请医生也罢了。”去后复又把电文细想，暗忖知情者勒索一语，想又是佘子谷那厮了，只不知如何方得那厮心足。正要寻人商议，只见冯少伍来回道：“昨儿大人因接了喜报，着小弟筹若干银两电汇进京，但昨日预算定的也不能应手，因马夫人放出的银项急切不能起回，故实在未曾汇京。昨因大人有事，是以未覆，目下不知在哪一处筹画才好？因香港自去年倒盆的多，市面银根很紧，耀记那里又是移不动的。至于大人占股的银行里，或者三五万可能移得，只须大人亲往走一遭也好。”周庸祐道：“我只道昨天汇妥了，如何这会才来说，就太不是事了！就今事不宜迟，总在各处分筹，或一处一二万，或一处三四万，倘不足，就与马夫人商量。如急切仍凑不来，可先电汇一半入京，余待入京陛见时，再随带去便是。”冯少伍说声“理会得”便去，整整跑得两条腿也乏力，方先汇了十五万两入京。

此时便拟覆电周乃慈，忽见马氏出来坐着，即闻道：“省里来的电究说何事？”周庸祐即把电文语意，对马氏说了一遍。马氏道：“此事何必苦苦担心，目下已做到钦差，拼个库书不做便罢。若来勒索的便要送银子，哪里送得许多呢！”周庸祐听得，又好恼，又好笑，即答道：“只怕不做库书还不了事，却又怎好？”马氏道：“万事放开，没有不了的。不特今时已做钦差，争得门面，难道往时投在王爷门下，他就不替人设法吗？”说罢，周庸祐正欲再言，忽见港中各朋友都纷纷来道贺，都是听得庸祐派往外国出使，特来贺喜的。马氏即回后堂去。周庸祐接见各友，也无心应酬，只略略周旋一会。各人去了，周庸祐单留徐雨琴坐下，要商量发付省中事情。惟说来说去，此事非财不行，且动费一百或数十万，从哪里筹得？

原来周庸祐的家当，虽喧传五七百万之多，实不过二百万两上下，因有库书里年年一宗大进款，故摆出大大的架子来。今海关裁了，已是拮据，况近来为上了官瘾，已去了将近百万，欲要变卖产业，又太失体面；纵真个变业，可不是一副身家，白地去得干净？所以想报效金督帅及送款佘子谷两件事，实是不易。但除此之外，又无别法可以挽留。即留下徐雨琴商议，亦只面面相觑，更无善策，正像楚囚相对的时候。只见阍人又拿了一个名片进来，道是有客要来拜候。周庸祐此时实在无心会客，只得接过那名片一看，原来是汪怀恩的片子。周庸祐暗忖道：此人与我向不相识，今一旦要来看我，究有何事？莫不又是佘子谷一辈要来勒索我的不成？正自言自语，徐雨琴从旁看了那片子，即插口道：“此人是广东翰林，尚未散馆的，他平日行为，颇不利人口，但既已到来，必然有事求见，不如接见他，且看情形如何。或者凭他在省城里调停一二，亦无不可，因此人在城里颇有肢爪的，就先见他也不妨。”周庸祐亦以为是，即传出一个“请”字。

旋见汪怀恩进来，让坐后，说些仰慕的话，周庸祐即问汪怀恩：“到来有什么见教？”汪怀恩道：“小弟因知老哥已派作出使大臣，小弟实欲附骥，作个随员，不揣冒昧，愿作毛遂，不知老哥能见允否？”周庸祐听了，因此时心中正自烦恼，实无心理及此事，即信口答道：“足下如能相助很好，只目下诸事纷烦，尚未有议，及到时，再请足下商酌便是。”汪怀恩道：“老哥想为海关事情，所以烦恼，但此事何必忧虑，若能在粤督手上打点多少，料没有不妥的。”周庸祐听了，因他是一个翰林，或能与制府讲些说话，也未可定，即说道：“如此甚好，不知足下能替兄弟打点否？”汪怀恩道：“此事自当尽力。老哥请一面打点赴京陛见，及选用翻译随员，自是要着。且现时谋在洋务保举的多，实不患无人。昔日有赴美国出使的，每名随员索银三千，又带留学生数十名，每名索银一二千不等，都纷纷踵门求差使。老哥就依这样干去，尽多得五七万银子，作赴任的费用。惟论价放缺而外，仍要拣择人才便是。”周庸祐听到这里，见又得一条财路，不觉心略欢喜。

此时两人正说得投机，周庸祐便留汪怀恩晚膳，随带到厢房里坐谈，并介绍与徐雨琴相见。三人一见如故，把周乃慈来电议个办法。汪怀恩道：“若此时回电，未免太过张扬，书信往返，又防泄漏，不如小弟明日先回城去，老哥有何嘱咐，待小弟当面转致令弟，并与令弟设法调停便是。”周、徐二人都齐声道是。未几用过晚膳，三人即作竟夕之谈，大都是商量海关事情，及赴京两事而已。

次早，汪怀恩即辞回省城去。原来汪怀恩欲谋充参赞，心里非不知周庸祐因库书事棘手，但料周庸祐是几百万财主，且又有北京王公势力，实不难花费些调停妥当，因此便胆充帮助周庸祐，意欲庸祐感激，后来那个参赞稳到手上，怎不心满意足。一程回到省城，甫卸下行李，便往光雅里请见周乃慈。谁想乃慈这时纳闷在家，素知汪怀恩这人是遇事生风，吃人不眨眼的，又怕他仍是到来勒索的，不愿接见，又不知他是受周庸祐所托，即嘱令家人回道：“周老爷不在家里。”汪怀恩只得回去。

在当时周庸祐在港，只道汪怀恩替自己转致周乃慈，便不再覆函电。那汪怀恩又志在面见周乃慈说话，好讨好周庸祐，不料连往光雅里几次，周乃慈总不会面，没奈何只得覆信告知周庸祐，说明周少西不肯见面。这时节已多延了几天。周庸祐看了汪怀恩之信，吃了一惊，即赶紧飞函到省，着周少西与汪怀恩相见，好多一二人商议。周乃慈得了这信，反长叹一声，即复周庸祐一函，那函道：

> 栋臣十兄大人庭右，谨覆者：连日风声鹤唳，此事势将发作矣。据弟打听，非备款百万，不能了事。似此从何筹画？前数天不见兄长覆示，五内如焚。今承钧谕，方知着弟与汪怀恩太史商议。窃谓兄长此举，所差实甚。因汪太史平日声名狼藉，最不见重于官场，日前新督帅参劾劣绅十七名，实以汪某居首，是此人断非金督所喜欢者。托以调停，实于事无济，弟决不愿与之商酌也。此外有何良策，希即电示。专此，敬颂
>
> 钧安。
>
> 弟乃慈顿首

周庸祐看罢，亦觉无法。因乃慈之意，实欲庸祐出资息事，只周庸祐哪里肯把百万银子来打点这事，便再覆函于少西，谓将来尽可无事，以作安慰之语而已。

周乃慈见庸祐如此，料知此事实在不了，便欲逃往香港去，好预先避祸。即函请李庆年到府里来商议，问李庆年有何解救之法。李庆年道：“此事实在难说。因小弟向在洋务局，自新督帅到来，已经撤

差，因上海盛少保荐了一位姓温的到来，代小弟之任，故小弟现时实无分毫势力。至昔日一班兄弟，如裴鼎毓、李子仪、李文桂，都先后撤参，或充军，或逃走，已四处星散。便是潘、苏两大绅，也不像从前了。因此老兄近来所遭事变，各兄弟都不能为力，就是这个缘故。”周乃慈道："既是如此，弟此时亦无法可设，意欲逃往香港，你道何如？”李庆年道："何必如此。以老兄的罪案，不过亏空库款，极地亦只抄家而已。老兄逃与不逃，终之抄家便了。不如把家产转些名字，便可不必多虑。”周乃慈听了，暗忖金督性子与别人不同，若把家产变名，恐罪上加罪，遂犹豫不决。

少顷，李庆年辞去，周乃慈此时正如十八个吊桶，在肚子里捋上捋下，行坐不宁，即转入后堂。妻妾纷问现在事情怎样，周乃慈惟摇首道："此事不能说得许多，但听他如何便了。”说罢，便转进房子里躺下。忽家人报潘大人来拜候，周乃慈就知是潘飞虎到来，即出厅上接见。潘飞虎即开言道："老兄可有知得没有？昨儿佘子谷禀到督衙，说称在海关库书里办事多年，凡周栋臣等如何舞弊，彼统通知悉。因此，金督将传佘子谷进衙盘核数目。这样看来，那佘子谷定然要发作私愤。未知足下日前数目如何？总须打点才是。”周乃慈道："海关裁撤之后，数目都在督街里，初时不料裁关上谕如此快捷，所以打点数目已无及了。”潘飞虎道："此亦是老兄失于打点。因裁撤海关之事，已纷传多时，如何不预早思量？今更闻佘子谷说库书数目糊涂，尽在三四百万。这等说，似此如何是好？”周乃慈听了，几欲垂泪，潘飞虎只得安慰了一会而去。

周乃慈复转后堂，一言未发，即进房打睡。第三房姨太太李香桃见了这个情景，就知有些不妥，即随进房里去，见周乃慈躺在烟炕上，双眼吊泪。香桃行近烟炕前，正欲安慰几句，不想话未说出，早陪下几点泪来。周乃慈道："你因甚事却哭起来？”香桃道："近见老爷神魂不定，寝馈不安，料必事有不妥。妾又不敢动问，恐触老爷烦恼，细想丈夫流血不流泪，今见老爷这样，未免有情，安得不哭。”周乃慈这会更触起心事，越哭起来，随道：“卿意很好，实不负此数年恩义。然某命运不好，以至于此，实无得可说。回想从前，以至今日，真如大梦一场，复何所介念？所念者惟卿等耳！”香桃道：“钱财二字，得失何须计较，老爷当自珍重，何必作此言，令妾心酸。”周乃慈道：“香港口昌字号，尚值钱不少，余外香港产业，尚足备卿等及儿子衣食。我倘有不幸，任卿等所为便是。”香桃听罢，越加大哭。

周乃慈递帕子使香桃拭泪，即令香桃出房子去。香桃见周乃慈说话不像，恐他或有意外，因此不欲离房。周乃慈此时自忖道：当初周栋臣着自己入库书代理，只道是好意，将来更加发达，不意今日弄到这个地步。想栋臣拥几百万家资，倘肯报效调停，有何不妥？今只知谋升官，便置身局外。自己区区几十万家当，怎能斡旋得来？又想昔日盛时，几多称兄称弟，今日即来问候的，还有几人？正是富贵有亲朋，穷困无兄弟，为人如此，亦复何用！况金督帅性如烈火，将来性命或不免可虑，与其受辱，不如先自打算。便托称要喝龙井茶，使香桃往取。香桃只当他是真意，即出房外。周乃慈潜闭上房门，便要图个自尽。正是：

繁华享尽千般福，性命翻成一旦休。

要知周乃慈性命如何，且听下回分解。

第三十四回

留遗物惨终归地府　送年庚许字配豪门

话说周乃慈托称取龙井茶，遣香桃出房去了，便闭上房门，欲寻自尽。那香桃忽回，望见他把房门闭了，实防周乃慈弄出意外，急的回转叫门，一头哭，一头大声叫喊。家人都闻声齐集，一同叫门。周乃慈暗忖：若不开门，他各人必然撬门而入，纵然死也死不去。没奈何，只得把房门复开了，忍着泪，问各人叫门是什么缘故。各人都无话可说，只相向垂泪。周乃慈道："我因眼倦得慌，欲掩上房门，睡歇些时，也并无别故，你们反大惊小怪，实在不成事体。"各人听罢，又不敢说出防他自尽的话，只得含糊说几句，要进来伺候。周乃慈听了，都命退出，惟侍妾香桃仍在房子里不去。

周乃慈早知其意，亦躺在烟炕上，一言不发。香桃垂泪道："人生得失有定，若一时失意，何便如此？老爷纵不自爱，亦思儿女满堂，皆靠老爷成立。设有不幸，家人还向谁人倚靠？万望老爷撇开心事，也免妻妾彷徨，儿女啼哭才是。"周乃慈听了，叹一口气道："自从十哥把库书事托某管理，只道连年应有个好处。不想十来年间，纵获得百十万，今日便是祸患临头。从前先我在库书成家的人，便置身事外。某自问生平，无什么亏心事，只做了几年库书，便至性命交关，岂不可恨！倘若是兄弟相顾的，各人把三几十万报效，将来尽可没事。今枉说从前称兄称弟，只某一人独受灾磨，生亦何用？”说罢，更想起自己生平的不值处，倍加大哭起来。香桃便拿出绣帕，替周乃慈拭泪，随道：“既是如此，趁事情还未发作，不如打叠细软，逃出外洋，图个半世安乐，岂不甚好？”周乃慈道：“某初时也作此想，只想到兄弟朋友四个字，多半是富贵交游，及祸患到来，转眼便不相识，纵然逃往他处，更有谁人好相识，即自问亦无面目见人。且金督帅说我们是侵吞库款，若在通商之国，只一张照会，便可提解回来了，这时反做了一个逃犯，反是罪上加罪，如何是好？”香桃听罢，亦无言可说，惟再复安慰一回而罢。自此一连日夜，都轮流在周乃慈左右，防他自寻短见。凡有朋友到来拜会，非平日亲信的到，一概挡驾，免乃慈说起库书的事，又要伤感起来。惟周乃慈独坐屋里，更加烦闷，只不时通信各处朋友，打探事情如何。

忽一日接得一处消息，说道佘子谷现在又禀到粤督这里，说道海关库书，历来舞弊，如何欺瞒金价，如何设真假两册房，欺弄朝廷。凡库款未经监督满任晋京，本来移动不得的，又如何擅拿存放收息。又称自洋关归并，及鸦片归入海关办理以后，如何舞弄。把数十年傅、周两姓经手的库书事务，和盘托出。又称数十年来傅、周两姓相继任海关库书，兄弟甥舅，私相授受，互为狼狈，无怪近来关税总无起色，若库书吏役，反得富堪敌国，坐拥膏腴。当此库款支绌之秋，自当彻底根究，化私为公，以裕饷源，而杜将来效尤积弊等语。金督帅见了，登时大怒。又因当时囗囗军务正在吃紧，军饷又复告竭，仰屋而嗟，捋肠捋脏之际，忽然有悟，想得一计，就在傅、周两姓筹一笔款项，好填这项数目，却也不错。因此就立刻传佘子谷到衙，检齐账项卷宗，交佘子谷逐一盘驳。一来因周庸祐已经有旨放了钦差，出使囗囗国大臣，若不从速办理，怕周庸祐赴任去了，又多费一重手脚；又防周乃慈仍逃海外而去。便一面令人看管周乃慈，一面令佘子谷从速盘核库书数目。

此时周乃慈更如坐针毡，料知这场祸机发作，非同小可，抄家两字是断然免不得的。惟自己看淡世情，早置死生于度外，单是妻妾儿女，将来衣食所靠是紧要的。便欲把在内地的生理产业，一概改转他人名字。偏是那时金督帅为人严猛，又是不徇情面的，凡与周乃慈同股开张生理的人，皆畏祸不敢使周乃慈改易名字。便是所置买的产业，亦无人敢出名替他设法。周乃慈暗忖这个情景，内地的家当料然不能保全，悔当时不早在海外置些家业，谋个退步。想罢叹了一声，只得打发妻子暗地携些细软珠石等贵重物件，先避到香港居住。这时香港总督与粤省金督帅又很有点子交情，更防香港产业亦保全不得，即令把在香港所置的产业改换姓名，即金银玩器生理的口昌字号，亦改名当作他人物业去了。那妻子们有些避到香港，有些仍留在省城光雅里大宅子里，伺候周乃慈，并听候消息。前时周乃慈犹函电纷驰，到周庸祐那里催他设法，只到了这时，见周庸祐总舍不得钱钞斡旋，但天天打算赴京莅任，正如燕巢危幕，不知大厦之将倾，因此周乃慈更不与周庸祐商量弥缝的法子，只听候金督如何办法，作个祸来顺受也罢了。还亏那时看守周乃慈宅子的差人，得些好意，只作循行故事的看守，所以周乃慈也不时令人打探消息。

那一日，忽见傅成的次子傅子育到来，乃慈料知有些机密事故，即出厅上相见。看见傅子育仓皇之象，料然不是好的消息。坐犹未定，傅子育即附耳说道：“近日声气更自不好，闻家父从前经手的事都要一并发作来了。试想二十年来，家父已把库书的名让给贵兄弟做去，这回仍要发作，如何是好？”周乃慈听罢，目定口呆，一句话也说不出。暗想傅家且不能免罪，何况自己现当库书的？

原来傅家自失了库书一席，家道中落之后，傅成长子傅子瑞中了举人，出仕做官，家道复兴，这时家当不下有百万上下，所以金督帅要一并查办起来。傅子育听得消息，正寻周乃慈商议，今见乃慈没句话答，心中十分着急，便又问道："不知贵兄弟近日有什么法子打点？"周乃慈摇首答道："哪里还打点得来？只听得如何办法便是。"傅子育道："天下哪有敛手待毙的？不如合同三家，并约潘氏，各出些款项，报效赎罪，你道何如？"周乃慈道："小弟早见及此，惜家兄为人优柔寡断，凡事只听马氏嫂嫂主裁。那马氏又是安不知危的，只道拜得权臣门下，做了钦差，就看事情不在眼内，雷火临头，还要顾住荷囊呢！"傅子育道："昨日小弟打个电报到四川家兄任上，据家兄回电，亦作此想。如我们三家及姓潘的凑集巨款，他准可在川督那里托他致电粤督，说个人情。足下此时即电与令兄商酌，亦是不迟。"周乃慈道："原来老哥还不知，家兄凡有主意时，就求北京权贵。说个报效赎罪的人情，那可使不得。他却只是不理，只道他身在洋界，可以没事。不知查抄起来，反恐因小失大，他却如何懂得？我也懒和他再说了。"傅子育听罢，觉报效之事，非巨款不可，若周氏不允，自己料难斡旋得来。亦知周庸祐是个守财虏，除了捐功名、结权贵之外，便一毛不拔的，说多也是无用，便起辞回去。

这里周乃慈自听得傅子育所说，暗忖傅家仍且不免，何况自己，因此更加纳闷，即转回房子里去。香桃更不敢动问，免至又触起周乃慈的愁思。乃慈独自思量，觉风声一天紧似一天，他日怕查抄家产之外，更要拘入监牢，若到断头台上，岂不更是凄惨？便决意寻个自尽。意欲投缳，又恐被人救下，死也死不去。便托称要吃洋膏子解闷，着人买了洋膏二两回来。日中却不动声息，仍与侍妾们谈天，就中也不免有安慰妻妾之语。意欲把家事嘱咐一番，只怕更动家人思疑，便一连挥了十数通书信，或是嘱咐儿子，或是嘱咐妻妾，或是嘱咐商业中受托之人，也不能细表。

徐又略对香桃说道："此案未知将来如何处置，倘有不幸，你当另寻好人家，不必在这里空房寂守。"香桃哭道："妾受老爷厚恩，誓死不足图报，安肯琵琶别抱，以负老爷，望老爷安心罢。”说罢，放声大哭。周乃慈道：“吾非不知汝心，只来日方长，你年尚青春，好不难过。”香桃道：“勿论家业未必全至落空，且儿子在堂，尚有可靠；纵或不然，妾宁沿门托钵，以全终始，方称妾心。”周乃慈道：“便是男子中道丧妻，何尝不续娶？可见女子改嫁，未尝非理。世人临终时，每嘱妻妾守节，强人所难，周某必不为也。”香桃道：“虽是如此，只是老爷盛时，多蒙见爱，怎忍以今日时蹙运衰之故，便忘恩改节。”周乃慈道：“全始全终，自是好事，任由卿意，吾不相强。”说罢，各垂泪无言。将近晚膳时候，周乃慈勉强喝了几口稀饭，随把手上火钻戒指除下，递与香桃道：“今临危，别无可赠，只借此作将来纪念罢了。”香桃含泪接过，答道：“老爷见赐，妾不敢不受。只老爷万勿灰心，自萌短见。”周乃慈强笑道：“哪有如此？卿可放心。”自此无话。

到了三更时分，乃慈劝香桃打睡，香桃不肯，周乃慈道：“我断断不萌短见，以负卿意，只是卿连夜不曾合眼，亦该躺歇些时。若困极致病，反惹人忧，如何使得？”香桃无奈，便横着身儿躺在烟炕上。周乃慈仍对着抽大烟。香桃因连夜未睡，眼倦已极，不多时便睡着了。乃慈此时想起前情后事，忧愤益深，自忖欲求死所，正在此时。又恐香桃是装睡的，轻轻唤了香桃几声，确已熟睡不应，便拿那盅洋膏子，连叫几声“十哥误我”，就纳在口里，一吸而尽，不觉双眼泪流不止。捱到四更时分，肚子里洋烟气发作将来，手脚乱抓，大呼小叫。香桃从梦中惊醒，见周乃慈这个情景，急把洋膏盅子一看，已是点滴不存，已知他服洋膏子去了。一惊非小，连唤几声“老爷”，已是不应，只是双眼坦白。香挑是不经事的，此时手忙脚乱，急开门呼唤家人。不多时家人齐集，都知周乃慈服毒自尽，一面设法灌救，又令人往寻医生。香桃高声唤“救苦救难观音菩萨”。谁想服毒已久，一切灌救之法统通无效，将近五更，呜呼一命，敢是死了。

府中上下人等，一齐举哀大哭，连忙着人寻喃巫的引魂开路。是时因家中祸事未妥，一切丧礼，都无暇粉饰，只着家人从速办妥。次早，各人都分头办事，就日开丧。先购吉祥板成殓，并电致香港住宅报丧。时港中家人接得凶耗，也知得奔丧事重，即日附轮回省。各人想起周乃慈生时何等声势，今乃至死于自尽，好不凄惨！又想乃慈生平待人，颇有义理，且好恩恤家人及子侄辈，因此各人都替他哀感。其余妻妾儿女，自然悲戚，就中侍妾香桃，尤哭得死去活来。但周乃慈因畏祸自尽，凡属姻眷，都因周家大祸将作，恐被株连，不敢相认，自不敢到来祭奠。这都是人情世故自然的，也不必多说。因此丧事便草草办妥，亦不敢装潢，只在门前挂白，堂上供奉灵位。家人妇子，即前往避香港的，都愿留在家中守灵。

次日，就接得香港马氏来了一函，家人只道此函便算吊丧，便拆开一看。原来马氏的三女儿名唤淑英的，要许配姓许的，那姓许的是番禺人氏，世居口口街，名唤崇兰，别号少芝。他父亲名炳尧，号芝轩，由举人报捐道员，是个簪缨门第，世代科名。当时仍有一位嫡堂叔祖父任闽浙总督，并曾任礼部大堂，是以门户十分显赫。周庸祐因此时风声鹤唳，正要与这等声势门户结亲，好作个援应。马氏这一函，就是托他们查访女婿的意思。惟周乃慈家内正因丧事未了，祸事将发，哪里还有这等闲心替人访查女婿？香桃更说道：“任我们怎样忧心，他却作没事人。既要打点丈夫做官，又要打点儿女婚嫁，难道他们就可安乐无事，我们就要独自担忧不成？”便把那函掷下，也不回复去。

且说周庸祐自从得周乃慈凶耗，就知事情实在不妙，只心里虽如此着闷，惟口中仍把海关事不提，强作镇定。若至马氏，更自安闲，以为丈夫今做钦差，定得北京权贵照应，自不必畏惧金督。且身在香港，又非金督权力所及。想到这里，更无忧无虑。惟周庸祐口虽不言，仍时时提心吊胆。那日正在厅上纳闷，忽门上呈上一函，是新任港督送来，因开茶会，请埠上绅商谈叙，并请周庸祐的。正是：

方结茑萝收快婿，又逢茶会谒洋官。

要知后事如何，且听下回分解。

第三十五回

赴京城中途惊噩耗　查库项大府劾钦差

话说周庸祐那日接得港督请函，明日要赴茶会。原来西国文明政体，每一埠总督到任后，即开茶会筵宴，与地方绅商款洽。那周庸祐是港中大商，自然一并请他去赴叙。次日周庸祐肃整衣冠，前往港督府里。这时港内绅商云集，都互相欢笑，只周庸祐心中有事，未免愁眉不展。各人看了他容貌，不特消瘦了几分，且他始终是无言默坐，竟没有与人周旋会话。各人此时都听得金督帅要参他的风声，不免暗忖，他一世之雄，而今安在？其中自然有怜他昔日奢华，今时失意的；又有暗说他财帛来的不大光明，应有今日结果的；又有等不知他近日惊心的事，仍钦羡他怎么豪富，今又由京卿转放钦差的：种种议论，倒不能尽。

说不多时，港督到各处座位与绅商周旋。时周庸祐正与港绅韦宝臣对坐，港督见周庸祐坐着不言不语，又不知他是什么人，便向韦宝臣用英语问周庸祐是什么人，并做什么生理。韦宝臣答过了，随用华语对周庸祐说道："方才大人问及足下是什么名字，小弟答称足下向是港中富商，占有口口银行数十万元股本，又开张口记银号，且产业在港仍是不少。前数年曾任驻英使署参赞，近时适放驻口口国钦差，这等说。”那韦宝臣对他说罢，周庸祐听了，只强作微笑，仍没一句话说。各人倒知他心里事实在不了，故无心应酬。

周庸祐实自知这场祸机早晚必然发作，哪复有心谈天说地，只得随众绅商坐了一会，即复随众散去。回家后，想起日间韦宝臣所述的话，自觉从前何等声势，今日弄到这样，岂不可恼！又想这回祸机将发，各事须靠人奔走，往时朋友，如梁早田、徐雨琴及妻弟马竹宾，已先后身故，只怕世态炎凉，此后各事更靠何人帮理？不觉低头一想，猛然想起还有一位周勉墀，是自己亲侄子，尽合请他到来，好将来赴京后交托家事。只他父亲是自己胞兄，他生时原有三五万家当，因子侄幼小，交自己代理。只为自己未曾发达以前，将兄长交托的三五万用去了，后来自己有了家当，那侄子到来问及家资，自己恐失体面，不敢认有这笔数，想来实对侄子不住。今番有事求他，未知他肯否雇我？想罢，不觉长叹一声。继又忖俗语说“打死不离亲兄弟”，到今日正该自悔，好结识他，便挥了一函，请周勉墀到来，商酌家事。

时周勉墀尚在城里，向得周乃慈照拂，因此营业亦稍有些家当。这回听得叔父周庸祐忽然要请自己，倒觉得奇异，自觉想起前根后柢，实不应与他来往，难道他因今日情景，见横竖家财难保，就要把吞欠自己父亲的，要交还自己不成？细想此人未必有这般好心肝。但叔侄份上，他做不仁，自己也不该做不义，今若要不去，便似有个幸灾乐祸之心，如何使得？计不如索性走一遭才是。便即日附轮到港，先到坚道大宅子见了周庸祐，即唤声“十叔父”，问一个安。时周庸祐见了周勉墀，忆起前事，实对他不住的，今事急求他到来，自问好不羞愧，便咽着喉，唤一声“贤侄”，说道：“前事也不必说了，只愚叔今日到这个地步，你可知道？”周勉墀听了，只强作安慰几句，实心里几乎要陪下几点泪来，徐又问道：“十叔父，为今之计，究竟怎样？”周庸祐道：“前儿汪翰林到来，求充参赞，愚顺托他打点省中情事，今却没有回报，想是不济了。随后又有姓囗的到来，道是金督帅最得用之人，愿替俺设法。俺早已听得他的名字，因此送了二万银子，托他在金督跟前说个人情，到今又统通没有回覆，想来实在危险。不知贤侄在省城听得什么风声？”周勉墀道：“佘子谷那人要发作叔父，叔父想已知得。少西十二叔且要自尽，其他可想。天幸叔父身在香港，今日三十六着，实走为上着。”

说到这里，可巧马氏出来，周勉墀与婶娘见礼。马氏问起情由，就把方才叔侄的话说了一遍。马氏道：“既是如此，不如先进京去，借引见赴任为名，就求京里有力的官场设法也好。”周庸祐听了，亦以此计为是，便决意进京，再在半路听过声气未迟。想罢，即把家事嘱托周勉墀，又唤骆子棠、冯少伍两管家嘱咐了一番。再想省城大屋，尚有几房姨太太，本待一并唤来香港，只恐太过张扬；况金督帅纵然发作此事，未必罪及妻孥，目前可暂作不理。是夜一宿无话。

次日即打点起程，单是从前谋放钦差，应允缴交囗囗囗万元，此项实欠交一半，就嘱马氏及冯、骆两管家打算预备此项。如果自己无事，即行汇进北京；如万一不妥，此款即不必再汇。一面挪了几万银子，作自己使用，就带了八姨太并随从人等，附轮望申江进发。那时上海还有一间囗祥盛字号，系从前梁早田的好友，是梁早田介绍周庸祐认识的。所以周庸祐到申江，仍在这囗祥盛店子住下。再听过消息，然后北上，不在话下。

且说金督帅因当时饷项支绌，今一旦兼管海关事务，正要清查这一笔款项，忽又得佘子谷到衙帮助盘算，正中其意。又想周庸祐兄弟二人，都在香港营业的多，省城产业有限；若姓傅的家财，自然全在省里，不如连姓傅的一并查抄，那怕不凑成一宗巨款。便把数十年来关库的数目，自姓傅的起，至周乃慈止，统通发作将来。又忖任册房的是潘氏，虽然是由监督及书吏嘱咐注册的，惟他任的是假册房，也有个通同舞弊、知情不举的罪名。且他原有几十万家当，就不能放饶他。主意已定，因周庸祐已放口口国的钦差，恐他赴任后难以发作，便立即知照口口国领事府，道是“姓周的原有关库数目未清，贵国若准他赴任，到时撤他回来，就要损失两国体面，因此预先说明”。那口口国领事得了这个消息，即电知驻北京公使去后，口口驻京公使自然要诘问外部大臣。金督又一面令幕府缮折，电参周庸祐亏空库款甚巨，须要彻底清查。并道周某以书吏起家，侵吞致富，复夤缘以得优差，不特无以肃官方，亦无以重库款，若不从重严办，窃恐互相效尤，流弊伊於胡底等语。折上，朝廷大怒，立命金督认真查究，不得稍事姑容。

时周库书自抵申江，祇与八姨太同行，余外留在省港的朋友，都不时打听消息如何，随时报告。这会听得金督参折考语，魂不附体。随后又接得京中消息，知道金督上折，朝廷览奏震怒，要着金督认真查办。周庸祐一连接得两道消息，几乎吊下泪来。便又打电到京，求权贵设法。无奈金督性如烈火，又因这件事情重大，没一个敢替他说情，只以不能为力等话，回覆周庸祐。

那庸祐此时如坐针毡，料北京这条路是去不得的，除是逃往外洋，更没第二条路。只目下又不知家中妻妾儿女怎样，如何放心去得？适是晚正是口祥盛的东主陈若农请宴，先日知单早已应允赴席，自然不好失约，惟心里事又不欲尽情告人，只得勉强应酬而已。当下同席的原有八九人，都是广肇帮内周庸祐往日认识的朋友。因是时粤中要发作库书的事，沪上朋友听得，都是半信半疑，今又见周庸祐要赴京，那些朋友倒当周庸祐是个没事之人，自然依旧巴结巴结，十哥前十哥后，唤个不绝。那周庸祐所招的妓女，唤作张凤仙，素知周庸祐是南粤一个巨富的，又是花丛中阔绰的头等人物，便加倍奉承。即至娘儿们见凤仙有了个这般阔绰的姐夫，也替凤仙欢喜，千大人万大人的呼唤声，哪里听得清楚。先自笙歌弦管，唱了一回书，陈若农随后肃客入席。那周庸祐叫局的，自然陪候不离，即从前认识的妓女，也到来过席。

这席间虽这般热闹，惟周庸祐心中一团积闷，实未尝放下。酒至半酣，各人正举杯递盏，忽见口祥盛的店伴跑了进来。在别人犹不知有什么事故，只是周庸祐心中有事，分外眼快，一眼早见了口祥盛的店伴，料他慌忙到来，不是好意。那店伴一言未发，即暗扯陈若农到静处，告说道："方才工部局差人到店查问，是否有广东海关库书吏，由京堂新放口口国钦差的，唤做周庸祐这个人，当时店伴只推说不识此人。惟工部局差人又说道：'姓周的别号栋臣，向来到沪，都在你们店子里出进，如何还推不识？'店中各伴没奈何，便问他什么缘故。据差人说来，原来那姓周的是亏空库款，逃来这里的，后由粤东金督帅参了一本，又知他走到沪上，因此密电本埠袁道台，要将周庸祐扣留的。今袁道台见他未有到衙拜会，料然不在唐界，所以照会租界洋官，要查拿此人。后来说了许多话，那差人方始回去。"陈若农听了，一惊非小，暗忖这个情节，是个侵吞库款的私罪重犯，凡在通商的国都要递解回去的，何况这上海是个公共租界，若收留他，也有个罪名。且自己原籍广东，那金督为人，这脾气又是不同别人的，总怕连自己也要拖累，这样总要商量个善法。便嘱令来的店伴先自回去，休要泄漏风声，然后从长计算。

那店伴去后，陈若农即扯周庸祐出来，把店伴说的上项事情，说了一遍。周庸祐听得，登时面色变得七青八黄，没句话说，只求陈若农怜悯，设法收藏而已。陈若农此时真是人面着情，方才请宴，怎好当堂反脸？且又相识在前，不得不留些情面。惟究竟没什么法子，两人只面面相觑。陈若农再看周庸祐这个情形，实在不忍，不觉心生一计，即对周庸祐说道："多说也是无用，小弟总要对得老哥住。但今晚方才有差人查问，料然回去下处不得，若住别处，又恐张扬。今张凤仙如此款洽，就当多喝两杯，住凤仙寓里一宿，待小弟明天寻个秘密所在便是。"庸祐答声"是"，随复入席。各朋友见他俩细语良久，早知有些事情，但究不知得底细，只再欢饮了一会，周庸祐托称不胜酒力，张凤仙就令娘儿们扶周大人回寓里服侍去后，陈若农又密嘱各友休对人说周某寓在那里。次日，陈若农即着人到工部局力言周庸祐不在他处。工部局即派人再搜查一次，确没有此人。若农即暗引周庸祐回去，在密室里躲藏，待要逃往何处，打听过船期，然后发付，不在话下。

这时粤中消息，纷传周庸祐在上海道署被留，其实总没此事。金督帅见拿周庸祐不得，心中已自着恼，忽接北京来了一张电报，正是某王爷欲与周庸祐说情的。那电文之意，道是“周某之罪，确是难恕，但不必太过诛求，亦不必株连太甚”这等话。金督帅看了，越加大怒，暗忖周庸祐全凭得京中权贵之力，所以弄到今日。屡次劝他报效赎罪，种种置之不理，实是恃着王爷，就瞧自己不在眼里。我今日办这一个书吏，看王爷奈我怎么何？因此连忙又参了一本，略谓“周庸祐兄弟既吞巨款，在洋界置买财产，今庸祐闻罪先遁，作海外逍遥，实罪大恶极。除周乃慈已服毒自尽外，请将周庸祐先行革职，然后抄查家产备抵”等语。并词连先任库书傅成通同舞弊，潘云卿一律查抄家产。折上，即行准奏，将周庸祐革职，并传谕各省缉拿治罪。正是：

梦熟黄粱都幻境，名登白简即危途。

毕竟周庸祐怎能脱身，且听下回分解。

第三十六回

潘云卿逾垣逃险地　李香桃奉主入监牢

话说朝廷自再接得金督所奏，即传谕各处关卡，一体把周庸祐查拿治罪。周庸祐这时在上海，正如荆天棘地，明知上海是个租界，自己断然靠这里不住，只朝廷正在风头火势，关卡的吏役人员，个个当拿得周庸祐便有重赏，因此查得十分严密，这样如何逃得出？惟有躲得一时过一时罢了。且说金督自奏准查抄周、潘、傅三姓家产之后，早由佘子谷报说姓潘的是管理假册房事，又打听得傅成已经去世，惟他产业全在城里，料瞒不去。除周乃慈已经自尽之外，周庸祐在逃，单恐四家产业，或改换名字，立即出了一张告示，不准人承买周、潘、傅四家遗产，违的从重治罪。又听得四人之中，潘云卿尚在城内，立刻即用电话调番禺县令，率差即往拿捕。县令不敢怠慢，得令即行。还亏潘云卿耳目灵通，立令家人将旧日存在家里的假册稿本抛在井里，正要打点逃走。说时迟，那时快，潘云卿尚未逃出，差勇早已到门。

初时潘云卿只道大吏查办的只周、傅二家，自己做的册房，只是奉命注数，或在法外。迨后听得连自己参劾了，道是通同作弊，知情不举的罪名，就知自己有些不便，镇日将大门紧关。这会差勇到来，先被家人察悉，报知潘云卿。那云卿吓得一跳，真不料差勇来得这般快，当令家人把头门权且挡住，即飞登屋面，逾垣逃过别家，即从瓦面上转过十数家平日亲信的下了去。随改换装束，好掩人耳目。先逃走往香港，再行打算。

是时县令领差勇进了屋里，即着差勇在屋里分头查搜，男男女女俱全，单不见了潘云卿。便责他家人迟迟开门之罪。那家人答道："实不知是贵差到来，见呼门紧急，恐是盗贼，因此问明，方敢开门的便是。"那县令听罢大怒，即喝道："放你的狗屁！是本官到来，还说恐是盗贼，这是什么话？"那家人听了，惶恐不过，惟有叩头谢罪道："是奉主人之命，没事不得擅自启门，因此问过主人，才敢开放。"那县令道："你主人潘云卿往那里去？"那家人道："实在不知，已出门几天了。"县令又喝道："胡说，方才你说是问过主人才敢启门，如何又说是主人出门几天了呢？"那家人听得，自知失言，急的转口道："小的说的主人是说奶奶，不是说老爷呢。"

县令见他牙尖口利，意欲把他拿住，见他只是个使唤的人，怪他不得，即把他喝退。随盘问云卿的妻妾们，云卿究往那里去了？"妻妾们都说不知，皆说是出门几天，不知他现在哪里。那县令没奈何，就令差役四围搜查，一来要查他产业的记号，二来最要的是搜他有什么在关库舞弊的凭据，务令上天钻地，都要搜了出来。即将屋里自他妻妾儿女以至家人，都令立在一处。随唤各人陆续把各号衣箱开了锁，所有金银珠宝头面以至衣服，都令登志簿内。随又把家私一一登记，再把各人身上统通搜过，内中有些田地及屋宇契纸与生理股票，都登注明白，总没有关里通同库书舞弊的证据。那差人搜了又搜，连板罅墙孔都看过了，只哪里有个影儿？那屋又没有地穴，料然是预早知罪，先毁灭形迹的可无疑了。县令即对他家人妇子说道："奉大宪之命，除了身上所穿衣服，余外概不能乱动。"那些家人妇子个个面如土色，更有些双眼垂泪，皆请给回些粗布衣裳替换，县令即准他们各拿两套。正拟把封条粘在门外，然后留差役看守，即拟回衙覆命，谁想那差役仍四处巡视，巡到那井边，看看井里，见有碎纸在水上浮起，不觉起了疑心。随禀过县令，即把竹竿捞来观看，觉有数目字样，料然是把舞弊的假册凭据抛在井里去了。立令人把井水打乾，看看果然是向日海关库里假册子的稿本，落在井里，只是浸在水底，浸了多时，所有字迹都糊涂难辨。县令没奈何，只得把来包好，便嘉奖了这查看井里的差役一番。即留差役看守，把门外粘了封皮，即回衙而去。

是时周、傅各家，皆已分头多派差人看守。因傅家和周庸祐产业最多，惟周乃慈是现充库书的，罪名较重，傅成、周庸祐两家已派差役把守，随后查封，同时又令南海县先到周乃慈屋里查验。这时周乃慈的家眷，因乃慈死未过七旬，因此全在屋里，没有离去。那南海令会同警官，带领巡勇，先派两名在门外把守，即进屋搜查。那周乃慈家眷见官勇来了，早知有些不妥，只有听候如何搜查而已。当时后厅里尚奉着周乃慈灵位，烟火薰蒸，灯烛明亮。南令先问家里尚有男女若干名口，家人一一答过，随用纸笔登记了。南令又道：“周乃慈畏罪自尽，生前舞弊营私，侵吞库款，可无疑的了。现在大宪奏准查办，你们想已知道了。家内究有存得关库里向来数目底本没有？好好拿出，倘若匿藏，就是罪上加罪，休要后悔。”家人答道：“屋里不是库书办公之地，哪有数目存起？公祖若不见信，可令贵差搜查便是。”南令道：“你们也会得说，只怕大宪跟前说不得这样话。乃慈虽死，他儿子究在哪里？”

时周乃慈的儿子周景芬，正在家内，年纪尚轻，那周乃慈的妻妾们，即引周景芬出来，见了南令，即伏地叩首。南令道：“你父在生时的罪名，想你也知道了。”那周景芬年幼，胡混答道：“已知道了。”家人只替说道：“父亲生时在库书里办事，都承上传下例，便是册房里那数目，倒是监督大人吩示的，方敢填注，合与不合，他不是自作自为的。”南令怒道：“他的罪过，哪不知得，你还要替他强辩吗？”家人听了，不敢出声。南令又道：“他在库书里应得薪水若干？何以家业这般殷富？门户这般阔绰？还敢在本官跟前撒谎！怕大宪闻知，你们不免同罪呢！”家人又无话说。南令又问周景芬道：“周乃慈遗下在省的产业生理，究有多少？在港的产业生理，又有多少？某号、某地、某屋，当要一一报说出来。”周景芬听罢，没言可答，只推不知。家人又替他说道：“他只是个小孩子，他父兄的事，他如何知得？且罪人不及妻孥，望公祖见谅。”南令听了，更怒道：“你好撒刁！说那罪人不及妻孥的话，难道要与本官谈论国律不成？”随又道：“本官也不管他年幼不年幼，他老子的事，也不管他知与不知，本官只依着大宪嘱咐下来的办理。”说罢，即令差勇四处查缉。先点查家私器具之后，随令各家人把衣箱统通开了锁，除金银珠宝头面及衣服细软之外，只余少少地屋契纸及占股生理的股票。南令道：“他哪止这些家当！”再令差勇细细检查，凡片纸只字，及亲朋来往的书信，也统通检起。随令自他妻妾儿女以至家员婢仆，都把浑身上下搜过，除所穿衣衫外，所有小小贵重的头面，都要掷下来，家里人一概都出进不得。这时差勇检查，虽然当官点视，其暗中上下其手的，实所不免。

正在查点间，忽衙里打电话来报道：“番令在潘云卿屋里捞出册子。”南令听得，急令人把井里捞过，独空空没有一物，只得罢了。随把记事簿登录清楚，即着差人看守家人，随拟回衙，要带周景芬同去。那家人听了，都惊哭起来，纷纷向南令求情道：“他年纪幼小，识不得什么事。”南令哪里肯依，即答道：“此是大宪主意，本官若奉行不力，也有个处分。”那家人听了，倒道南令本不为已甚，不过大吏过严罢了，便苦求南令休把周景芬带去。那周景芬只是十来岁的人，听得一个拿字，早吓得魂不附体。意欲逃进房子里，怎奈差役们十居其九，都是马屎凭官势，一声喝起，即把周景芬执住，那周景芬号啕大哭起来。这时家人妇子，七手八脚，有跪向南令扯住袍角求饶的，有与差役乱挣乱扯的，哭泣的声，哀求的声，闹作一团。南令见这个情景，即略安慰他道："只带去回覆大帅，料是问过产业号数，就可放回，可不必忧虑。"家人至此，也没可奈何，料然求亦不得，只听他罢了。

南令正拟出门，忽一声娇喘喘的哀声，一个女子从里面跑出，扯住周景芬，伏地不起。周景芬又不愿行，那女子只乱呼乱叫，引动家人，又复大哭起来。南令听得，也觉酸鼻。细视那女子年约二十上下，穿的浑身缟素衣裳，裙下那双小弓鞋扪着白布，头上没有梳妆，披头散发，虽在哀恸之中，仍不失那种娇艳之态。南令见他如此凄惨，便问那个女子是周乃慈的什么人。差勇有知得的，上前答道："这女子就是周乃慈的侍妾，唤做李香桃的便是。"南令听了，觉有一种可怜，只是大宪嘱示，哪里还敢抗违，惟有再劝慰道："此番带他同去，料无别的，问明家业清楚，就可放回了。倘若故意抗拒，怕大帅发怒时，哪里抵当得住？"时香桃也不听得南令说什么话，惟凄楚之极，左手牵住周景芬，右手执着帕子，掩面大哭。不觉松了手，差役即扯周景芬而去。香桃坐在地上，把双脚乱撑的哭了一会，又回周乃慈灵前大哭。家人见他只是一个侍妾，景芬又不是他所出，却如此感切，自然相感大恸，不在话下。

且说周景芬被南令带了回署，随带往见金督帅缴令。金督把他盘问一切，凡是周乃慈的产业，周景芬有知得的，有不知得的，都据实供出。金督又问周乃慈是否确实自尽，也统通答过了。金督帅随令把乃慈从前侵吞库款数目拿了出来，这都是佘子谷经手，按他父乃慈替充库书若干年，共吞亏若干数录出来的，着周景芬打印指模作实。周景芬供道："先父只替十伯父周兆熊（即栋臣充库书之名）办库书事，也非自己干来。"金督怒道："你父明明接充库书，纵是替人干的，也是知情不举，应与同罪。且问你们享受的产业，若不是侵吞巨款，究从哪里得来？还要强辩做什么！"那周景芬被责无语。金督又勒令打印指模，周景芬又道："纵如大人所言，只是先父干事，小子年轻，向没有知得，应不干小子的事，望大人见恕。"金督拍案大怒，周景芬早已心慌，被强不过，没奈何把指模打印了。

金督即令把周景芬押过一处，并令将周庸祐、周乃慈家属一并拘留。南令得令，即回衙里，旋又再到光雅里周乃慈住宅，传金督令，将家属一并拘留。家人闻耗，各自仓皇无措，有思逃遁的，俱被拘住。其余使唤的人，力陈不是周家的人，只受工钱雇用，恳恩宽免拘究，都一概不允。各人呜呜咽咽啼哭，神不守舍，只香桃对各家人说道："罪及妻孥，有什么可说！且祸来顺受，哭泣则甚？只可惜的是景芬年少被禁，他父当库书时，他有多大年纪，以没有知识的人，替他父受苦，如何不感伤！至于老爷自尽之后，七旬未满，骨肉未寒，骤遭此祸，不知怎样处置才好？"说了，自己也哭起来。

这时警勇及南差同时把各人拘住，惟李香桃仍一头啼哭，一头打点灵前香火。差勇喝他起行，他却不怕，只陆续收拾灵前摆设的器具，又再在灵前添炷香烛，烧过宝帛，一面要使人叫轿子。差役喝道："犯罪的人坐不得轿子！"香桃道："妾犯何罪？你们休凭官势，当妾是犯人来看待。没论是非曲直是老爷干来，我只是个侍妾，罪在哪里？若不能坐得轿子，叫妾如何行去？"说了即坐着地上不行。南令听了，见他理直气壮，且又情词可悯，就着人替他叫一顶轿子，一面押他家属起行。那香桃听得轿子来了，就在灵前哭了一场，随捧起周乃慈的灵位。各人问他捧主的缘故，他道："留在屋里，没人奉侍香火，故要携带同去，免他阴魂寥落。"说罢，便步出大门外，乘着轿子而去。正是：

有生难得佳人义，已死犹思故主恩。

要知后事如何，且听下回分解。

第三十七回

奉督谕抄检周京堂　匿资财避居香港界

话说周乃慈家里，因督帅传示南令，要押留家属，李香桃即奉了周乃慈的灵位而出。南令见他如此悲苦，亦觉可怜，也体谅他，准他乘着轿子而去。所有内里衣箱什物，粘了封皮，又把封皮粘了头门。南令即令差役押着周乃慈家属，一程回到署内，用电话禀过大吏。随得大吏由电话覆示，将周乃慈家属暂留南署，听候发落；并说委员前往查抄周庸祐大屋，并未回来，须往察看；至于傅成大屋，已由番令查封，待回禀后，然后一并发落这等说。南令听了，不敢怠慢，即令差役看守周乃慈家属，自乘轿子直到宝华正中约周京卿第里。只见街头街尾立着行人，拥挤观望。统计周庸祐大屋，分东西两大门，一头是京卿第，一头就是荣禄第，都有差役立守。南令却由京卿第一门而进。

这时周庸祐府里，自周乃慈自尽之后，早知有所不妙。因日前有自称督署红员姓张的打饥荒，去了五万银子，只道他手上可以打点参案，后来没得消息，想姓张的是假冒无疑了。至于汪太史，更是空口讲白话，更属不济。即至北京内里，凡庸祐平日巴结的大员，且不能设法，眼见是不能挽救的。只心里虽然惊慌，外面还撑住作没事的样子。奈周庸祐已往上海，府里各事只由马氏主持，那马氏又只靠管家人作耳目。冯、骆两家即明知事情不了，只那马氏是不知死活的人，所以十分危险的话也不敢说。

那日骆子棠早听得有奏准查抄的消息，自忖食其禄者忠其主，这会是不得不说的，即把这风声对马氏说知。马氏听了，暗忖各处大员好友，已打点不来，周庸祐又没些好消息回报，料然有些不妥，把从前自高自大的心事，到此时不免惊慌了。自料三十六着，走为上着，只又不好张扬的。但当时周庸祐因钻弄官阶，已去了百十万银子，手头上比不得往时，因此已将各房姨太太分住的宅子都分租于人，各姨太太除在香港的，都迁回宝华正中约大宅子一团居住。马氏因此就托称往香港有事，着各姨太太在大屋里看守，并几个儿子，都先打发到港，余外家里细软，预早收拾些。另查点金银珠宝头面，凡自己的，及二姨太太三姨太太已经身故的，那头面都存在自己处，共约八万两银子上下，先把一个箱子贮好，着人付往香港去。余外草草吩咐些事务，立刻离了府门便行。偏又事有凑巧，才出了门，那查抄家产的官员已到，南令随后又来。家人见了，都惊慌不迭。委员先问周庸祐在那里，家人答道："在香港。且往上海去了。"又问他的妻儿安在，家人又答道："是在香港居住。"委员笑道："他也知机，亦多狡计，早知不妙，就先行脱身。"说了，即将家人答语录作供词。

这时家人纷纷思遁，都被差役拦阻。至于雇用的工人佣妇，正要检回自己什物而去，差役不准。各人齐道："我们是受雇使用，支领工钱的，也不是周家的人。主子所犯何事，与我们都没相关，留我们也是无用。"南令道："你们不必焦嚷，或有你们经手知道的周家产业，总要带去问明，若没事时，自然把你们释放。"各人听了无话，面面相觑，只不敢行动。委员即令差役把府里上下人等浑身搜过，男的搜男，女的搜女，凡身上查有贵重的，都令留下。忽见一梳佣，身上首饰钏镯之类，所值不赀，都令脱下。那梳佣道："我只是雇工之人，这头面是自己置买的，也不是主人的什物，如何连我的也要取去？”那差役道：“你既是在这里雇工试用，月内究得工钱多少，却能买置这些头面？”说了，那梳佣再不能驳说。

正在纷纷查搜，忽搜到一个仆妇身上，还没什么物件，只有一宗奇事，那仆妇却不是女子，只是一个男身。那搜查的女投，见如此怪事，问他怎地要扮女子混将进来。那仆妇道：“我生来是个半男女的，你休大惊小怪。”那女役道：“半男女的不是这样，我却不信。”那仆妇被女役盘问不过，料不能强辩，只得直说道：“因谋食艰难，故扮作女装，执佣妇之役，较易谋工，实无歹意，望你遮瞒罢了。”那女役见他如此说，暗忖此事却不好说出来，只向同事的喁喁说了一会子，各人听得，都付之一笑了事。统计上下人等，已统通搜过，有些身上没有物件的，亦有些暗怀贵重珍宝的。更有些下人，因主人有事忙乱，乘机窃些珍宝的，都一概留下。

委员即令各人立在一隅，随向人问过什么名字，也一一登记簿里。随计这一间大宅子，自京卿第至荣禄第相连，共十三面，内里厅堂楼阁房子，共约四十余间，内另花园一所，洋楼一座，戏台一座，也详细注明。屋内所用物件，计电灯五百余火，紫檀木雕花大床子十二张，金帐钩十二副，金枕花二十对，至于酸枝台椅，云母石台椅，及地毡帐幕多件，都不必细述。随后再点衣箱皮匣，共百余件。都上锁封固，一一粘了封皮。随传管家上来，问明周庸祐在省的产业生理，初时只推不知。南令即用电话禀告查抄情形。督帅也回覆，将上下人等一并带回，另候讯问。南令依令办去。并将大门关锁，粘上封条，即带周氏家属起行。统计家里人，姨太太三位，生女一口，是已经许配许姓的，及丫环、梳佣、仆妇、管家，以至门子、厨子，不下数十人，由差役押着，一起一起先回南署。

那些姨太太、女儿、丫环，都满面愁容，甚的要痛哭流涕，若不胜凄楚，都是首像飞蓬，衣衫不整，还有尚未穿鞋，赤着双足的，一个扶住一个，皆低头不敢仰视，相傍而行。沿途看的，人山人海，便使旁观的生出议论纷纷。有人说道："周某的身家来历不明，自然受这般结果。"又有人说道："他自从富贵起来，也忘却少年时的贫困，总是骄奢淫佚，尽情挥霍，自然受这等折数了。"又有人说道："那姓周的，只是弄功名，及花天酒地，就阔绰得天上有，地下无，不特国民公益没有干些，便是乐善好施，他也不懂得。看他助南非洲赈济，曾题了五千块洋银，及到天津赈饥，他只助五十块银子，今日抄查家产，就不要替他怜惜了。"又有人说道："周某还有一点好处，生平不好对旁边说某人过失，即是对他不住的人，他却不言，例算有些厚道。只他虽有如此好处，只他的继室马氏就不堪提了。看他往时摆个大架子，不论什么人家，有不像他豪富的，就小觑他人，自奉又奢侈得很，所吸洋烟，也要参水熬煮。至于不是他所出长子，还限定不能先娶。这样人差不多像时宪书说的三娘煞星。还幸他只是一个京卿的继室，若是在宫廷里，他还要做起武则天来了！所以这回查抄，就是他的果报呢！"

当下你一言，我一语，谈前说后，也不能记得许多。只旁人虽有如此议论，究有人见他女儿侍妾如此抛头露面，押回官衙里去，自然有些说怜惜的说话。这时就有人答道："那周某虽然做到京卿，究竟不会替各姨太太打算。昔日城里有家姓潘的，由盐务起家，署过两广的盐运使，他遇查抄家产的时候，尚有二十多房姨太太。他知道抄家的风声，却不动声色，大清早起，就坐在头门里，逐个姨太太唤了出来，每一个姨太太给他五百银子，遣他去了。那时各姨太太正是清早起来，头面首饰没有多戴，私己银两又没有携在身上，又不知姓潘的唤自己何事。闻他给五百银子遣去，正要回房里取私己什物，姓潘的却道官差将到了，你们快走罢，因此不准各姨太太再进房子。不消两个时辰，那二十多房姨太太就遣发清楚，一来免他携去私蓄的银物，二来又免他出丑，岂不是两存其美么？今周某没有见机，累到家属，也押到官衙去了。”旁人听得那一番说话，都道：“人家被押，已这般苦楚，你还有闲心来讲古吗？”那人道：“他的苦是个兴尽悲来的道理，与我怎么相干？”一头议论，一头又有许多人跟着观看，且行且议，更有跟到南海衙里的，看看怎么情景。

只见那南令回衙之后，覆过督院，就将周庸祐的家属押在一处。只当时被押的人，有些要问明周家产业的，要追索周庸祐的，这样虽是个犯人家属，究与大犯不同，似不能押在羁所。南令随禀过督院，得了主意。因前任广州协镇李子仪是与周庸祐拜把的，自从逃走之后，还有一间公馆留在城里，因此就把两家家属都押到李姓那公馆里安置，任随督院如何发落。

这时南令所事已毕，那番令自从抄了潘家回来之后，连傅家也查抄停妥。计四家被抄，还是姓傅的产业实居多数。论起那姓傅的家当，原不及周庸祐的，今被抄的数目反在姓周之上，这是何故？因傅姓离了海关库书的职事，已有二十年了，自料官府纵算计起来，自己虽有不妥，未必与周姓的一概同抄，因此事前也不打点。若姓周的是预知不免的，不免暗中夹带些去了，所以姓傅的被抄物产居多，就是这个缘故。

今把闲话停说。且说南、番两令，会同委员，查抄那四家之后，把情形细覆督院。那督院看了，暗忖周庸祐这般豪富，何以银物不及姓傅的多，料其中不是亲朋替他瞒漏收藏，就是家人预早携带私遁可无疑了。便令道：“凡有替周庸祐瞒藏贵重物件及替他转名瞒去产业生理的，一概同罪；并知情不举的，也要严办。”去后，又猛忆周庸祐虽去了上海，只素闻他的家事向由继室马氏把持，今查他家属之名，不见有马氏在内，料然预早逃去，总要拿住了他才好。便密令属员缉拿马氏，不在话下。

只是马氏逃到香港，如何拿得住他，因此马氏虽然家里遭此祸患，惟一身究竟无事，且儿子们既已逃出，自己所生女儿已经嫁了的，又没有归宁，不致被押，仍是不幸中的万幸了。当下逃到香港回坚道的大宅子里，虽省城里的大屋子归了官，香港这一间仍过得去。计点家私齐备，还有一个大大的铁甲万，内里藏着银物不少。转虑督帅或要照会香港政府查抄，实要先行设法转贮别处才好。独是这甲万大得很，实移动不得。便要开了来看，只那锁匙不知遗落那里，寻来寻去，只是不见。心里正虑那锁匙被人偷了，或是在省逃走时忘却带回，那时心事纷乱，也不能记起。只无论如何，倒要开了那甲万，转放内里什物才是好。便令人寻一个开锁的工匠来。那工匠看那大大的甲万非比寻常，又忖他是急要开锁的，便索他二百银子，才肯替他开锁。马氏这时正没可如何，细想这甲万开早一时，自得一时的好处，便依价允他二百银子。那工匠不费半刻工夫，把甲万开了而去，就得了二百银子，好不造化。

马氏计点甲万里面，尚有存放洋行的银籍二十万元，立刻取出，转了别个名字。一面把家里被抄，及自己与儿子逃出，与将在港所存银项转名的事，打个电报，一一报与周庸祐知道，并要问明在香港的产业如何安置。不想几天，还不见周庸祐回电，这时马氏反起了思疑。因恐周庸祐在上海已被人拿去，自己又恐香港靠不住，必要逃出外洋，但不得庸祐消息，究没主张。那管家们又已被押，已没人可以商量，况逃走的事，又不轻易对人说的，一个妇人，正如没爪蟹。且自从遭了这场家祸，往日亲朋，往来的也少。马氏因此上就平时万分气焰，到这会也不免丧气。正是：

繁华已往从头散，气焰而今转眼空。

要知后事如何，且听下回分解。

第三十八回

闻示令商界苦诛求　请查封港官驳照会

话说马氏把被抄的情形，及将香港银两安放停妥的事，把个电报通知周庸祐，总不见覆电，心里自然委放不下。这时冯、骆两管家都被扣留，也没人可以商议各事的。还幸当时亲家黄游击，因与大吏意见不投，逃往香港，有事或向他商酌。奈这时风声不好，天天传粤中大吏要照会香港政府拿人，马氏不知真假，心内好不慌张。又见潘子庆自逃到香港之后，镇日不敢出门，只躲在西么台上大屋子里，天天打算要出外洋，可见事情是紧要的无疑了。但自己不知往哪里才好，又不得周庸祐消息，究竟不敢妄自行动。怎奈当时风声鹤唳，纷传周庸祐已经被拿，收在上海道衙里，马氏又没有见覆电，自然半信半疑。

原来周庸祐平日最是胆小，且又知租界地方原是靠不住的，故虽然接了马氏之电，惟是自己住址究不欲使人知道，因此并不欲电覆马氏，只挥了一函，由邮政局付港而已。

那一日，马氏正在屋子里纳闷，忽报由上海付到一函，马氏就知是丈夫周庸祐付回的，急令呈上，忙拆开一看，只见那函道：

马氏夫人妆鉴：昨接来电，敬悉一切。此次家门不幸，遭此大变，使廿年事业，尽付东流。回首当年，如一场春梦，曷胜浩叹！差幸港中产业生理，皆署别名，或可保全一二耳。夫人当此变故之际，能及早知机，先逃至港，安顿各事，深谋远虑，儿子亦得相安无事，感佩良多。自以十余年在外经营，每不暇涉及家事，故使骄奢淫逸，相习成风，悔将何及！即各房姬妾，所私积盈余，未尝不各拥五七万，使能一念前情，各相扶持，则门户尚可支撑。但恐时败运衰，各人不免自为之所，不复顾及我耳。此次与十二宅既被查抄，眷属又被拘留，回望家门，诚不知泪之何自来也！古云"罪不及妻孥"，今则婢仆家人，亦同囚犯；或者皇天庇佑，罪亦无名，未必置之死地耳。愚在此间，亦与针毡无异，前接夫人之电，不敢遽覆者，诚惧行踪为人所侦悉故也。盖当金帅盛怒之时，凡通商各埠，皆可以提解回国，此后栖身，或无约之国如暹罗者，庶可苟延残喘而已。港中一切事务，统望夫人一力主持，再不必以函电相通。愚之行踪，更宜秘密，待风声稍息，愚当离沪，潜回香港一遭，冀与夫人一面，再商行止。时运通塞，总有天数，夫人切勿以此介意，致伤身体。匆匆草覆，诸情未达，容待面叩。敬问贤助金安。

愚夫周庸祐顿首

马氏看罢，自然伤感。惟幸丈夫尚在沪上，并非被拿，又不免把愁眉放下。一面派人回省，打听家属被官吏拘留，如何情景。因为有一个未出嫁的女儿，统通被留去了，自不免挂心。迨后知得官府留下家属，全为查问香港自己的产业起见，也没有什么受苦，这时反不免悲喜交集。喜的是女儿幸得平安，悲的就怕那些人家，把自己在港的某号产业、某号生理，一概供出，如何是好？还亏当时官吏，办理这件案实在严得一点，周氏两边家人，都自见无辜被拘，一切周家在香港的产业都不肯供出。在周乃慈的家人，自然想起周乃慈在生时待人有些宽厚，固不肯供出，一来这些人本属无罪，与犯事的不同，也不能用刑逼供，故讯问时都答话不知，官吏也没可如何。至于周庸祐的家人，一起一起的讯问，各姨太太都说家里各事向由马氏主持，庶妾向不能过问的，所以港中有何产业，只推不知。至于管家人，又供说香港周宅另有管家人等，我们这些在省城的，在香港的委实不知。问官录了供词，只得把各人所供，回覆大吏。

大吏看了，暗忖这一干人都如此说，料然他不肯供出，不如下一张照会到香港政府去，不怕查封他不得。又看了那管家的供词，道是管理周家在省城的产业，便令他将省城的产业一一录了出来，恐有漏抄的，便凭他管家所供来查究。因此再又出了一张告示，凡有欠周栋臣款项，或有与周栋臣合股生理，抑是租赁周栋臣屋子的，都从速报明。一切房舍，都分开号数，次第发出封条。其生理股本及欠周氏银两的，即限时照数缴交善后局。因此上省中商场又震动起来。

大约生意场中，银子都是互相往来的，或那一间字号今天借了周栋臣一万，或明天周栋臣一时手紧，尽会向那一间字号借回八千，无论大商富户，转动银两，实所不免。因当时官府出下这张告示，那些欠周栋臣款项的，自然不敢隐匿。便是周家合股做生理的，周家尽会向那字号挪移些银子，若把欠周家的款项，及周家所占的股本，缴交官府，至于周家欠人的，究从那里讨取？其中自然有五七家把这个情由禀知官吏。你道官吏见了这等禀词，究怎么样批发呢？那官吏竟然批道："你们自然知周庸祐这些家当从哪里来，他只当一个库房，能受薪水若干？若不靠侵吞库款，哪里得几百万的家财来？这样，你们就不该与他交易，把银来借与他了，这都是你们自取，还怨谁人？且这会查抄周家产业，是上台奏准办理的，所抄的数目，都报数入官，那姓周的纵有欠你们款项，也不能扣出。况周庸祐尚有产业在香港的，你们只往香港告他也罢了。"各人看了这等批词，见自己欠周家的，已不能少欠分文，周家欠自己的，竟无从追问，心上实在不甘，惜当时督帅一团烈性，只是敢怒不敢言而已，所以商家哪有不震动起来。偏是当时衙门人役，又故意推敲，凡是与周家有些戚谊，与有来往的，不是指他私藏周家银物，便是指他替周庸祐出名，遮瞒家产，就藉端鱼肉，也不能尽说。所以那些人等，又吃了一惊，纷纷逃窜，把一座省城里的商家富户，弄成风声鹤唳。过了数十天，人心方才静些。

一府两县，次第把查抄周、傅、潘四家的产业号数，呈报大吏。那时又对过姓周家属的供词，见周庸祐是落籍南海大坑村，那周庸祐自富贵之后，替村中居民尽数起过屋子。初时周庸祐因见村中兄弟的屋子湫陋，故此村中各人，他都赠些银子，使他们各自建过宅舍，好壮村里观瞻，故阖村皆拆去旧屋，另行新建。这会官府见他村中屋子都是周庸祐建的，自然算是周庸祐的产业，便一发下令，都一并查抄回来。这时大坑村中居民眼见屋子要入官去了，岂不是全无立足之地，连屋子也没得居住？这样看来，反不若当初不得周庸祐恩惠较好。这个情景，真是阖村同哭，没可如何，便有些到官里求情的。官吏想封了阖村屋宇，这一村居民都流离失所，实在不忍，便详请大吏，把此事从宽办理，故此查封大坑村屋宇的事，眼前暂且不提。

只是周庸祐在香港置下的产业，做下的生理，端的不少，断不能令他作海外的富家儿，便逍遥没事，尽筹过善法，一并籍没他才是，便传洋务局委员尹家瑶到衙商议。□大吏道："现看那四家抄查的号数，系姓傅的居多，那周庸祐的只不过数十万金。试想那四家之中，自然是算周庸祐最富，不过因傅家产业全在省城，故被抄较多。若周庸祐的产业在省城的这般少，可知在香港的就多得很了。若他在港的家当，便不能奈得他何，试想官衙员吏何止万千，若人人吞了公款，便逃到洋人地面做生理，置屋业，互相效尤，这还了得！你道怎么样办法呢？"

那尹家瑶听了，低头一想，觉无计可施。原来尹家瑶曾在香港读过英文，且当过英文教习，亦曾到上海，在程少保那里充过翻译员，当金督帅过沪时，程少保见自己幕里人多，就荐他到金督帅那里。还亏他有一种做官手段，故回粤之后，不一二年间，就做到天字一号的人员，充当洋务局总办。他本读英文多年，只法律上并未曾学过，当下听得金督帅的言语，便答道："香港中周庸祐生理屋业端的很多，最大的便是口口银行，占了几十万的股份，但股票上却不是用他的名字。其次，便算那一间口记字号，比周乃慈的那口口昌字号生意还大呢！只是他用哪一个名字注册，都无从查悉。其余屋业，就是周、潘三家也不少，究竟他们能够侵吞款项，预先在香港置产业，好比狡兔三窟，预为之谋，想契纸上也未必用自己名字了，这样如何是好？"金督帅道："不如先往香港一查，回来再行打算。"尹家瑶答道："是。"金督便令草了一张告示，知照港督，说明委员到港，要查姓周的产业来历。

尹家瑶一程来到香港，到册房，从头至尾，自生理册与及屋业册，都看过一遍，其中有周、潘名字的很少，纵有一二，又是与人暗借了银款的，这情节料然是假。惟是真是假，究没有凭据。胡混过了两天，即回到省里，据情回覆金督。自经这一番查过之后，周、潘两家人等，少不免又吃一点虚惊。因为中、英两国究有些邻封睦谊，若果能封到自己产业，固是财交尽空；且若能封业，便能拘人。想到这里，倍加纳闷，只事到其间，实在难说，惟有再行打听如何罢了。

过了数日，金督帅见尹家瑶往香港查察周、潘产业，竟没分毫头绪，毕竟无从下手，便又传尹家瑶到衙商议，问他有什么法子。尹家瑶暗忖金督之意，若不能封得周、潘两家在港的产业，断不干休。但他的性情又不好与他抗辩，便说道："此事办来只怕不易，除是大帅把一张照会到港督处，说称某项屋业，某家生理，是姓周、姓潘的，料香港政府体念与大帅有了交情，尽可办得好，把他来封了。且职道又是亲往香港查过的，算有些证据，实与撒谎的不同。此计或可使得，未知大帅尊意如何？"金督听了，觉此言也有些道理，便问尹家瑶道："究竟哪号生理、哪号屋业，是姓周、姓潘的，你可说来。"尹家瑶便不慌不忙的说道："坚道某大宅子，西么台某大宅子，及周围与合股口口银行，口荣号，口记号，此人人皆知。至于某地段某屋铺，统通是姓周的。又西么台某大宅子，对海油麻地某数号屋铺，以及港中某地段屋，某号生理，统通是姓潘的。”源源本本说来，金督一一录下。

次日，即再具一张照会，并列明某是周、潘的产业，请港督尽予抄封。港督看了，即对尹家瑶道：“昨天来的照会，本部堂已知道了。论起两国交情，本该遵办，叵耐敝国是有宪法的国，与贵国政体不同，不能乱封民产，致扰乱商场的。且另有司法衙门，宜先到臬司衙门控告，看有何证据，指出某某是周、潘两家产业，假托别名，讯实时，本部就照办去便是。”尹家瑶满想照会一到，即可成功，今听到此话，如一盆冷水从头顶浇下来，没得可答，只勉强再说两句请念邦交的话。港督又道：“本部堂实无此特权，恕难从命。且未经控告，便封产业，倘使贵部堂说全香港都是周、潘两家产业生理，不过假托别人名字的，难道本部堂都要立刻封了，把全个香港来送与贵国不成？这却使不得。请往臬衙先控他罢。”尹家瑶见此话确是有理，再无可言，只得告辞而去。正是：

政体不同难照办，案情无据怎查封？

要知后事如何，且听下回分解。

第三十九回

情冷暖侍妾别周家　苦羁留马娘怜弱女

话说尹家瑶递照会到香港总督那里，请封周庸祐在港的产业，港督因法律不合，要他先到臬司衙门控告，原是个照律新法。尹家瑶见无可如何，只得跑回省城里，把情由对金督帅禀知一遍。这时属员人等，都不大懂得法律的，都道香港政府包庇周庸祐产业。更有些捕风捉影之徒，说周庸祐在香港的产业，实有四五百万之多，因此金督见拿不到周庸祐，又拿不到马氏，也十分愤怒。

原来周庸祐的家当，平日都不过二百万上下，只为海关库书里每年有十来万银子出息，所以得这一笔生路钱，也摆得一个大架子出来。旁人看的，就疑他有五七百万的家当，谁知他除了省中产业，在香港的生理股票，约值十五六万左右，屋业就是有限。其余马氏手上有三十万上下，及各姨太太也各有体己私积五七万不等，且自省中传出有查抄的风声，他早将各产业转了名字，或按了银两，统通动弹不得。只那些官员哪里得知，只道周庸祐有五七百万身家，在省城仅抄得数十万，就思疑他在港的产业有数百万了。

当下金督帅愤怒不过，便务要拿获周庸祐或马氏，一面打听周庸祐现在哪里。这时周庸祐亦打听金督帅如何举动，是风头火势，仍躲在上海，约过了十数天，觉声势渐渐慢了，正拟潜回香港一遭，然后再商行止。忽见侄子周勉墀已到上海来，直到□祥盛，见了周庸祐，把被抄的情形说了一遍。周庸祐听得，回想前情，不觉凄然下泪。周勉墀安慰了一会。庸祐道："今正要回香港一转，见见贤侄的婶娘，再行打算。"周勉墀道："上海耳目众多，实不是久居之地，趁此时正好逃走。但不知往哪里才好？"周庸祐道："我前儿做参赞时，听得私罪人犯实能提解回国的，除是未有通商之地可以栖身。这样看来，惟以走往暹罗为上着。"周勉墀道："叔父说的很是。叔父若去，小侄陪行便是。"庸祐道："这倒不必。此间通信不易，我有事欲与马氏细说，以防书信泄漏风声。不如贤侄先回香港，对你的婶娘马氏先说我的行踪。明天就是船期，贤侄当得先行，我从后天的船期回去，贤侄替我约婶娘到船上相会便是。"周勉墀应允，越日就起程回港，按下慢表。

且说周庸祐已决然起程，那日就乘轮南下，船中无事可表。不一日已抵香港，也不敢登岸。马氏早得周勉墀所说，就料到庸祐那日必到，即与勉墀到船相会，夫妻之间，见面时不免互相挥泪。勉墀从旁劝了一会，料他两人必有密语相告，只得回避出去。周庸祐劝马氏道："看人生世上，祇如一场春梦，还亏香港产业尚能保全，不至儿孙冷落，都是夫人之功。"马氏道："今香港地面料难栖身，放着全家数十丁口，不知从哪里安置。试问你当时置了十多房侍妾，今日要来何用？"周庸祐半晌才答道："当时十多名丫环，若早些把他们嫁去，岂不省事？"马氏道："这事我岂不知？只可惜你家门不好，那些丫环都被人说长说短，出尽多少年庚，且做媒的也引多少人来看，偏是访查过就没人承受。若不然，那有不把他们来嫁的道理？"周庸祐听罢无语，随又说道："各房侍妾，尽有积存私己的银两首饰，不如弄个法子，取回他们的也好。"马氏道："你说得这般容易！九房自迁到湾仔居住，人人说他行为不端，有姓何的认作契儿，被人言三语四，我又没牙箝，管他不住。七房居住坭街的屋子，镇日只管病，前天正请了十来名尼姑拜神拜鬼，看来不是长命的。他们纵有私积，哪里还肯拿出来？亏你在梦中，还当各房侍妾是个上货，平日乱把钱财给过他们，今日他们哪里还顾你呢？”周庸祐道：“前事也不必说了，我今要往暹罗，只是香港往暹罗的船只全是经过汕头的，那汕头是广东地方，我断不能从这等船只去，是以从这船先往星加坡，然后转往暹罗去罢。我前程你不必挂虑，待我到暹罗后，或者再寻生理，复见过一个花天锦地，也未可知。但我到暹罗后，即须汇几千银子，交我使用才是。”马氏答允，周庸祐又嘱咐些家事。

不多时，香港各亲友也有到船相见的，所有平日交托在香港打点自己生意之人，都令周勉墀寻他到船相会。其中有念庸祐平时优待自己的，自然好言相慰，请他安心放洋，自己愿竭力替他管理商业。其中有怀着歹意的，或因周庸祐有些股票，转了自己名字，恨不得周庸祐早些离港，便说道：“我们知交已久，是万金可托的，只管放心前去，待没事回来，总一一二二把账目清算，交回阁下便是。”周庸祐也当所托得人，倒觉安乐。说罢，各人散去。马氏在船上过了一夜，然后回家。次日，那船就起程望星加坡而来。

周庸祐自回港不敢登岸之后，各房侍妾都料周庸祐是断不能回来，又因马氏平日克待自己，说到周家事务，都是感情有限。那日，六姨太春桂到澳门游玩，先到中华酒店住下。偏是那酒店里面还有一人，是从前与春桂认识的。春桂随带有六千银子，先交到那酒店里贮妥，即寻一间洁净房子住下。这时有听得是周庸祐的姨太太到了，又知他有六千银子贮柜，人人都到那中华酒店观看。更有些风流子弟，当他是一个古井，志在兜结于他，希望淘得钱钞。只是那酒店里春桂既有认识的，哪里还思想兜揽别人，弄得那些脂粉客来来往往。那春桂又故意卖弄，在房子里梳光头髻，穿着时款的衣服，打开房门子，各人看见他首饰插满头上，珍珠钻石，光亮照人，那双手上穿的金镯子，数个不尽。正是面上羞花闭月，手中带玉穿金，有财有色，从流俗眼里看来，自然没有不垂涎的。这时欲结识春桂的人，都到澳门中华酒店居住，弄得那酒店连房子也住满了。那春桂住了十数天，除日中在房子里吸大烟，就出外到银牌馆里赌摊。那时摊馆中有招待赌客的，见他有这般大交易，都到春桂寓房谈摊路，讲赌情，巴结巴结。那春桂又视钱财如粪土的，统计日中或输掷一千八百，或花用些，更挥字到妓馆邀妓女到来，弄洋烟，陪自已谈天说地。不半月上下，那六千银子早已用得干净。还喜港澳相隔不远，立刻回香港，赶再带些银子到澳门再赌，好望赢回那六千银子。不想赌来赌去，总赌那摊馆不住，来往几次，约有一月，已输去一万银子有余。

那日打算回港取银子再赌，不料住在坭街的七姨太因病重了，唤春桂前去。春桂暗忖，七姨太私积尽有五七万，他又没有儿女，这番前去，他若不幸没了，他所积的家当，或者落在自己手上，也未可料。想罢，便到坭街周宅。只见门外摆着纸人纸马，并无数纸扎物件，又有几个尼姑穿起绣衣，在门外敲磬念经，看了料知因七姨太有病，又是拜神拜鬼。只听得旁人看的说道：“周某的身家阴消阳散，今日抄不尽的，还做这场功德，名是替七姨太禳解，实则与尼姑分家财罢了。”忽又有一人说道：“老哥这话真是少见多怪，姓周的与尼姑分家财，也不是希奇的，前儿马氏送与容傅的绣衣，约值万金。就现在这几个尼姑看来，内中一个绣衣上的钮儿光闪闪的，可不是钻石的么？那几颗钻石，也值千金有余，人人都知道是七姨太送他的了。他名唤苏傅，是那七姨太的契妹子呢！”各人听了，都伸出舌头。

春桂听得，也不敢作声。即进屋子里，见七姨太睡在床上，已没点人色。春桂即问一声好。七姨太道：“我病了一月有余，料不能再活了，今日还幸见你一面。”春桂道：“吉人自有天相，拜过神后，或得神灵庇佑，你抖抖精神罢。”七姨太道：“自己家门不幸，我早看得，欲削发修行去了。只闻得五姨太桂妹自做了姑子之后，因这场抄家的灾祸，他在省城还住不稳，他有信来，说已逃到南海白沙附近去了。他出家人还要逃避，可知我们纵然出家，也不能去得省城的，我因此未往。不幸又遇了一场病，便是死了也没得可怨，只身边还有多少钱钞，我若死后，你总打理我的事儿，所有留存的，就让给你去。此后香灯，若得你打点，不枉作一场姊妹，我就泉下铭感了。”春桂听罢，仍安慰一番。

是夜七姨太竟然殁了，春桂承受他所有的私积。凡金银珠宝头面，不下二三万金，都藏在一个箱子内。其余银两，有现存的，自然先自取了，其付贮银号的，都取了单据，并有七姨太嘱书，都先安置停妥，然后把七房丧事报知马氏及各房知道。是时除马氏之外，惟六房、七房、九房在港，后来续娶所谓通西文的姨太太，也随着周庸祐身边，其余都在省城被官府留下了。因七房死后，各人都知道他有私积遗下，纷纷到来视丧，实则觊觎这一份家当，只已交到春桂手上，却无从索取。马氏自恨从前太过小觑侍妾，故与各房绝无真正缘分，若不然，七姨太临死时自然要报告自己，这样，他的遗资，自然落在自己手上。当此抄家之后，多得五七万也好，今落在他人手里去，已自悔不及了。想罢，只得回屋。

春桂便于七七四十九日，替七房做完丧事，又打过斋醮，统计不过花去一二千就当了事。事后携自己丫环及七房的丫环，并所有私积，及七房遗下的资财，席卷而去。因自己有这般资财，防马氏不肯放松自己，二来忖周庸祐不知何日方能回来，何苦在家里做个望门生寡，因此去了。自后也不知春桂消息。其后有传他跟了别人的，有传他死了的，都不必细表。

且说周家两家眷属，被官府留住，已经数月，已是秋尽冬来，天时渐渐寒冻，一切被留人等，只随身衣衫，虽曾经官吏给二三件粗布衣裳替换，转眼已是冬来，各人瑟缩情形，不堪名状。在马氏那里，别个也不大留心，只是自己一个女儿，还同被扣留在那里，倒不免伤心。原来马氏平日最疼爱女儿，所以弄坏女儿的性子。那嫁姓蔡的长女，每夜抽大烟，直到天明才睡。早膳他是不吃的，睡到下午三四点钟时候才起来，即唤裁缝的到房里，裁剪衣裳不等，便用些晚饭，随就抽大烟，所以每天没有空闲的。那嫁姓黄的次女，自随夫到香港居住后，每一次赴省，必带丫环三几名，并体己仆妇及梳佣与侍役等，不下十人，都坐头等轮船的位，故每赴省一次，单是船费一项，已用至百金。试想姓黄、姓蔡都是殷实人家，哪喜欢这等举动？无奈他的性子早已弄坏，都由马氏过于痛爱。这会想起未嫁的女儿同被扣留，马氏如何不伤心！又因大吏追求甚严，没一个人敢去问候，因此马氏思念女儿更加痛切，况又当寒冷时候，尽要寻些棉衣才使得。正想着，忽又接得由省送来一函，是三女许给人十两银子，才托他带到的，都是因天冷求设法送衣裳进去之故，函内写得十分悲苦。论起姓周的家属被留，本无什么苦楚，只是平日所处的高堂大厦，所用的文绣膏粱，堂上一呼，堂下百诺，一旦被困在一处，行动不得，想后思前，安得不苦呢？所以函内写得苦楚，就是这个缘故。

当下马氏看了那函，不觉下泪。这时越发着急，便使侄子周勉墀回省里，浼人递一张状子，诉说被留的姓周家属，因天时寒冷，求在被封的衣箱内检些棉衣御冷。正是：

十年享尽繁华福，一旦偏罹冻馁忧。

要知后事如何，且听下回分解。

第四十回

走暹罗重寻安乐窝　惨风潮惊散繁华梦

话说马氏因念及弱女被官府扣留，适值天时寒冻，特着周勉墀回省，浼人递禀，求在被封的衣箱内检回些棉衣御冷。当时大吏见了那张禀子，暗忖他家人被留，实无罪过，不过擅拿不能擅放，就是任他寒冷，究竟无用，便批令检些棉衣，与他家人御寒。这时马氏方觉心安。转眼已是冬去春来，大吏仍追求周庸祐不已，善后局已将周、潘、傅四家产业分开次第号数开投，其中都不必细表。

单说周庸祐自逃到星加坡，在漆木街□□广货店住下。那时周庸祐虽是个罪犯，究竟还是海外一个富翁，从前认识的朋友都纷纷请宴。过了数日，打听得驻星加坡领事已把周庸祐逃到星加坡的事，电报粤省金督去了，自念自己是一个罪犯，当此金督盛怒之下，恐不免把一张照会到来，提解自己回国，这便如何是好？倒不如再走别埠为上。且初议原欲逃往暹罗的，便赶趁船期，望暹罗滨角埠而来。幸当时有某国银行的办房，是在港时也曾相识的，先投见那人，然后托他租赁一所地方住下。当时寓暹华商如金三思、李敦贤及逃官陈中兴等，也相与日渐款洽。只是周庸祐的情性，向当风月场中是个安乐窝的，自从被抄以来，受了一场惊吓，花街柳巷，也少涉足。今到暹罗，是个无约之国，料不能提解自己回去，心上已觉稍安，不免寻个地方散闷，故镇日无事，只叫妓女陪侍。这些妓女，亦见周庸祐是个富家儿，纵然省业被抄，还料他的身家仍有三二百万，那个不来献勤讨好。就中一名妓女，唤做容妹，虽不至有沉鱼落雁之容，闭月羞花之貌，还有一种风韵，觉得态度娉婷可爱，在滨角埠上，已是数一数二的人物，周庸祐自然欢喜他。他见周庸祐虽有十多房侍妾，只这般富厚，自然巴结巴结，因此与周庸祐也有个不解的交情。周庸祐便用了银子二千匹（暹银每匹约值华银六毛），替容妹脱籍，充作自己侍妾，自此逍遥海外，也无忧无虑。每日除到公馆谈坐，或吸烟，或耍赌，尽过得日子。

不觉到了七月时候，朝廷竟降了一张谕旨，把金督帅调往云南去了。周庸祐听得这点消息，心上好不欢喜。因忖与自己作仇的，只金督帅一人，今他调任去了，省中购拿自己的，或可稍松。又听得新任粤督是周文福，也与自己是同宗的，或者较易说话，便拟挥函回港，要问问金督调任的事是否确实。忽接得马氏来了一函，不知赎容妹作妾的事，谁人对马氏说知，马氏那函，就是骂周庸祐在暹罗赎容妹的事，大意谓当此天荆地棘时候，仍不知死活，还要寻花问柳，赎妓为妾，真是死而不悔这等话。周庸祐看了，真是哑口无言，只得回覆马氏，都是说酒意消愁，拈花解闷之意，并又问金督调任，可是真的。那函去了，几日间，已纷纷接到妻妾及侄子付来的书函，报说金督调任的事，如报喜一般。周庸祐知得金督离任是实，再候两月，已听得金督离任去了，新任姓周的已经到粤，因自忖道：此时若不打点，更待何时？但打点不是易事，想了一会，没有善法。可巧那日寄到香港报纸，打开一看，见周督因粤汉铁路事情，与前任二品大员在籍的大绅李廷庸商议，猛然想起李大绅向与自己有点交情，就托他说个人情也好。若说得来，事后就封他一笔银子，却亦不错。便一面飞函李大绅，托他办这一件事。

那李大绅接周庸祐之信，暗忖周督原与自己知交，说话是不难的，但周庸祐当此时候，尚拥著多金，若没些孝敬，断断不得。便回函周庸祐，托称自己一人不易说得来，必要与督署一二红员会合，方能有效。但衙门里打点，非钱不行，事后须酬报他们才得。周庸祐因此即应允说妥之后，封回五万银子，再说明若督署人员有什么阻挠，就多加一二万也不妨。李廷庸便亲自到省，见周督说道："海关库书周庸祐，前因获罪，查抄家产。某细想那姓周的，虽然有个侵吞库款的罪名，但查抄已足抵罪，且又经参革，亦足警戒后人。况他的妻小家属，原是无罪的，扣留他亦是无用，不如把他家属释放。自古说，罪不及妻孥，释他尚不失为宽大。便是周庸祐既经治罪，亦不必再复追拿，好存他向日一个钦差大臣的体面。"周督听了，亦觉得前任此案办得太严，今闻李廷庸之话，亦觉有理，便即应允。一面令属员把姓周的两边家属一并省释，复对李廷庸道："前任督臣已将周庸祐缉拿一事存了案，断不能明白说他无事，但本部堂再不把他追究便是。"李廷庸听得自然欢喜，立刻挥函，告知周庸祐。时周庸祐亦已接得马氏报告，已知家属已经释放，心上觉得颇安，便函令马氏送交五万银子到李廷庸手里，自己便要打算回港。因从前在港的产业都转了他人的名字，此番回去，便要清理，凡是自己生理，固要收盆，即合股的亦须寻人顶手，好得一笔银子，作过一番世界。主意既定，这时暹罗埠上亦听得周庸祐的案件说妥，将次回港，都来运动他在暹罗作生意。周庸祐亦念自己回港，不过一时之事，断不能长久栖身的，就在暹埠作些生意，固亦不错。便定议作一间大米绞的商业，要七八十万左右资本方足。暗忖港中自己某项生意有若干万，某项屋业有若干万，弄妥尽有百万或数十万不等，便是马氏手上也有三十万之多，即至各姨太太亦各有私积五七万，苟回港后能把生意屋业弄妥，筹这七八十万，固属不难；纵或不能，便令马氏及各姨太太各帮回三五万，亦容易凑集。想自己从前优待各妻妾，今自己当患难之际，念起前日恩情，亦断没有不帮助自己的。便与各人议定，开办米绞的章程。周庸祐担任筹备资本，打算回港，埠上各友，那些摆酒饯行的，自不消说。

且说周庸祐乘轮回到香港，仍不敢太过张扬，只在湾仔地方，耳目稍静的一间屋子住下。其妻妾子侄，自然着他到来相见，正是一别经年，那些家人妇子重复相会，不免悲喜交集。喜的自然是得个重逢，悲的就是因被查抄，去了许多家当。周庸祐随问起家内某某人因何不见，始知道家属被释之后，那些丫环都纷纷逃遁。又问起六姨太七姨太住那里，马氏道："亏你还问他们，六房日前过澳门赌的赌，散的散，已不知去了多少银子。七房又没了，那存下私积的家当，都遗嘱交与六房，却被六房席卷逃去了。那九房更弄得声名不好。你前儿不知好歹，就当他们是个心肝，大注钱财把过他们，今日落得他们另寻别人享受。我当初劝谏你多少来，你就当东风吹马耳，反被旁人说我是苛待侍妾的，今日你可省得了！"

周庸祐听了，心内十分难过，暗忖一旦运衰，就弄到如此没架子，听得马氏这话，实在无可答语，只叹道："诚不料他们这般靠不住，今日也没得可说了。"当下与家中人说了一会，就招平日交托生理的人到来相见，问及生意情形，志在提回三五十万。谁想问到耀记字号的生意，都道连年商情不好，已亏缺了许多，莫说要回提资本，若算将出来，怕还要拿款来填账呢。周庸祐又问及□□银行的生意，意欲将股票转卖，偏又当时商场衰落，银根日紧，分毫移动不得。且银行股票又不是自己名字的，即欲转卖，亦有些棘手。周庸祐看得这个情景，不觉长叹一声，半晌无语。各人亦称有事，辞别而去。

周庸祐回忆当时何等声势，哪人不来巴结自己，今日如此，悔平日招呼他人，竟不料冷暖人情，一至如此！想罢，不觉暗中垂泪，苦了一会。又思此次回来，只为筹资本开办米绞起见，今就这样看来，想是不易筹的，只有各妻妾手上尽有多少，不如从那里筹画，或能如愿。那日便对马氏道："我此次回来，系筹本开办米绞，因膝下还有几个儿子，好为他们将来起见。但要七八十万方能开办，总要合力帮助，才易成事呢！"马氏道："我哪里还有许多资财？你从前的家当，都是阴消阳散。你当时说某人有才，就做什么生意，使某人司理；说某人可靠，就认什么股票，注某人名字。今反弄客为主，一概股本分毫却动不得，反说要再拿款项填账。你试想想，这样做生理来做什么？"周庸祐道："你的话原说得是，只因前除办理库书事务之后，就经营做官，也不暇理及生意，故每事托人，是我的托大处，已是弄错了。只今时比不得往日，我今日也是亲力亲为的，你却不必担心。"马氏道："你也会得说，你当初逃出外洋，第一次汇去四千，第二次汇去六千，第三次汇去一万，有多少时候，你却用了二万金。只道有什么使用，却只是携带妓女。从前带了十多个回来，弄得颠颠倒倒，还不知悔，你哪里是营生的人？怕不消三五年，那三几十万就要花散完了。我还有儿子，是要顾的，这时还靠谁来呢？"周庸祐道："你说差了，我哪有四千银子的汇单收过呢？"马氏道："明明是汇了去了，你如何不认？"周庸祐道："我确没有收过四千银子的汇单，若有收过了，我何苦不认！"说罢，便检查数目，确有支出这笔数，只是自己没有收得，想是当时事情仓卒，人多手乱，不知弄到谁人手里。又无证据，此时也没得可查，惟有不复根究而已。

当下周庸祐又对马氏说道："你有儿子要顾，难道我就不顾儿子不成？当时你若听我说，替长子早早完娶了，到今日各儿子当已次第完了亲事，你却不从。今你手上应有数十万，既属夫妻之情，放着丈夫不顾，还望谁人顾我呢？"马氏道："我哪有如此之多，只还有三二十万罢了。"周庸祐道："还有首饰呢！"马氏道："有一个首饰箱，内里约值八万银子。当时由省赴港，现落在姓□的绅户那里，那绅户很好，他已认收得这个首饰箱，但怎好便把首饰来变？你当日携带娼妓，把残花当珠宝，乱把钱财给他们，今日独不求他相顾。若一人三万,十人尽有三十万，你却不索他，反来索我，我实不甘。”庸祐道：“你我究属夫妻，与他们不同呢！”马氏道：“你既知如此，当初着甚来由要把钱财给他，可是白地乱掷了。”周庸祐听罢，也没得可答，心中只是纳闷。次日又向各侍妾问索，都称并无私积。其实各妾之意，已打算三十六着走为上着，且马氏还不肯相助，各侍妾哪里肯把银子拿出来。只是周庸祐走投无路，只得又求马氏。马氏道：“着实说，我闻人说金督在京，力请与暹罗通商，全为要拿你起见，怕此事若成，将来暹罗还住不稳，还做生理则甚？”说来说去，马氏只是不允。

周庸祐无可奈何，日中坐对妻妾，都如楚囚相对，惟时或到□存牌馆一坐而已。是时因筹款不得，暗忖昔日当库书时，一二百万都何等容易，今三几十万却筹不得，生理屋业已如财爻落空，便是妻妾也不顾念情义。想到此层，心中甚愤。且在暹罗时应允筹本开米绞，若空手回去，何以见人？便欲控告代理自己生意之人，便立与侄子周勉墀相酌，请了讼师，预备控案。那日忽见侄子来说道：“某人说叔父若控他时，须要预备入狱才好。”周庸祐登时流下泪来，哭着说道：“我当初怎样待他？他今日既要我入狱，就由他本心罢了。”说了挥泪不止。各人劝了一会，方才收泪。

周庸祐此时，觉无论入狱，便是性命相博，究竟这注钱财是必要控告的，便天天打算讼案。不想过了数日，一个电报传到，是因惠潮乱事，金督再任粤督。周庸祐大吃一惊，几乎倒地。各人劝慰了一番。又过半月，讼事因案件重大，还未就绪，已得金督起程消息。想金督与香港政府很有交情的，怕交涉起来，要把自己提解回粤，如何是好？不如放下讼事，快些逃走为妙。只自想从前富贵，未尝作些公益事，使有益同胞，只养成一家的骄奢淫佚。转眼成空，此后即四海为家，亦复谁人怜我？但事到如此，不得不去，便向马氏及儿子嘱咐些家事。此时离别之苦，更不必说。即如存的各房姨妾，纵散的散，走的走，此后亦不必计，且眼前逃走要紧，也不暇相顾。想到儿子长大，更不知何时方回来婚娶，真是半世繁华，祇如春梦。那日大哭一场，竟附法国邮船，由星加坡复往暹罗而去，不知所终。诗曰：

北风过后又南风，冷暖时情瞬不同。
廿载雄财夸独绝，一条光棍起平空。
由来富贵浮云里，已往繁华幻梦中。
回首可怜罗绮地，堂前莺燕各西东。

时人又有咏马氏云：

势埒皇妃旧有名，檀床宝镜梦初醒。
妒工欲杀偏房宠，兴尽翻怜大厦倾。
空有私储遗铁匣，再无公论赞银精。
骄奢且足倾人国，况复晨鸡只牝鸣。